光明社科文库
GUANGMING DAILY PRESS:
A SOCIAL SCIENCE SERIES

·文学与艺术书系·

民间之维：
汪曾祺小说创作论

王雅鸣 ｜ 著

光明日报出版社

图书在版编目（CIP）数据

民间之维：汪曾祺小说创作论 ／ 王雅鸣著 . -- 北京：光明日报出版社，2022.10

ISBN 978 - 7 - 5194 - 6867 - 5

Ⅰ.①民… Ⅱ.①王… Ⅲ.①汪曾祺（1920-1997）—小说研究 Ⅳ.①I207.42

中国版本图书馆 CIP 数据核字（2022）第 190851 号

民间之维：汪曾祺小说创作论

MINJIAN ZHIWEI：WANGZENGQI XIAOSHUO CHUANGZUOLUN

著　　者：王雅鸣	
责任编辑：李　倩	责任校对：赵海霞
封面设计：中联华文	责任印制：曹　净

出版发行：光明日报出版社

地　　址：北京市西城区永安路 106 号，100050

电　　话：010-63169890（咨询），010-63131930（邮购）

传　　真：010-63131930

网　　址：http：//book. gmw. cn

E - mail：gmrbcbs@ gmw. cn

法律顾问：北京市兰台律师事务所龚柳方律师

印　　刷：三河市华东印刷有限公司

装　　订：三河市华东印刷有限公司

本书如有破损、缺页、装订错误，请与本社联系调换，电话：010-63131930

开　　本：170mm×240mm	
字　　数：250 千字	印　　张：16. 5
版　　次：2023 年 3 月第 1 版	印　　次：2023 年 3 月第 1 次印刷
书　　号：ISBN 978 - 7 - 5194 - 6867 - 5	
定　　价：95. 00 元	

序

施旭升

　　熟悉中国现当代文学的读者，似乎都有一个大体一致的阅读体验，那就是汪曾祺与沈从文之间的亲缘关系。两位小说家亦师亦友，同气相求，以其各自的创作前后相续，构成了 20 世纪中国乡土小说中的一股清流。如果说，自称"乡下人"的沈从文，从一出道就是立足于湘西的青山秀水，把笔触深入湘西边民琐碎的日常生活细节和细腻而清丽的精神世界，将自己的艺术之根深扎在湘西民间文化的土壤之中，那么，与沈从文异曲同工，汪曾祺最初的创作也是以自己所熟悉的高邮乡下的生活素材来构筑起一个自己的小说世界，虽然时代不同，环境迥异，沈从文和汪曾祺都十分注重从民间文化的土壤里汲取营养，丰富自己的创作，营构艺术意象。正是在这个意义上，王雅鸣博士选取了"民间之维"作为她理解和阐释汪曾祺小说创作的立场和出发点，并且出色地完成了这部汪曾祺小说创作研究的专著。

　　这是一件尤为值得庆贺的事！

　　首先，王雅鸣在中国传媒大学完成了艺术学硕士学位课程的研读之后来到北京师范大学文学院攻读中国现当代文学专业的博士学位，实在是一个勇敢而无畏的选择。因为，北京师大文学院的中国语言文学学科国内领先、国际一流，属于真正的"双一流"，其博士招生选拔自然是"就高不就低"，考取难度每年都很高；而作为一个文学专业的博士生，以其本科和硕士阶段的艺术学专业基础来应对，本身又是极具有挑战性的。好在王雅鸣好学不倦，迎难而上，勇气可嘉，自信满满地去读书了，从基础文献的研读、专业视野的开拓，到前沿问题的梳理，从博士候选人的资格考试，到博士论文的开题、写作和送审及答辩，基本上还是一帆风顺，从容不迫，可见其是一块读书的料、科研的料！

　　其次，对于博士学位论文选题及写作，王雅鸣也有过一段艰难的抉择。她硕士阶段从"童心"美学入手研究丰子恺，将丰子恺的漫画、散文、音乐、书法等方面的创作做一整体观，将"童心"美学贯穿于其中，探究其审美风格的形成及其渊源。论文做得很出色，体现出很好的艺术感受力与理论思辨力。她原本是想在博士阶段继续深化和拓展丰子恺的研究，但是，这一设想却不尽符合北师大文学院的博士选题要求。权衡再三，几经校正，最终选择了汪曾祺的小说创作作为研究对象，乃至于突出选取其"民间"的文化立场与美学姿态，则更是在对汪曾祺深入研读和思考之后的产物。应该说，这不仅依赖于一种艺术的直觉，更离不开一种思考的执着。

　　最后，就王雅鸣目前所完成的这部专著而言，该书以"民间"为纲，提出了一个"民间"文化-审美的课题，将汪曾祺的小说创作纳入"民间"的文化-审美的视域之中来加以整体考察，在"民间之情""民间之象""民间之体""民间之文""民间之美"等多维度多层次的解析和揭示当中，全面阐述了汪曾祺小说创作的叙事品格、文体意味、审美精神与文化特质等，总结了汪曾祺民间文化书写的语境、范式以及影响。很显然，在王雅鸣的阐述中，"民间"已不仅仅是一个单一的文化或审美的范畴，也不仅仅是属于视角或立场的问题，而是赋予其更为丰富、更为多元化的意义和范式，成为理解从沈从文到汪曾祺的小说创作的艺术精神的一种结构性的力量，成为这本论著的主题价值之所在。据此，我们有理由相信，王雅鸣对于汪曾祺的阐释已经远远超越了汪曾祺本身，体现出其普泛性的现代艺术美学的品格。

这也是我愿意向读者推荐王雅鸣博士这部论著的原因所在。我们也期待着王雅鸣博士能在此基础上进一步整合思考，对于包括丰子恺、汪曾祺等在内的现代艺术文化大师进行进一步的全方位的深入研究，并取得更丰富的成果。

是为序。

2022 年 9 月 19 日于北京良乡寓所

目 录
CONTENTS

绪　论

一、研究背景

汪曾祺是中国现当代著名的散文家、小说家、戏剧家，自称"中国式的抒情的人道主义者"，被誉为"中国最后一个士大夫""最后一位京派作家"。1939年汪曾祺考入西南联合大学中国语言文学系之后，陆续在报刊上发表散文、诗歌、小说等文学作品，1949年出版第一本小说集《邂逅集》，1950年任《说说唱唱》编辑部主任，1957年创作《京剧剧本·范进中举》获北京市戏剧调演京剧一等奖，为之后任北京京剧团编剧奠定了基础。20世纪60年代至70年代，汪曾祺凭借出色的创作才华参与了样板戏创作，《沙家浜·智斗》流传至今。20世纪80年代，汪曾祺迎来自己的创作高峰，随着1981年《受戒》的发表，文学评论家逐渐意识到汪曾祺在中国当代文学史上的价值和意义，并指出汪曾祺文学为当代中国文学接续了抒情传统。

作为横跨中国现当代文学史的作家，汪曾祺文化背景非常庞杂，既承袭了中国古典文化，又接受了西方现代文化与五四新文化，且人生的不同阶段都存在对民间文化的感性体验。汪曾祺曾说自己的文学永远都不会成为主流，但随着时代的发展变化，其作品越来越受到人们的追捧与喜爱，"人间送小温"的文学理想影响着一代又一代读者，"汪研"也随之升温。目前来看，针对汪曾祺的研究文本已远远超过了其本人作品数量，从社会的"边缘"到"中心"，既与时代因素相关，也与作家"儒道互补"的生活哲学、超越精神密不可分。汪曾祺的作品涉及所有的文学门类，包括诗歌、散文、小说、戏剧，不同时期以不同的文学门类为代表，但其作品的主题意蕴和审美理想始终贯彻着中国传统文化精神，正如他自己所言"寓奇崛于平淡，纳外来于传统，不今不古，不中不西"①。所谓"不今不古，不中不西"，实际上是"又今又古，又中又西"，其创作心理结构以兼容并包、和谐共存的文化格局为特色，但无论是何种题材与门类，汪曾祺始终践行"回到民族传统，回到现实主义"② 的创作宗旨。

当前针对汪曾祺作品的研究，主要围绕他的小说与散文两种类型的作品展开，其中散文风格与小说文体为"汪研"的热点，相对而言，诗歌与戏剧没有被充分关注。汪曾祺散文数量较多，其中既有《葡萄月令》《昆明的雨》这类状物写景的抒情散文，也有评论性散文和书序。汪曾祺并不是文学理论家，不擅严密的逻辑思维与理论建构，这与他本人散漫的性情有关，所以只能在作为"副文本"的评论性散文与其他作品的对比研究中获知其文学创作观念，如《〈大淖记事〉是如何写出来的》《关于〈受戒〉》等。目前来看，大部分的学术论文是运用文本间对应的研究方式分析散文、小说、戏剧作品，把握作家的思想感情与叙事脉络，实则并没有离开文本内部研究的窠臼，导致大部分学术论文都没有超过汪曾祺对其自身的阐释，因而限制了对汪曾祺全面整体的研究。对作家的研究应该以作品为中心，既考虑到时代变化中的文化语境，又要结合作家成长经验，面对文本时要"走进去"，把握整体时要"走出来"，形成多维打通的研究策略。其中，民间文化视域中的汪曾祺文学研究尤其如此，民间文化既是汪曾祺的言说对象，又关切着精神核心与审美理想，其文学创作与人格形成都遵循着"从民间来—到民间去"的心灵轨迹，所以整体把握其中关系是研究的关键，然而这也是为学者所容易忽略的问题。

通过资料分析可知，对汪曾祺文学作品的研究，涉及汪曾祺对中国传统文化、西方现代文化与五四新文化的汲取及个性化，以及如何在文学创

---

① 汪曾祺. 汪曾祺全集 5·散文卷［M］. 北京：人民文学出版社，2019：109.
② 汪曾祺. 汪曾祺全集 9·谈艺卷［M］. 北京：人民文学出版社，2019：247.

作中见出。民间文化是传统文化的一部分，是传统文化中的"小传统"，处于意识形态控制的边缘区域，容易被忽视却相对稳定，成了汪曾祺笔下审美化的言说对象。事实上，从"到民间去"到"对话民间"经历了漫长的现代发展之路，汪曾祺对民间文化的书写既是传统的，又具有鲜明的现代意识，民间文化精神的平等与尊重，是人道主义理想实现的前提。汪曾祺的审美意识与民间文化精神是契合的，甚至汪曾祺对儒家社会理想的追求与道家审美方式的选择都基于其审美文化心理中的民间意识。民间文化与民族文化紧密相关，劳动人民自强不息、勤劳勇敢的精神也是当代主流价值观的体现，如何通过审美的方式塑造民间，汪曾祺做了文学范式。作为现代文人，汪曾祺的民间情怀基于体验与深入民间的感性经验，所以作品中见不到拯救民间的俯视姿态，也没有抨击民间落后观念的角度，他平视民间，用审美的眼光捕捉生活中的诗意，让人们感受到民间生活的美好，既满足了人们的审美需求，达到有益于世道人心的目的，也契合了社会主义核心价值观。

审美化的民间，是沟通社会理想与个体生活的桥梁。汪曾祺如何在日常生活中建构这座桥梁，这座桥梁的状貌如何，它是如何作用于当代人的社会生活，之于传统文化的继承与发展又有着怎样的价值和意义，这些都有待进一步分析和研究。

二、文献综述

（一）"民间文化"的概念及范畴

民间文化（folk culture），等同于民间生活或者民俗生活，古已有之。有"民"的区域就有"民"的生活，民间文化是民俗学的研究对象，民间之"民"就是民俗之"民"。民俗学研究中关于"民俗"之"民"的探讨，不同学派的阐释各异，如以乡民为主的国民、保留大量遗留物的野蛮人、表现丰富传统民俗的人等，直到邓迪斯基于"民俗"之"俗"的特性规定了"民"，即表现传统民俗形式的人都可称之"民"。如此说来，所有人都在民俗或民间文化的范畴之中。

在中国民俗学研究中，对"民"之范畴的探讨长达半个多世纪，每个时期的"民"的范畴都与特定时代的文化语境有关。20世纪20年代初，中华民族处于内忧外患的政治时局，"民"指的是民族全体，如当时的《歌谣周刊》中"民"指的是国民；到了20世纪30年代，"民"成为被教育的对象，有了属于自己的阶级属性，"民"多是指乡民或平民；中华人民共和国成立，人民当家做主，"劳动人民"成为"民"的主体，歌颂劳动人民的艰苦作风与战斗精神，颂扬劳动人民的真善美的优秀品质成为时代的主旋律；改革开放以来，钟敬文在最广泛的意义上，提出"民"是民族全体，不限于某个特定的群体，只要表现了民俗形式，或者体现着民间生活的本质状态，就是民俗之"民"，这样的论断看似与世纪之初一致，但思想上却经历了"否定之否定"的螺旋式上升过程。

"文化"（culture）是一个抽象的概念，古今中外对"文化"的释义众说纷纭。中国古代典籍中早有"文化"概念的记载，《易·系辞下》记有"物相杂，故曰文。"许慎的《说文解字》中记录的是"文，错画也，象交文"，意思是交错的花纹，后引申出记录语言的符号（文字）、人类劳动成果的总结（文化、文物）等义。而"化"则有变更、变化之意，《礼记》中可见"赞天地之化育"，即改变某种事物的性质或状态，是生成过程。

在西方，"文化"概念存在一个不断生发和衍变的过程，它的定义和内涵在人的生产活动中不断地被提炼和总结。1952年，美国人类学家克鲁伯和克拉克在《文化：关于概念和定义的探讨》中列出了161种文化定义。英国人类学家泰勒在《原始文化》中将"文化"定义为："文化是包括全部的知识、信仰、艺术、道德、法律、风俗以及作为社会成员的人所掌握和接受的任何其他的才能和习惯的复合体。"① 泰勒将文化视为人类精神文化的总和，文化是人类思想观念的复合体，一切的人类精神活动都被赋予了文化表征。当人类的思想观念赋予行为创造，那么就会生成大量的

---

① 爱德华·泰勒. 原始文化 [M]. 连树声, 译. 上海: 上海文艺出版社, 1992: 1.

物体和物质。这些客观存在的非精神性存在也必然是人类文化的一部分。在《辞海》中，文化有广义和狭义两种解释："广义的文化指人类社会实践过程中所获得的物质、精神的生产能力和创造的物质、精神财富的综合；狭义的文化指精神生产能力和精神产品，包括一切社会意识形态：自然科学、技术科学、社会意识形态。"①

高丙中将"民俗"划分为两种存在形态，分别是文化事象与生活整体。在民间文化范畴中，它们密不可分，民俗事象融于生活整体中，而生活整体又是由无数个民俗事象汇聚而成，民间文化相对于民俗文化，更强调日常生活的时空性与有机整体性。钟敬文先生也肯定过"民间文化"的概念比"民俗文化"范围更广，并主张"'民俗'的范围是整个民间文化，既包括口头文学、民间信仰和风俗，也'不排斥民间工艺、民间艺术、民间科学技术和民间组织等'"②。万建中在《中国民间文化概论》一书中规定民间文化包括民俗、民间文学与民间艺术，同时指出，"民间文化与民间生活几乎就是同义语，是一个地域的人最基本的生存方式，包含具体的事件、时间、地点和人物"③。

西方人类学家雷德斐（Robert Redfield）将文化分为"大传统"与"小传统"。"大传统"指的是由政治意识形态主导，知识分子拥有的精英文化，是"相对于教会、政府、大学、专家、集团、专家艺术和科学等的高水平的，可见的，组织化的文化而言的"④。"大传统"往往通过政治权利进行文化传播，中国古代文化主流包括四书五经、科举制度、封建伦理道德观念等，中国当代文化主流如主旋律文艺、九年义务教育制度、社会主义核心价值观等，传播中介以政府、学校及主流媒体为中心。"小传统"指的就是民间文化，往往在主流意识形态控制的边缘地域被较好地保留和传承，相对而言，这些地域的经济发展与思想观念比较滞后，但是民众生

---

① 何静，韩怀仁.中国传统文化［M］.北京：解放军文艺出版社，2002：3.
② 高丙中.民俗文化与民俗生活［M］.北京：中国社会科学出版社，1984：75.
③ 万建中.中国民间文化概论［M］.北京：北京师范大学出版社，2016：11.
④ 高丙中.民俗文化与民俗生活［M］.北京：中国社会科学出版社，1984：56.

活状态相对稳定，保留了原始生活自由自在的特征。在当代文化视域中，中国许多偏远封闭的农村宗法社会或少数民族聚集地，既没有被政治意识形态过多牵制，也没有为大众文化、网络文化过度干预，较为完好地保留了中国传统文化中的"小传统"，多为民俗学者与人类学家深入调查研究的对象。

事实上，"大传统"与"小传统"之间并没有严格的界限。民间文化强调了民间群体生活实践展开的社会空间，而与精英文化之间并没有严格的区分，一定程度上，二者甚至可以相互作用，相互转化。归根到底，所有的"雅文化"都源于"俗文化"，所有的"俗文化"也都可以具有"雅文化"的品质与格调。例如，在中国古代文化中，戏曲是典型的俗文化代表，是生发于民间，流行于民间的文化类型，但随着时代的发展，戏曲内部有了更为细致的分化，昆曲成为了士大夫阶层津津乐道的高雅文化。

在具体的实践研究中，不同的学科视角具有不同的研究策略。中国现当代文学视域中的"民间文化"与民俗学视域中的"民间文化"，其研究思路截然不同。民俗学视域中"民间文化"研究更倾向于通过田野调查的方式，对特定的民间文化类型进行自下而上的调查与分析；而中国现当代文学对"民间文化"的关注则始于20世纪90年代，陈思和基于"重写文学史"的立场，将民间文化划入文学史视域之中，并于《民间的沉浮：从抗战到"文革"文学史的一个解释》和《民间的还原："文革"后文学史某种走向的解释》中阐释了"民间"具备的特点，首先，"它是在国家权力控制相对薄弱的领域产生的，保持了相对自由活泼的形式，能够比较真实地表达出民间社会生活的面貌和下层人民的情绪世界"①。其次，陈思和肯定了民间文化具有自由自在的审美风格，即"在一个生命力普遍受到压抑的文明社会里，这种境界的最高表现形态，只能是审美的"②。最后，基于民间文化的文化兼容性和杂糅性的特质，陈思和提出民间文化具有"藏污纳垢的形态"，从而得出不能对民间文化形态进行简单而绝对的判断的

---

① 陈思和. 陈思和的自选集［M］. 桂林：广西师范大学出版社，1997：207.
② 陈思和. 陈思和的自选集［M］. 桂林：广西师范大学出版社，1997：207.

结论。此外，陈思和以知识分子的立场分析归纳了1937年之后的民间文化形态，诠释其在中国现当代文学史中的价值和意义。王光东的《民间的意义》《民理念与当代情感》等学术著作，则结合了具体作家作品，对民间文化在中国现当代文学中的价值形态进行了翔实分析并得出结论，"在当下的文学创作中强调'民间'是有意义的，中国的民间社会并不是一个虚幻的空间，而是有其相对独立的运转系统，不仅包含丰富的精神内容，而且对于当代人精神的生成和真正中国化的现代性作品的出现都有着重要意义"①。

此外，王建刚在《狂欢的诗学》中对"民间"的阐释也具有一定的代表性，表明了民间文化与其他文化类型的关系：

> 民间是一个无形的巨大的引力场，它能悄无声息地浸染场内的一切。即使官方文化也难以挣脱这根无形的链锁。在某种意义上说，官方文化是对民间局部的精细化、体制化。作为一种自觉的文化建构，它通常是在政治权力话语的授意下，由精英知识分子结撰而成。而知识分子的"根"大多在民间。借助知识分子，民间话语能介入官方语境中，不仅是介入，甚至很早以前就已经内在于这种语境了。只是在官方话语的威压下，一时处于失语状态。只有在社会转型期间，它们才能发出自己的声音，每一次朝代更替，社会变革，民间都会被人记起、唤醒，作为政治角逐的一个重要砝码而被利用，成为各利益集团争相邀宠的对象，民间此时也演变为狂欢式的广场中心，民本思想作为官方允诺被一次次推向民众，但民间这个"开心王国"的角色注定不会长久。一旦政治角逐收场，胜负判然，民间也只得脱冕而去，归于无名的边缘状态，沉寂如昔。②

综合以上中外学者从民俗学、社会学、人类学、文化学及文学史角度

---

① 王光东. 民间文化形态与八十年代小说 [J]. 文学评论，2002（04）：164.
② 王建刚. 狂欢诗学——巴赫金思想研究 [M]. 上海：学林出版社，2001：365.

定义的"民间文化"，笔者认为"民间文化"包含着五个层面的含义：第一，民间文化就是民间生活文化。民间文化在民间生活中形成，与民间生活同质同构，具有鲜活的生活气息与生命质感；第二，民间文化是人类文明最基本最广泛的文化类型，一切文化类型都源于民间文化，民间文化包含一切文化类型，民间文化看似清浅实则厚重，时空维度中的民间文化具有无限的延绵性与包容性；第三，民间文化的物质与非物质形式，都是人类精神文明具体的感知性呈现，民俗表演、民间手工艺，传统小说及民间曲艺等民间文艺，更是"民间—民族"的文化象征，民间文化自身具有永恒的演变空间、发展动力与潜力；第四，民间文化在与高雅文化的对照中，被冠以"俗文化"之名，雅俗之间具有永恒的辩证关系——相互依存、相互制约、相互转化，民间文化始终处于相对稳定的变化之中；第五，民间文化长期被视为边缘文化，只有在社会转型期才有机会被关注，并被其他利益集团视为可利用的砝码和争相邀宠的对象。所以，民间文化既有自律性又有他律性，这一特征决定了它既具有叙事立场也是创作资源的双重特征。

（二）汪曾祺小说研究

最先感受到汪曾祺才气的是青年诗人唐湜，他于1948年2月写下《虔诚的纳蕤思——谈汪曾祺的小说》，这是一篇较早的关于汪曾祺小说的评论性文章，文中指出当时中国文坛上有两个值得注意的年轻作家——汪曾祺和路翎，二人都极具文学创作的天赋。唐湜曾特意前往汪曾祺任教的上海致远中学对他进行"访谈"，唐湜认为汪曾祺在20世纪40年代创作的意识流小说虽受到西方意识流小说的影响，但根本上仍然透露着中国传统哲学的意味，表现的是中国人的情感与文化传统，继而肯定了汪曾祺小说文体的恬淡之风。随后的几十年，受制于社会文化环境，汪曾祺几乎放弃了小说创作，直到1979年发表《骑兵列传》。新时期以来，汪曾祺小说研究中具有史创性意义的是1981年凌宇发表的《是诗？是画？读汪曾祺的〈大淖记事〉》，他评价《大淖记事》"不落俗套，立意新奇。故事不能说不悲惨，但使人没有重压之感；描写的风俗绝不是美玉无瑕，读了却让人神清气爽"①，肯定了作品积极、自信与健康的活力，认为汪曾祺文学语言具有诗化民俗的特点。这篇评论将汪曾祺代表作《大淖记事》分析得透彻详尽，但是未能将其还原到历史语境中，指出汪曾祺小说突破性意义，这与当时的文化语境、时代诉求等现实因素有关。

改革开放以来，较早关注汪曾祺文学创作的评论家还有陆建华，他有大量与汪曾祺的书信往来和对汪曾祺的采访记录。陆建华早期的评论性文章具有开拓性意义，为后续的"汪研"奠定了基础与方向，较早发表的评论有《评汪曾祺描写高邮旧生活的小说》《魂萦梦绕故乡情——访作家汪曾祺》《来自生活的诗和美——评〈大淖记事〉从生活到艺术》，由于当时的汪曾祺还没有鲜明的文学史定位，所以，对他作品的研究始终没有突破地域文化背景与特定文本的文学表达范畴，没有认识到汪曾祺文学创作之于文学史"承上启下"的价值意义，没有将汪曾祺的成长经历与时代语境同步关联，对他的理解，仍是其人其文的具体解读。

20世纪80年代初，汪曾祺凭《受戒》《大淖记事》等名篇重返文坛之后，学术界对其作品研究的热度未曾减弱，但观点独特、视角新颖的学术论文，乏善可陈。除了上述的几位评论家撰写的开拓性文章，影响较大的还有黄子平《汪曾祺的意义》、摩罗《末世的温馨——汪曾祺创作论》、李陀《意象的激流》、马风《汪曾祺与新时期小说——一次文学史视角的考察》、罗岗《"1940"是如何通向"1980"的？——再论汪曾祺的意义》等。1993年《当代作家评论》第一期刊发"汪曾祺评论小辑"，是首次设有汪曾祺文学评论的学术专栏，包括罗强烈《汪曾祺的民间意义》、胡河清《汪曾祺论》、韩毓海《"历史""意识形态"与被冷落了的传统——读〈蒲桥集〉琐记》、许谋清《我感觉到的汪曾祺》。这一时期，部分学者逐渐认识到汪曾祺的文学史意义，并在与同期的伤痕文学、反思文学、先锋文学的对比中得出汪曾祺之于传统文化传承的独特性，从不同角度解读其文学文本生成的底因与文化构成的复杂性。2017年12月《文艺争鸣》刊

---

① 凌宇. 是诗？是画？读汪曾祺的《大淖记事》[J]. 读书，1981（11）：42.

发"'最后一个士大夫'：汪曾祺逝世20周年纪念专辑"，包括了季红真、王尧、郜元宝、陆建华、王干、翟业军、杨早、张千可等活跃在当代"汪研"中心的学者评论，其中王尧的《重读汪曾祺兼论当代文学相关问题》获得"第七届鲁迅文学奖文学理论评论奖"，再次印证了汪曾祺文学研究于当代文学研究的重要意义。2020年12月《文艺争鸣》刊发"汪曾祺百年诞辰纪念专辑"，李庆西、孙郁、王尧、王干、翟业军、杨早、凌云岚等评论家发表学术论文，对汪曾祺小说、诗作，汪曾祺研究及文化意义进行分析，延伸并拓宽了"汪研"的视野与空间。汪曾祺的史学地位从"边缘"到"中心"，与时代更迭关系紧密，甚至影响了当代文坛上的知名作家，杨学民在《汪曾祺及里下河派小说研究》中总结道，"在里下河文学流派形成过程中，有些作家是在对汪曾祺创作的品鉴过程中，或者是在与汪曾祺共同欣赏同一作家、流派时获得共识和认同的，例如曹文轩、毕飞宇、鲁敏等"①。基于汪曾祺的史学意义及影响力，使之逝后数十年一直活跃在与当代文坛不断对话的视域里。

据国家图书馆统计资料显示，目前已有的与汪曾祺文学研究有关的博士论文均以其小说作品为研究对象：卢军的《影响与重构——汪曾祺小说创作论》聚焦汪曾祺小说的创作流变，阐释不同时期影响其小说文本生成的原因，论述相对完整，但仍有提炼的空间。这篇博士论文是较早研究汪曾祺的学术著作，由于当时很多重要的资料尚未面世，导致作者没有更深入地进入"文本—文化"的范畴中整体性地把握汪曾祺的文化人格的复杂性；杨红莉的《民间生活的审美言说——汪曾祺小说文体论》，从文艺学及美学的角度较为全面地论述了汪曾祺小说"风俗画体"的形态建构及影响因素，但没有将其置于现当代文化语境中，论及汪曾祺小说在读者接受方面的现实意义；周志强的《汉语形象中的现代文人自我：汪曾祺后期小说语言研究》以汪曾祺20世纪80年代之后的作品为研究对象，通过分析汪曾祺小说语言特点，确立其现代文人的自我认同，但较少地还原到历史

---

① 杨学民．汪曾祺及里下河派小说研究［M］．北京：人民出版社，2018：7.

语境中与同时代作家的语言风格进行对比，在现代文人的特点、民间想象的具体呈现上还有延伸表述的空间。

汪曾祺小说研究是"汪研"的核心，汪曾祺作为文坛赫赫有名的短篇小说大家，其小说作品具有不朽的生命活力。首先，针对汪曾祺小说的学术论文多集中在对其小说本体研究及文化研究，前者涉及小说风格、文体、语言、结构等方面的研究，后者则与汪曾祺文化心理研究有关，从中国传统文化、西方现代文化、五四新文化及民间文化等角度，分析汪曾祺小说中所呈现的文化格调。其次，也有学者将汪曾祺置于京派文学作家群中，与京派作家林徽因、废名、沈从文等人进行比较研究，言说其作品的独特韵味。基于汪曾祺与民间文化的关系对当代文学创作的影响，将汪曾祺与阿城、莫言、贾平凹等人进行比较研究的学术论文，也构成"汪研"的热点。再者，汪曾祺小说的分期研究，即根据汪曾祺小说创作的不同历史时期，结合其生平履历，通过分析人文环境、地域文化对汪曾祺的影响，以及这些影响是如何反映在其小说创作中的，继而得出相关结论。最后，基于汪曾祺对绘画、书法等艺术的文人化创作及理论见解，也有学者试图用绘画及书法理论解读小说文本，在传统哲学与美学视域中打破了艺术门类间的界限，全面把握汪曾祺的文化人格。

江曾祺曾提及自己深受儒家情感的影响，小说也会流溢出老庄文化的趣味，其文化接受的核心是以儒家为主、道家为辅的中国传统文化。在西南联大就读期间，不可避免地受到西南联大自由开放学风的影响，西方现代文化与五四新文化都参与到汪曾祺文化人格的建构之中。讨论汪曾祺思想渊源的学术论文有林江、石杰的《汪曾祺小说中的儒道佛》，文中指出，"汪曾祺小说深受中国传统思想文化的影响，其中既有儒家对人生的积极追求，刚健自强的生活态度，高尚的道德情操和远大的理想，又有佛道的随心任性，清净无染的思想和佛门的救苦救难、大慈大悲的博爱之心"[①]。刘明在《汪曾祺小说中的儒、道文化精神及其现代性意义》中阐释了汪曾

---

① 林江，石杰. 汪曾祺小说中的儒道佛［J］. 广东教育学院学报，1995（04）：43.

祺对"仁"的现代意义的理解，他将"仁"的理念融会于自由、平等、世俗的日常生活中，赋予其合乎人性的、至善至真的伦理品格，与此同时，道家"虚静"中的孤寂却不为其所纳，而是赋予世间人道主义的温情。这类学术论文多从文本分析出发，结合汪曾祺成长经历中所接受的传统文化熏陶，把握汪曾祺文学创作的思想渊源。相关论文还有杨红莉《汪曾祺的哲学思想及其来源》、王宏根《和谐——汪曾祺小说的美学追求》、周全星《浅论汪曾祺风俗画小说的思想内容》、梁素芳《与世无争 致虚守静——略论道家思想对汪曾祺小说创作的影响》等。需要注意的是，汪曾祺的独特性也正是文化构成的复杂性，是其基于多元文化杂糅之后取舍所形成的独特性，儒道禅等中国传统文化固然是其思想脉络中的重要构成，但并不全面，评论家没有穿透"大传统"进入到"小传统"，也就没有把握汪曾祺文学文本生成的实质。

西方现代主义思想也是建构汪曾祺文化人格的重要因素。吴迎君《汪曾祺的现代主义面孔》、郭洪雷《汪曾祺小说"衰年变法"考论》、翟文铖《精神分析视域中的汪曾祺创作》、柯玲《汪曾祺创作的现代意识》等文章分析了与冲淡和谐、清丽脱俗的抒情小说截然不同的文本，指出汪曾祺小说中西方现代主义思想的不同程度与方式体现。汪曾祺 20 世纪 40 年代的"实验小说"多体现了西方现代主义思想，但此类小说具有更多的模仿意识。在 20 世纪 80 年代之后的小说创作中，汪曾祺有意识地将西方现代主义思想与民间文化思想进行了一番内化与较量，其"小改而大动"的小说文本是典型的具有西方现代意识的小说。此外，汪曾祺对西方现代主义的选择，倾向于意识流与存在主义，这两个西方现代流派与民间文化在本质上就存在内在沟通，说明其对西方现代主义的选择仍是以根深蒂固的民间文化精神为起点。但是，上述学术论文都没有进行现代主义选择的归因研究，没有落实到汪曾祺文化人格的底色——民间文化传统对西方现代主义流派的自觉选择。

除了中国传统文化与西方现代文化，五四新文化传统也参与了汪曾祺文化心理的建构，西南联大汇集了大批五四后成名的教授、学者，汪曾祺就读期间，沈从文、闻一多、金岳霖等作家对汪曾祺的影响尤其深远。个性解放、人道主义、平等意识以及对国民生活现实的关注都是五四精神的集中体现，与汪曾祺的写作立场和社会理想一致。翟文铖认为"五四精神始终是他（汪曾祺）潜在的价值尺度"①。季红真的观点是，"他（汪曾祺）几乎以五四的精神为灯塔，批判社会、评价文化传统、构筑自己的艺术人生理想，开拓出独特的艺术世界"②。此外，刘明《汪曾祺与五四新文化传统》、文学武《汪曾祺与五四文学精神》、马杰《汪曾祺的小说创作与现代文学传统》等学术论文都结合汪曾祺的生平及小说文本，得出相关结论。笔者认为，五四文学精神的确影响了汪曾祺后来的一系列文学创作，但五四精神并不是衡量其作品潜在的价值尺度，归根到底，自由与平等作为民间文化的精神特质，与五四精神具有内在相通性。可以说，五四精神帮助汪曾祺确认和强化了民间文化精神在其文化人格中的核心地位。

擅长气氛描写的汪曾祺，书写了大量以地域风情、地域环境为主要叙事内容的小说文本，涉及高邮、昆明、上海、北京、张家口等地的地域文化，其中尤以故乡高邮为背景创作的作品数量最多，影响最为深远。研究汪曾祺小说中地域文化的论文有李海琛的《地域文化视野下的汪曾祺小说论》，作者从汪曾祺小说的地域性和时代性切入分析和总结，从江南水乡到昆明、张家口、北京，沿着江曾祺留下的足迹，领略文本所呈现出的独特世界，深入把握其作品的本质特点。另有地域文化与汪曾祺小说的学术论文，包括白婧《汪曾祺后期"故乡系列"小说与中国传统文化》、朱亚《汪曾祺小说中的高邮地域文化》、朱虹《汪曾祺对现代地域文化小说的赓续与超越》、于淼《汪曾祺小说中的北京叙事研究》等。地域文化与作家的民间体验关系密切，地域文化是汪曾祺民间书写的重要构成，但多数论文并没有关注不同地域的风土人情对汪曾祺人格建构的意义。

---

① 翟文铖. 论五四新文化对汪曾祺的影响［J］. 山东青年政治学院学报，2017（06）：107.

② 季红真. 汪曾祺与"五四"新文化精神——汪曾祺小论［J］. 文艺争鸣，2009（08）：128.

"语言是小说的本体，不是附加的，可有可无的。从这个意义上说，写小说就是写语言。小说使读者受到感染，小说的魅力之所在，首先是小说的语言。"① 汪曾祺小说语言艺术研究的成果丰硕，其中代表性论文有杨学民、李勇忠《从工具论到本体论——论汪曾祺对现代汉语小说语言观的贡献》、吴天然《汪曾祺小说语言风格浅析》、靳新来《汪曾祺小说语言的诗化》、肖莉《汪曾祺小说语言的审美追求》、刘旭《从文人意识形态到打通文学史——汪曾祺小说的语言模式分析》。这些论文具有一定的趋同性，且没有离开汪曾祺对自己语言观的阐述，观点并不新颖，相较而言，上文提及的周志强的博士学位论文最为深入地挖掘了汪曾祺小说的语言风格、文化构成及衍变，杨红莉认为"汪曾祺的小说语言是经过知识分子审美化处理的源于民间生活又高于民间生活的诗化语言"②。这一观点得到了广泛认可，因而其基于语言风格展开关于汪曾祺小说文体建构的论述也具有了合理性。

对汪曾祺作品的文体研究以小说文体为研究重点。20 世纪 80 年代，研究者已认识到汪曾祺小说文体的独特性。较早出现的论文有李国涛《汪曾祺小说文体描述》，指出了汪曾祺小说具有明清笔记小说的神韵和小品文的特质，回忆、结构、语言，构成了汪曾祺小说文体的三个支点。③ 梅庆生在《语言·文体·文化——汪曾祺小说世界的剖析和把握》中指出汪曾祺的小说作品具有散文化的特点，即情节性、故事性的消解，情节处理上"淡化""缺失"，留有余韵，也有论者认为"汪曾祺小说所苦心经营的，并不是表面的轻松、随便、潇洒，而是从轻松中得一愉悦的气氛，从随便中得一纯真的情趣，从潇洒中得一隽永的意蕴"④。杨红莉在专著《民间生活的审美言说：汪曾祺小说文体论》中论证了"风俗"参与小说形式

---

① 汪曾祺. 汪曾祺全集 9·谈艺卷［M］. 北京：人民文学出版社，2019：435.
② 杨红莉. 民间生活的审美言说：汪曾祺小说文体论［M］. 北京：北京大学出版社，2008：9.
③ 李国涛. 汪曾祺小说文体描述［J］. 文学评论，1987（04）：64.
④ 梅庆生. 语言·文体·文化——汪曾祺小说世界的剖析和把握［J］. 丽水师专学报，1993（01）：37.

和内容建构的表现，"风俗"是小说叙事的内在机制，也是"文体"构成的要素。笔者认为，小说文体形成的根底在于多元文化的建构，但多数论及小说文体的学者没有脱离文体进入汪曾祺对多元文化杂糅与选择的判断，探索其文体形成的内在规律及特点。

小说创作的跨文体研究也是汪曾祺小说研究的重点，汪曾祺的文学创作涉及诗歌、散文、戏剧和小说等文学形式，以"高邮系列"为主的小说更是被称为"散文化小说""诗化小说"，具有散文的随然之态与诗歌的意象之美。有关这类研究的学术论文不胜枚举，不再详述。需要特别提及的是汪曾祺戏剧与小说创作之间的相互影响，作为职业编剧的汪曾祺，共创作（或与他人合作）19 部戏剧作品。王慧开在《汪曾祺戏剧创作的跨文体特征》① 中总结"汪曾祺戏剧创作小说化"的两个方面："以人为主，贴着人物写"与"心理描写多，动作展示少"，呈现了鲜明的跨文体特征，深化了戏剧的小说性。杨毓珉曾直言"汪曾祺的剧作，也往往近似他的小说"②，戏剧叙事以情节平淡、人物细腻、耐人寻味为特征，这也导致其戏剧文本"宜读不宜演"。然而，徐阿兵在《汪曾祺接受史的另一面——以"宜读不宜演"为中心》中，对汪曾祺戏剧的"文学性"与"戏剧性"进行了深入的分析，反驳了前人对汪曾祺戏剧创作"宜读不宜演"的观点，即不能用"一般话剧或西方古典戏剧的审美标准度量汪曾祺的剧作"③，而问题真正的症结在于汪曾祺"对戏曲艺术的综合性、表演性、整体性不够重视；或者说，他未能在戏曲文学的戏剧性与戏曲表演的戏剧性之间找到某种平衡"④。事实上，汪曾祺的才情更适宜用小说的形式发挥，汪曾祺将戏剧创作小说化，并不是没有戏剧冲突，而是缺少外在的戏剧冲突，情节平淡、人物细腻、耐人寻味等特征实则强化了内在的戏剧性，发扬了中国

① 王慧开.汪曾祺戏剧创作的跨文体 [J].戏剧文学，2020（09）：72-73.
② 杨毓珉.往事如烟——怀念故友汪曾祺 [J].中国京剧，1997（04）：39.
③ 徐阿兵.汪曾祺接受史的另一面——以"宜读不宜演"为中心 [J].当代作家评论，2018（04）：58.
④ 徐阿兵.汪曾祺接受史的另一面——以"宜读不宜演"为中心 [J].当代作家评论，2018（04）：61.

传统戏曲的美学精神。由此，便导致了其戏剧文本"宜读不宜演"，难以满足观众对外在戏剧冲突为特征的西方传统戏剧的审美期待。这就导致了"汪曾祺只靠一腔才情来写戏，不仅不可能动摇戏曲基础之根本，就连自己剧作的上演也难以保证"①。探讨汪曾祺戏曲传统对小说创作的影响是小说研究的重点，然而已有的研究成果仍多数批判汪曾祺戏剧"宜读不宜演"的观点，继而聚焦其戏剧文本的文学性（小说性）展开论述。与之相对应，汪曾祺的小说创作也受到了戏剧文化的影响，尽管"文革"期间的戏剧创作有一定的局限性，但能在有限的创作舞台上展现文人才情与民间风情，着实是汪曾祺戏剧创作的亮点，这一时期的戏剧创作不可否认地影响了 20 世纪 80 年代之后的小说创作。然而，论及汪曾祺戏剧观对小说创作风格之影响的学术论文较少，本书将会对此进行深入阐述并总结相关内容。

风格研究是汪曾祺研究中最具概括性的研究方向，与汪曾祺的文化人格、创作经历、时代背景关系紧密。风格是小说整体呈现出的形态风貌，与小说语言、文体、叙事的特点密不可分。不同时期，汪曾祺小说风格也存在着显著的差异。20 世纪 40 年代的意识流小说读起来有些晦涩，修辞绮丽，新时期之后的"高邮系列"小说则清丽脱俗，平淡柔和，充满着诗情画意，多体现了归有光平淡叙事的风格及桐城派散文的气韵，而晚年小说及戏曲文本中又彰显出狂肆戏谑的特征，孙郁认为这些文本含有"六朝及晚明以来的志怪与灵异的韵致"②。长期以来，20 世纪 80 年代"高邮系列"小说是汪曾祺小说风格研究的核心，近年来，随着汪曾祺早期佚文的发现，学术界对汪曾祺 20 世纪 40 年代的意识流小说的关注愈丰。

汪曾祺与沈从文、赵树理、废名、孙犁、鲁迅等作家的比较也是研究的重点。基于汪曾祺创作周期的特殊性及汪曾祺作品在中国当代文坛的

---

① 徐阿兵.汪曾祺接受史的另一面——以"宜读不宜演"为中心［J］.当代作家评论，2018（04）：63.

② 孙郁.从聊斋笔意到狂放之舞——汪曾祺的戏谑文本［J］.文艺研究，2011（08）：22.

"出版热"和"研究热"现象,不少学者从汪曾祺的创作风格与创作经验的角度,对照现当代文学史上对汪曾祺有过较大影响的作家,或在同时期与汪曾祺小说创作风格较为相似的作家,从而更深入地把握汪曾祺小说创作的特点、规律及成因。20 世纪 90 年代初至今,沈从文和汪曾祺的比较研究是学术成果最多,研究内容及角度最为丰富的一类,从小说风格比较、题材比较到文化传承、创作拐点等的比较,沈从文与汪曾祺小说的比较研究仍具有阐释空间。此类论文包括夏逸陶《忧郁空灵与明朗洒脱——沈从文、汪曾祺小说文体比较》、杨剑龙《恋乡的歌者——沈从文和汪曾祺小说之比较》、翟业军《蔼然仁者辩——沈从文与汪曾祺比较》、康艳和修雪风《文学思想的交汇:1934 年的沈从文和 1980 年的汪曾祺》等。基于赵树理对汪曾祺的影响及汪曾祺任民间文学期刊编辑的工作经历,也有不少学者注意到汪曾祺与赵树理的关系,从小说本体到文化个体的比较研究较为丰富,此类研究成果包括吕汉东《俗、雅两种不同韵味——赵树理与汪曾祺作品审美特色》、赵勇《汪曾祺喜不喜欢赵树理》、王干《山河异域 光韵同辉:汪曾祺与赵树理的民间性》等。此外,废名作为京派作家的代表人物,也常常拿来与汪曾祺进行比较研究,研究者多是在京派文学创作视域内比较二者异同;孙犁与汪曾祺同为 20 世纪 80 年代"新笔记小说"创作的代表,由于小说风格及文体特征有共通性,因此,使二者的比较研究具有了可能性。近年来,汪曾祺与鲁迅的比较研究也引起学者的关注,从较早的小说文本中儿童视角的比较研究到作家与时代的关系研究及汪曾祺对鲁迅文学观念的吸收与认同,继承与涵化研究等,都取得了高质量的研究成果。综上,汪曾祺与上述作家在文化构成上都有民间文化的参与,在小说文本中不同程度地体现了民间意象、民间叙事或民间精神,民间文化构成了汪曾祺与其他作家进行比较研究的因素。

作为现代文人,汪曾祺的文化人格承继了古代文人的雅致与情趣,擅作小画。汪曾祺直言,当年曾考虑报考在昆明的杭州美专;西南联大"西洋通史"课,汪曾祺递交了马其顿国地图,老师的评价是"阁下之地图,美术价值甚高，学术价值全无"①。由此可见，汪曾祺对绘画艺术的偏爱。诗画本同源，汪曾祺小说文体被认为是"风俗画体"，也印证了其小说创作技法对传统绘画技巧的成功转化，小说《艺术家》《鉴赏家》更是直接以画家为叙事对象，叙事中体现了汪曾祺对传统绘画理论的独到见解。李徽昭认为"留白及其蕴含的'道'成为汪曾祺等艺术创作主体的一种心理认知结构和文化素质，贯穿其文学与美术的创作、品鉴以及文化追求中"②。卢军认为研究汪曾祺的文人画，有助于深化对其小说创作观的理解，他的结论是"汪曾祺的文人画可用'有逸气，无常法'来概括"③。许多学术论文试将画论与文论打通，分析汪曾祺小说中"画意"或者"绘画美"，但是多数论者停留在"散点透视""留白""计白当黑"等较为熟悉的传统绘画特点对汪曾祺小说进行粗略的对应解读，鲜有深入见解。然而，从古典文人画到现代小说，汪曾祺的创作经过了艺术体裁与雅俗文化两个维度的转化，民间文化在其中起到了何种作用，如何实现从视觉艺术到现代汉语的解码与编码的过程，仍有待进一步阐释。

（三）民间文化与汪曾祺小说研究

民间文化是汪曾祺文化格局中的有机组成部分。汪曾祺在童年时期对故乡高邮民风民俗的感性体验，一定程度上决定了其成长阶段的文化选择。然而，民间文化不仅是汪曾祺自觉学习的文化类型，同时他也将民间文化精神中的平等意识、和谐理想、艺术化生活、人道主义情怀等理念融入自身的文化心理之中。汪曾祺在《我和民间文学》中直言作家阅读民间文学的好处，在于"取得美感经验，接受民族的审美教育"④。民间文化作为中国传统文化的重要组成，容易被忽视，却是底层群众最广泛接触的文化类型。汪曾祺以文学叙事的方式还原并重塑了"审美化民间"，为读者

---

① 汪朗，汪明．父亲汪曾祺："西南联大"的坏学生［J］．文史博览，2013（08）：13.

② 李徽昭．绘画留白的现代小说转化及其意义［J］．文艺理论研究，2018（04）：142.

③ 卢军．有逸气，无常法——论汪曾祺的文人画［J］．文艺争鸣，2016（02）：198.

④ 汪曾祺．汪曾祺全集9·谈艺卷［M］．北京：人民文学出版社，2019：331.

呈现出理想的民间生活。20 世纪 90 年代以来，随着文化研究的兴起，学术界逐渐关注到民间文化与汪曾祺小说的关系，大多数研究者从作品语言风格、叙事结构、审美理想、文体形态等角度论述民间文化之于汪曾祺小说创作的影响。

　　较早关注汪曾祺小说民间性的学者是罗强烈，他在 1993 年发表的《汪曾祺的民间意义》中提及汪曾祺对地域文化的偏爱，认为其作品中包含着民间文化特质，"他（汪曾祺）的思想和情感的依托，实际上是他故乡的那种充满活力的民间生活样式"①。事实上，汪曾祺的民间意义不仅在于其作品中含有的民俗元素和地域风情，还包括他视民间的乐世精神为一种生存智慧，民间生活状态是其理想的生活状态。这种民间精神对其创作观产生了深远影响，从而召唤着他的审美理想。但是，文中没有阐述汪曾祺民间精神产生的原因，亦没有明确解释其他文化元素与民间文化进行碰撞与交织过程中，所衍化出的汪曾祺独特的民间审美观。

　　21 世纪以来，刘明发表数篇关于民间文化与汪曾祺小说之间关系的学术论文，首先，结合汪曾祺的民间体验与民间叙事，肯定了传统文化之于汪曾祺思想精神的核心意义，儒道互补的"大传统"的确与汪曾祺文化思想关系紧密，但是其"根本精神内涵却是属于'小传统'的，即民间的"②。再者，他通过分析汪曾祺 20 世纪 40 年代的小说，认为汪曾祺童年经验中的民间审美意识决定了他对西方现代文化的选择性接受，对存在主义、意识流等现代主义流派的倾向，基于与之有文化相似性的民间文化形态。③ 这些结论都具有一定的价值，是解读汪曾祺文学创作的关键，笔者也将沿着这一结论展开更为详尽与深入的论述。文学武则是将民间文化视为边缘文化，将汪曾祺的文学创作置于文学史视域中考察，肯定了汪曾祺对民间立场的执着坚守，证明了游离于意识形态之外的"民间文化的力量

---

① 罗强烈. 汪曾祺的民间意义［J］. 当代作家评论，1993（01）：5.

② 刘明. 民间：汪曾祺的文化方位［J］. 山东社会科学，2000（05）：90.

③ 刘明. 民间审美的衍生及其现代主义选择——汪曾祺 1949 年代的小说创作［J］. 中国比较文学，2013（02）：42.

和潜在生命"① 于其创作风格形成的重要性：汪曾祺对民间立场坚守是不自觉的，民间体验使他自觉地对民间文化进行书写与传承，民间文化不仅是"相对安全"的书写对象，也是精神支柱。杨经建则是看到了汪曾祺文学语言通过向民间文学学习，具有了视觉属性，并认为其通过"祛除'大众语'的意识形态实用化和推崇语言的'雅化'"② 的创作实践，在更高层面上回到母语写作本身，彰显了文学语言艺术本身的魅力。在一定程度上，物象书写印证了小说具有"返回民间"的特性，汪曾祺通过语言艺术，重新建构了审美想象空间。除了分析及阐释汪曾祺对民间物象的描绘，也有学者认为民间信仰与作家的无意识有着深层次的沟通，通过民间信仰的表达，汪曾祺丰富自身文化人格的特征显著。例如，肖向明以民间文化为突破口，阐释了汪曾祺个体无意识心理的变化，他认为汪曾祺小说中出现的"鬼火"意象是"洞悉汪曾祺无意识深处的奥秘，破解他 20 世纪 90 年代在小说美学上的突破和他对自身风格的超越"③ 的关键，并且通过民间信仰叙事，能够探究人生的真谛，以期还原"民间—历史"的真实。

　　需要注意的是，针对汪曾祺小说"民间性"的讨论多集中在 20 世纪 80 至 90 年代，这一时期的小说已确立了较为成熟的文体样式，在反思文学、先锋文学大行其道之时，中国抒情传统因汪曾祺的书写而大放异彩，汪曾祺也被视为"寻根"的先行者。事实上，早在"十七年文学"时期，汪曾祺文学创作的民间性就存在与时代语境相悖离的特点。1963 年中国少年儿童出版社出版的汪曾祺小说集《羊舍的夜晚》，不仅是其中《羊舍一夕》《看水》所呈现淳朴清新的民间审美与"十七年文学"主流美学不相契合，《王全》甚至具有"被批判"的危险性，如王彬彬《"十七年文学"

---

① 文学武. 悬崖边上的树：对汪曾祺小说民间文化形态的一种考察［J］. 河南大学学报（社会科学版），2011（01）：126.

② 杨经建，王蕾. "礼失求诸野"：从民间文学中吸纳母语文学的资源——汪曾祺和母语写作之三［J］. 当代作家评论，2018（03）：141.

③ 肖向明. 重勘"民间—历史"现场——论新时期小说的"民间信仰"叙事［J］. 中国文化研究，2017（03）：115.

中的汪曾祺》指出"《王全》在歌颂王全这个'劳动人民'的同时，也写了王升这个极其自私的'劳动人民'。在对'劳动人民'只能歌颂、不能批判的时代，这也多少有些'越轨'的意味"①。由此可见，即便是强调并突出政治意识形态的历史阶段，汪曾祺也在坚守着文学作品审美性与真实性的统一。张高领《民间文学、方言体验与阅读史重构——张家口如何滋养汪曾祺》发表于 2020 年第 6 期《中国现代文学丛刊》，论文通过细读《汪曾祺全集》中涉及张家口的文献资料，重建张家口与汪曾祺文学创作的内在关系，弥补了基于地域分野的张家口对汪曾祺创作之影响的研究。

此外，不能忽视的是汪曾祺 20 世纪 50 年代在《民间文学》从事编辑工作的经历，汪曾祺直言"我是搞了几年民间文学的，我觉得民间文学是个了不起的海洋，了不得的宝库"②。罗岗认为这段经历是使汪曾祺的文学创作从 20 世纪 40 年代的"现代主义"转向"民间文艺"的关键，对汪曾祺文学观的转变产生深远影响，罗岗在《"1940"是如何通向"1980"的——再论汪曾祺的意义》中提及《民间文学》发刊词"虽然强调'民间文学'的'教育作用'和'认识作用'，却并非以狭隘的态度对待'民间文学'，而是显示出难能可贵的'开放性'和'灵活性'"③，即对"民间文学"的理解"一方面既关注'古代记录'，又留意'现在口头'，沟通了'古典文学'与'民间文艺'的联系；另一方面既发掘'创作源泉'，又着眼'艺术传统'，将'民间文学'视为'文学创作'永不枯竭的'活的源泉'"④。基于此，罗岗认为正是在《民间文学》从事编辑工作的经历强化了汪曾祺对民间及民间文化的认识，"他先后独自整理过鲁班故事《赵州桥》《锯大家伙》《兜头敲他两下》和民间传说《牛郎织女》，参与整理傈僳族长歌《逃婚调》，其中鲁班故事三篇均正式发表于

① 王彬彬."十七年文学"中的汪曾祺［J］.文学评论，2010（01）：135.
② 汪曾祺.汪曾祺全集 9·谈艺卷［M］.北京：人民文学出版社，2019（1）：447.
③ 罗岗."1940"是如何通向"1980"的——再论汪曾祺的意义［J］.小说评论，2010（03）：119.
④ 罗岗."1940"是如何通向"1980"的——再论汪曾祺的意义［J］.小说评论，2010（03）：120.

《民间文学》"①。汪曾祺也曾刊发《鲁迅对民间文学的一些基本看法》等评述，得出"民间文学曾经养育过鲁迅"等重要结论，这是他在 20 世纪 80 年代仍多次强调民间与民间文化重要性的原因。

最后，杨红莉的学术专著《民间生活的审美言说：汪曾祺小说文体论》，对研究民间文化与汪曾祺小说关系有着突破性的价值意义。通过文艺审美与叙事研究相结合的方式，杨红莉对汪曾祺小说语言、叙事个性、结构特征、文体描述、艺术精神进行了详细阐述，认为汪曾祺作为知识分子参与了民间叙事，"双向文化认同姿态鲜明地体现在'诗化生活型'语言的构成上"②。霍九仓的博士学位论文《汪曾祺小说民俗文艺审美研究》，从文艺民俗学视角阐述了汪曾祺民俗书写的审美立场、叙事模式、审美范畴、审美风格及审美向度，归纳总结了汪曾祺民俗书写的文学史价值及现实意义。笔者将在此基础上，进一步探究汪曾祺民间审美立场形成的历时性与共时性因素，在更广的维度上把握其民间书写的现实意义及文化价值。

三、研究意义

首先，汪曾祺小说研究是"汪研"的核心，已有的关于"汪研"的博士学位论文均是以汪曾祺小说为研究对象，且都是以"理论—文本"为基础，较少将汪曾祺小说创作置于 20 世纪中国文学史的文化语境之中，整体把握其基于中国传统文化之"小传统"的文学话语生成。本书尝试从民间文化视域出发，沿着汪曾祺的民间体验，深入探讨汪曾祺的文化心理的建构及文学表达，通过文本细读与文艺理论结合的方式，参考相关背景资料，重新定位汪曾祺的文学史地位。

其次，虽然汪曾祺已逝世二十余年，但其小说作品在当代消费文化与

---

① 张高领. 民间文学、方言体验与阅读史重构——张家口如何滋养汪曾祺 [J]. 中国现代文学研究丛刊, 2020（06）：47.

② 杨红莉. 民间生活的审美言说：汪曾祺小说文体论 [M]. 北京：北京大学出版社, 2008：9.

大众文化语境中，仍然具有不朽的生命活力，其审美理想既与主流价值观保持一致，又对当代人的日常生活具有重要的现实意义。汪曾祺融洽地沟通了民间文化与大众文化、民间文化与主流文化之间的关系，其塑造的"审美化民间"具有独一无二的美学意义，既是"汪氏文体"的本质，又具有广泛的时代价值。本书基于已有的汪曾祺小说研究，继续深入探讨和发掘，试将"审美化民间"置于当代文化语境中，总结其能够与不同时代的读者进行友好对话的根本原因。

再次，根据中国传统文学类型的划分，小说与戏曲都属于俗文学的范畴，它们之间有本质上的关联。汪曾祺的戏曲研究相对比较滞后，但汪曾祺本人是职业编剧，也写下了大量与戏曲艺术相关的评论性散文，如《中国戏曲与小说的血缘关系》《从戏剧文学的角度看京剧的危机》等。近年来，逐渐有学者注意到汪曾祺戏曲的独特价值，基于戏曲理论与汪曾祺戏曲文本进行分析和研究，并取得了一定成果，但是整体来说仍停留在文本层面，并没有超越汪曾祺本人的阐释，更没有对二者的关系进行深入探讨和界定，鲜有学者顾及两种文学样式的创作分期之于汪曾祺创作风格变化的关键性。本书将通过分析汪曾祺戏曲现代化的实践策略，总结现代小说对传统戏曲创作的影响方式，以及戏曲传统对汪曾祺小说创作的积极作用，继而得出二者的沟通与实践如何使民间文化具有了现代色彩及传统俗文学样式的创新意义。

最后，根据汪曾祺提出的"回到现实主义，回到民族传统"的创作旨归，以哲学、美学、社会学、民俗学、心理学等学科理论为指导，回到中国现当代文学史及文化视域中，试从三个维度归纳汪曾祺民间写作为民族文学形式的形成提供的方向与方法。

第一章

民间之情的触动：汪曾祺民间审美立场的形成

如今的高邮，汪家产业的厚重感已不复存在，四间坐落在巷子里的平房还是汪家的后人向高邮市人民政府申请要回的。汪曾祺故居的门上贴着一副对联"万物静观皆自得，四时佳兴与人同"，这是北宋诗人程颢的诗，契合着汪曾祺的审美态度和审美理想。"万物"是能够观察感受到的世间万物，汪曾祺希望通过审美静观的方式获得超功利的审美愉悦，使作品起到"人间送小温"的社会效果。以出世的精神，做入世的事业，是京派作家共同的理想与追求，汪曾祺自然不会例外。

汪曾祺以民间文化为对象的小说创作，既是对民间生活现象的描绘，又通过书写民间文化传递其审美理想，让人们感受到世俗生活中的美。究其根底，汪曾祺对民间的审美意识源自对民间生活的真挚情感。从20世纪40年代初涉文坛，到80年代凭借《受戒》《大淖记事》复出，汪曾祺始终立足于现世生活，既没有通向"彼岸的宗教"，也没有建构"神性的希腊小庙"，因为他不擅于虚构，只能写自己切身体验过的事情，"审美—民间"的书写充盈着对世俗的热爱，弥漫着人间烟火气。

与此同时，汪曾祺的民间情怀决定了他对儒家文化的情感选择，"我不是从道理上，而是从思想上接受儒家思想的。我认为儒家是讲人情的，是一种富于人情味的思想"①，他不刻意关心政治时局，故而其作品在革命年代是边缘化的，他也不具备哲学思辨力，只能用儒家情感关心民间生活，理解、尊重、同情世间人，不涉政治目的与传统道德，正可谓"顿觉眼前生意满，须知世上苦人多"。由此可见，他遵从的是朴素的人道主义

---

① 汪曾祺.汪曾祺全集9·谈艺卷［M］.北京：人民文学出版社，2019：272.

精神，而儒家以和为美的社会理想，恰恰对应着民间生活的实相。

　　民间情怀在汪曾祺的人格性情中表现为乐世精神和审美态度，即对世间的一切心怀善意，即便是受了委屈，经历了苦难，也能够秉持着乐观态度，从容生活。对汪曾祺而言，正是民间精神与审美精神凝聚而成的生命力支撑着他平衡社会生活带来的苦闷。《老鲁》中能够捕捉到他当时食不果腹的窘迫生活，小说基调却仍是欣欣然，挖野菜、吃昆虫的经历非但没有给他留下阴影，反而使他对野菜产生了兴趣，日后他又熟读吴其濬的《植物名实图考》，写下大量与草木虫鱼相关的杂文。如果说生活条件的艰苦仅是饥饿严寒的生理苦闷，那么 20 世纪 50 年代末，他"意外"去了张家口沙岭子的农科所，饱受文人难忍的精神苦闷，但在他看来却是"我当了一回'右派'，真是三生有幸。要不然我这一辈子就更加平淡了"①。汪曾祺非但不觉得给果树喷农药的工作极为枯燥，反而认为这项工作很有诗意，浅蓝色的波尔多液如静美的星空。再比如，《寂寞与温暖》的主人公沈沅同样有过"右派"经历，可从中窥知沈沅的原型正是汪曾祺，文中未见到激烈的情感冲突，叙述平平淡淡，整她的坏人有，关心她的好人更多，这篇小说在家人的"审核"下六易其稿，仍是温情脉脉②。由此可见，汪曾祺是将审美态度、民间情怀、乐观主义一以贯之，并不将生活中的苦楚消极处理，他淡化苦难、抒写善美的日的并不是刻意美化旧社会，而是源于儒道互补的生活哲学，是个体生命对民间生活的精神浸润与汲取。汪曾祺无心改变社会格局，也无心将文学视为革命斗争的工具，只想让文学发挥抚慰人心的审美功能。所以，风云变幻的社会变革和涉世处境都无法影响汪曾祺的心境，他自始至终都秉持着一颗热爱生活的心：静观世俗，玩味人生。

　　仁者爱人，汪曾祺关注的是现实现世，却拥有朴实普世的超越精神。

---

① 汪曾祺．汪曾祺全集 5・散文卷［M］．北京：人民文学出版社，2019：284.
② 汪朗，汪明，汪朝．老头儿汪曾祺［M］．北京：中国青年出版社，2016：166.

第一节　汪曾祺的民间体验

童年在高邮的生活经历是汪曾祺对民间最直接的体验，"风俗画体"小说的书写多是以高邮的市井生活为原型。以故乡高邮为背景的短篇小说，偶有人物重复出现在多篇小说里，承担着不同的叙事功能，因此有研究者提出，可以深入挖掘汪曾祺短篇小说的叙事和结构，重新归纳整合，从而组织完成巨制的高邮风情图。杂取多篇短篇小说凝合为长篇小说的构思必然违背了汪曾祺的本意，但是，如果择取汪曾祺以故乡高邮为背景的短篇小说关联阅读，亦能为我们铺展出"清明上河图"般的视觉文化景观。

> 从我家到小学要经过一条大街，一条曲曲弯弯的巷子。我放学回家喜欢东看看，西看看，看看那些店铺、手工作坊、布店、酱园、杂货店、爆仗店、烧饼店、卖石灰麻刀的铺子、染坊……有人问我是怎样成为一个作家的，我说这跟我从小喜欢东看看西看看有关。这些店铺、这些手艺人使我深受感动，使我闻到一种辛劳、笃实、轻甜、微苦的生活气息。①

形形色色的人，形形色色的生活，以散点透视的方式分布点缀在这幅画的每个角落，汪曾祺点亮了"高邮风情图"。"东看看，西看看"的无功利闲逛方式就是审美静观的态度，在"闲逛"中感受到的繁荣的市井文化、热情的乡里邻舍、丰富的人间气息，为汪曾祺日后的文学创作奠定了最轻快活泼的情感形态。幸福的家庭，宜居的高邮最早规定了他的创作取向与风格。若干年后，童年回忆成为汪曾祺独特的文学表达，他以清丽简

---

① 汪曾祺. 汪曾祺全集 5·散文卷［M］. 北京：人民文学出版社，2019：105.

洁的抒情笔法描绘高邮的民间人物与市井生活：卖烧饼的王二、开炮仗店的陶虎臣、卖糜饭饼子的李三、卖果子的叶三等市井商贩，他们勤劳勇敢有胆识，即使日子过得辛苦却不曾失去民间本色的质朴和热度，也有情义为先、不计回报的医生王淡人，一身正气、教书育人的高北溟等知识分子，用赤诚的本心守护这座小城的良知与安逸，还有《受戒》里的明海和小英子，《大淖记事》中的十一子和巧云，他们突破传统世俗观念，初心生发的纯洁爱情让世俗生活多了清新的人情味。

在《汪曾祺自选集·自序》中，汪曾祺明确说道："我的小说的背景是：我的家乡高邮、昆明、上海、北京、张家口……我以这些不同地方为背景的小说，大都受了一些这些地方的影响，风土人情、语言——包括叙述语言，都有一点这些地方的特点。"① 地域文化，与民间文化最为切近，相互依存且叠合，民间文化中自然绽放着地域文化的鲜活风采，汪曾祺的小说语言也就不可避免地有了高邮味儿。

然而，汪曾祺对民间文化的接受，既有童年不自觉的观察，又有成年后自觉或不自觉的学习，为他贯穿一生的文学创作铺就了民间文化底色。20 世纪 50 年代，汪曾祺在中国民间文艺研究会任编辑，自然会从若干稿件和老舍、赵树理的观念中耳濡目染诸多与民间文化相关的学理性内容，"一个作家读一点民间文学有什么好处？我以为首先是涵泳其中，从群众那里吸取诗的乳汁，取得美感经验，接受民族的审美教育"②。"涵泳"，表明了汪曾祺探索民间文学内在肌理的方式，然而他的"涵泳"又岂是从担任《民间文学》编辑开始的？"涵泳"不仅仅是理性知识的接受，更是生活的浸入式体验。只有置身民间生活的体验和反复揣摩的探究，才能将民间文化的实质融于文学的创作，通过组织内容、叙事、语言、结构，塑造成熟的民间文化书写方式，由此建立对民间文化独特的审美表达与文体风貌。

小说中的民间生活实状是审美理想的反映，更是民间文化最为直接且

---

① 汪曾祺. 汪曾祺全集 9·谈艺卷［M］. 北京：人民文学出版社，2019：396.
② 汪曾祺. 汪曾祺全集 9·谈艺卷［M］. 北京：人民文学出版社，2019：331.

细致的阐释，这与汪曾祺始终置身民间有关。除了故乡高邮，汪曾祺在西南联大就读期间的昆明市井生活，在张家口沙岭子与农民相处的乡土生活，又是另一种色调的民间，却同是暖洋洋的动人。

西南联大的学术自由之风与民间文化精神气韵之间具有内在的精神沟通。昆明的市井生活是汪曾祺有意识地深入民间生活的起点。作为抗战时临时组建的高等学府，西南联大实力雄厚，聚集了众多文学泰斗，他们中的大多数对民间文化的关注从五四时代延续而来，而在学校从长沙到昆明迁移的过程中，也有学生和老师自发对沿途民俗乡野文化进行搜集与整理。在西南联大就读期间，汪曾祺一方面受到西方现代哲学观的影响，写下了许多意识流小说，另一方面，他在昆明的生活经历也成了民间书写的素材。例如，他熟悉昆明凤翥街和文林街上每个茶馆的地理位置与经营状态，"如果我现在还算一个写小说的人，那么我这个小说家是在昆明的茶馆里泡出来的"①。对比《泡茶馆》中的昆明市井气氛与《异秉》中高邮市井气氛，亦能发现二者环境描写上的相似性。《跑警报》更是一篇饶有兴趣的散文，紧张危急的战争期间，即便是人们的生命受到威胁，"跑警报"的师生还能保持着生活情调，写下"人生几何，恋爱三角"②"见机而作，入土为安"③样式的对联，用一种乐观心态去平衡战争带来的外在混乱，而汪曾祺比他观察到的那些"跑警报"的人更有情致，处之泰然地记下了这些"苦趣"。人们井然有序甚至满不在乎地"跑警报"，可以用"儒道互补"的传统哲学观来阐释，更是民间文化精神中的乐观主义强有力地支撑着个体的求生信念。

除此之外，沈从文对民间文化的理解也在潜移默化中影响了汪曾祺的小说创作。但从小说创作风格来看，汪曾祺的世俗情结更浓郁，并不意在返回原始自然，所以比沈从文多了一些乐世的温情与细腻。"汪曾祺对自然的崇尚，则师承废、沈又超越了二者，由人生形式的返归自然，转换成

---

① 汪曾祺. 汪曾祺全集 4·散文卷［M］. 北京：人民文学出版社，2019：242.
② 汪曾祺. 汪曾祺全集 4·散文卷［M］. 北京：人民文学出版社，2019：259.
③ 汪曾祺. 汪曾祺全集 4·散文卷［M］. 北京：人民文学出版社，2019：259.

为人生本质（即人性）的返璞归真。这使汪曾祺的不少小说，少了题材上的乡土传奇性，多了一种生活现象的寻常性、平淡性。"①

对汪曾祺而言，生活难得不平淡，丰富的人生经历是文学创作取之不尽的源泉。事实上，20世纪40年代末的"右派"生活与20世纪60至70年代在样板团"被控制使用"这两件事，给了汪曾祺异于常人的生活经历。所以，他在20世纪80年代之后的民间书写中，才会更多表达的是对新中国成立前高邮生活的留恋。童年生活的平淡，成为一种心理补偿，不仅仅是汪曾祺需要的，也满足了20世纪80年代初的读者的审美需求，他所建构的"生活世界"已悄然远去，但又切实存在过，在可触与不可触之间给予读者生活的理想。20世纪40年代末，汪曾祺在张家口沙岭子生活的几年，也没有放弃生活的趣味，他对绘制《马铃薯图谱》的工作欣然乐道，和农民一起演戏，更是忙得不亦乐乎。他以张家口沙岭子为背景的文学作品鲜见苦痛与抱怨，对农民和乡土的描述充满诗意和情趣。正如莫言所说，作家不仅要体验农民的生活，更要作为农民生活。"我们和农业工人干活在一起，吃住在一起……我这才比较切近地观察了农民，比较知道中国的农村、中国的农民是怎么回事。这对我确立以后的生活态度和写作态度是很有好处的。"② 中国少年儿童出版社出版的《羊舍的夜晚》中收录了汪曾祺20世纪60年代创作的三篇小说，均是以张家口沙岭子为背景的成长小说，《羊舍一夕》传递出少年成长的温度；《王全》体现了"准少年"成长的过程；《看水》则阐述了少年成长心理的变化，汪曾祺写的是少年儿童的成长，又何尝不是自己的成长？通过苦中作乐的生活经验，深入了解农民内心的真实状态，汪曾祺实现了自身心理成长的蜕变，在一定程度上为20世纪60年代到70年代的精神遭遇打下坚实的心理堡垒。

此后，直至20世纪70年代末，汪曾祺在北京市京剧团任职业编剧，虽然没有小说问世，却并不意味着创作思维的中断，"它的意义充盈而坚

---

① 杨联芬. 归隐派与名士风度——废名、沈从文、汪曾祺论［J］. 北京师范大学学报（社会科学版），2005（02）：59.

② 汪曾祺. 汪曾祺全集5·散文卷［M］. 北京：人民文学出版社，2019：287.

实，汪先生的人格、性情尽在其间。此时的不写，正是真正的写，是一位作家自在的禀性和他对小说的固有美学追求的非文字存在"①。这种停笔的状态是主动的，其中有社会政治因素的制约，但更多是汪曾祺对自身创作态度的坚持。他在 20 世纪 80 年代中后期到 90 年代创作的小说，内容多与京剧团紧密相关，这是他对 20 世纪 60 年代到 70 年代往事回忆的沉淀，即便是特殊的历史时期，汪曾祺也没有直接书写政治革命中的激烈斗争与情感，而是先铺设了北京民间文化的氛围及剧团内部的变动，通过人物心理和语言描写，反映时局的动荡和剧团人物的实相，《八月骄阳》《云致秋行状》《不朽》《当代野人》等小说，尽是如此。

　　总之，汪曾祺对民间文化的认识，既有感性认识和体验的一面，又有自觉学习和运用的一面，既是直接体验和间接体验的统一，又是感性认识和理性认识的结合。他从民歌中发现民间文化魅力，认为文学创作应该将当代文学、古典文学和民间文学打通，不同地域背景的小说创作中，地域文化既通过民间世俗景观展现，也通过人物方言传递，"能多掌握几种方言，也是作家生活知识比较丰富的标志"②。此外，民间文学的语言特点完全为其小说语言所继承。在《我和民间文学》中，汪曾祺明确指出通过编辑《民间文学》期刊，小说创作也受到了民间文学的影响，具体体现在两个方面：一是语言的朴素、简洁和明快；二是结构上的平易自然，注重叙事的内在节奏感。基于此，民间文化的文学式样和民间生活的切实体验，共同构成汪曾祺文学创作的文化底色，源于民间，超越民间的审美化表达，通向了他的审美理想，即立足于民间的艺术化生活。

---

① 李洁非 . 空白——悼汪曾祺先生［J］. 当代作家评论，1997（04）：23.
② 汪曾祺 . 汪曾祺全集 9 · 谈艺卷［M］. 北京：人民文学出版社，2019：257.

第二节　汪曾祺的民间文化观

一、中国现当代文学中的"民间文化观"

古代"民间"指的是底层民众生活的空间环境，构成民间社会的群体主要指的是农民、商贩、市井小民等中下层民众。古代社会的民间群众，被视为没有话语权的受教群体，统治者对民风民俗的采集也仅是出于观察舆论与民情动向的政治需要。孔子认为，政治风俗思想的理想境界是审美境界，诗歌具有的兴观群怨的价值功能，是为统治者的政治目的服务的。现代社会的民间群众，包括了农村、乡镇及城市的中下层民众，在文化阶层的意义上，民间群众仍属于被教育教化的主流群体。而学术意义上的民间，是近代以来才有的文化概念，随着现代思想的涌入，民间话语权在民主思想的贯彻下越来越被重视，从启蒙民间到对话民间，民间文化的自律性和主体价值逐渐被发现。

中国古代民间文化少有文字记录，传承下来的民间文化大多数也散落在偏远地区，但被学术界视为传统文化中不可或缺的一部分。古代民间文化"边缘化"的原因有三点①：第一，遭到"楚骚唐律"正统文学的排挤，鲜有官方文字的记载；第二，职业文人和艺术家为了确认自己的创作天赋与能力，视民间文化为没有水准的世俗之物，以此区别于极富创作个性的高雅文化；第三，即便是生长于民间的知识分子，离开乡土民间，拥有文化话语权之后，也通过"去熟悉化"的方式自觉疏离过去的生活，以证明自身已跻身高雅文化所属的阶层，便会与过去生活的民间文化阶层生出某种间离关系。所以导致"在精英化的审美观念支配下，正统文化屏蔽

---

① 徐国源 . 美在民间：中国民间审美文化论纲［M］. 上海：上海人民出版社，2019：8-11.

了'民间艺术'这道风景，民间审美文化始终处于'压抑'状态，只是在'日常生活'和'地方风俗'的层面上得以传承"①。

然而，在中国古代历史进程中，民间文化并非一直默默无闻。明代中期以后，中国出现了资本主义的萌芽，雇佣关系出现，商人地位提升，小说和戏曲等反映市民阶层（民间社会）生活、情感和价值理想的艺术形式得到突飞猛进的发展，打破了诗文在正统封建社会中的文化霸权。新经济因素的出现，转变了知识分子的意识形态观念，李贽"童心说"、袁宏道"性灵说"等侧重人的情感和主体性的进步思想也促进了小说、戏曲、说唱艺术等文艺形式的发展。可见，民间文化的发展与生产力的发展、思想意识的进步紧密相关。

实际上，早在五四时期，不同立场的知识分子已初步建立了三种民间文化观，影响至今。第一种，以启蒙为目的的民间立场。随着西方现代思想的引入，以鲁迅、周作人为代表的启蒙主义者以文化启蒙为目的，企图发掘民间文化中有益于新文化建设的内容，找到与启蒙思想相一致的文化精神，民间文化作为启蒙的工具被发现和运用。第二种，以革命为目的的民间立场。受到俄国民粹派影响，李大钊提出"到民间去"的口号，以他为代表的革命派，走到山村乡野传播革命思想，呼吁民众参与革命斗争；第三种，以审美为目的的民间立场。以胡适、刘半农等现代知识分子为代表，他们发现了民间文化中的现代精神，认为民间语言和民间精神有自在的生命活力，肯定民间文化的本体价值。在中国现当代文学发展史中，这三种民间文化观交相呼应，此消彼长，民间文化形态及精神的多元性与复杂性既丰富了民间社会生活，又是中国现当代文化品格中至关重要的存在，不同风格的民间文化书写也由此展开，各具斑斓色彩。

（一）文化启蒙立场的民间文化观

20 世纪 20 年代，鲁迅、周作人等人从启蒙立场出发，对民间文化持有两种截然不同的价值判断，一种是强烈批判民间文化中与封建思想相关

---

① 徐国源.美在民间：中国民间审美文化论纲［M］.上海：上海人民出版社，2018：5.

的落后观念，例如，鲁迅的《阿Q正传》中写了阿Q的愚昧无知，"阿Q精神"这种通过自嘲、自愚方式麻痹自我的"精神胜利法"引发了社会的强烈反响；《祝福》描述了祥林嫂的悲惨一生，作者既饱含同情又痛恨她的愚昧无知，继而表达对封建道德礼教的强烈批判；《示众》集中体现了鲁迅对国民劣根性的态度，为了讲述犯人示众的过程，作者进行了民间人物的群像式书写，并对民间群众麻木不仁的看客心态进行强烈谴责。另一种是肯定民间生活的淳朴与自在，民间文化内在的生命力自发成为反抗现实生活的正面力量。《社戏》是鲁迅创作的回忆性小说，描述了少年时代在故乡绍兴看戏的经过，赞颂了劳动人民真诚、善良、热情的品格，全文洋溢着田园牧歌式的情调，展现了平等和谐的民间生活图景。《从百草园到三味书屋》则写出了儿童快乐天真的性情，封建文化中的妇女和儿童是地位等级最低的群体，"儿童"更是被视为"缩小的成人"，而鲁迅在这篇散文中却恣意挥洒笔墨写下了童年生活的乐趣，肯定民间文化视域中儿童的相对独立性。鲁迅的价值正在于站在启蒙立场对社会现状进行批判，所以作品中呈现出两种截然不同的风貌，既有通过浪漫主义抒情的方式对民间文化中蕴含的现代自由精神直接歌颂，也有通过现实主义批判的方式间接地肯定民间文化中自由精神之可贵。

五四运动时期，周作人对民间文化的研究比较突出，在民间故事、歌谣、童话、谜语、笑话等方面都有涉猎，发表了《人的文学》《平民的文学》等文章，推进了文学革命从形式改革向内容改革的演变，树立了启蒙主义立场的文学观。周作人多是从内容上肯定民歌情感的朴拙与真实。同时，他又否定了民歌中某些粗鄙、笨拙的表达方式，认为"久被蔑视的俗语，未经文艺上的运用，便缺乏了细腻的表现力，简洁高古的五七言句法，在民众诗人手里，又极不便当，以致变成那个幼稚的文体，而且将意思也连累了"①。周作人的文学观与其"个人主义的人间本位主义"态度相呼应，意在从启蒙的立场呼吁真正的"人的文学"。

---

① 周作人．周作人散文全集（第2卷）［M］．桂林：广西师范大学出版社，2009：172.

中国古代社会的封建统治，使得民众的个人意识沉沦，被压制、被奴役的思想已成为习惯无意识，潜藏在灵魂深处，主张崛起反抗，追求自由的"人"的思想只能通过文化启蒙的方式传递。时至今日，社会生活中的巨大变革不断给山村乡野注入了新的思想，在新旧观念的碰撞和协调中，文化立场之间的冲突越发凸显。当代知识分子的文学创作，仍有坚持启蒙立场，发现并批判民间群众在现代性追求上的滞后性，以"寻根文学"为代表的小说创作就延续了五四启蒙主义者的文化批判精神，比如，阿城《棋王》《树王》《孩子王》，韩少功《爸爸爸》，李杭育《最后一个渔佬儿》，王安忆《小鲍庄》等。

（二）革命斗争立场的民间文化观

启蒙的号角刚刚吹响，中国社会便立刻陷入内忧外患的局面，许多启蒙主义者随社会巨变转向革命斗争的旋涡之中。五四运动时期，李大钊提出了"到民间去"的口号，邓中夏、挥代英、沈泽民等积极倡导"革命文学"建设，鲁迅、郁达夫、郭沫若、茅盾等人也向革命文学靠拢。民间文化与政治、革命、战争结合，积极收纳启蒙主义立场的知识分子，体现了民间文化强大的包容性。在之后的理论建设中，瞿秋白、毛泽东、胡风等人相继对民间文化与意识形态之间的关系进行深入阐释，使革命斗争立场的民间文化观成为中华人民共和国成立前的主流，直接影响到 20 世纪 70 年代末之前的当代文学创作。

左翼知识分子"大众化"文艺论争中，文学家和理论家提出要利用民间文艺形式，传播革命思想，团结民众力量，民间文化被视为教化群众的革命工具。这一时期，革命文学似一股洪流，成为呼吁民间群众奋起反抗的思想力量。以革命思想为主题的文学创作，要么通过描述革命战争对民间社会破坏，书写惨绝人寰的生活场景，民众游离失所的社会现实，以达到呼吁民众参与革命战争的社会效果；要么直面描写战士们奋勇杀敌，不惧艰难险阻保卫家园，浴血奋战的战斗精神，目的是激发民众的革命情感。与此同时，小说、曲艺等最容易被民间群众接受的俗文化类型得到前所未有的发展。然而，事实却是"'民间'的真正内涵也就被政治意识取

代，所保留下来的只是'民间'的形式"①。20世纪40年代，向林冰提出
"民族形式"的概念，认为"民族形式的完成，是民间形式运用的归宿。
换言之，现实主义者应该在民间形式中发现民族形式的中心源泉"②。1942
年，毛泽东《在延安文艺座谈会上的讲话》进一步强调了文学艺术的意识
形态性，经过政治改造的民间文化逐渐成了政治符号，并且要求知识分子
放弃自己的理想和追求，与工农兵的立场保持一致，参与现实的革命政治
斗争。民间文化与政治的紧密结合，使得这一阶段的小说创作在故事情
节、叙事逻辑、政治情感的表达上趋同性强，鲜有作品具有超越现实革命
斗争的美学价值。

立足民间文化书写革命斗争，意在利用民间文化形式，在政治上起作
用。此时，失去了主体性的民间文化书写，只能在夹缝中绽放光彩，熠熠
生辉的民间文化元素使文学作品具有了审美价值。例如，小说家艾芜曾在
西南边境和亚洲南部漂泊，根据他的情感体验和人生经历创作了大量与之
相关的文学作品。其中，《南行记》讲述了滇缅边境民间群众的革命斗争，
打动人心的却是他发掘和刻画的底层群众真善美的品质。艾芜描绘了颇具
特色的地域风光，山地气候、自然环境、人文气氛的书写为读者打开了别
样绚烂的世界。由此可见，与政治立场保持一致、具有明显功利目的性的
文学作品，留给作者的审美想象空间具有一定的局限性。在民间文化书写
中，只有抒发真实的民间情感才能打动人心，从而获得永恒的审美价值。

（三）文艺审美立场的民间文化观

民间文化，指与庙堂文化相对应的底层文化，只有基于文化平等的观
念审视民间，才能发现民间文化体现着的独立审美价值，然而这一过程本
身就体现着现代意义。由此说来，文艺审美的立场的民间文化观，是建立
在文化启蒙之上的现代文化观。

五四时期，以胡适、刘半农为代表的知识分子实现了文化启蒙立场与

---

① 王光东. 民间理念与当代情感［M］. 桂林：广西师范大学出版社，2003：5.
② 向林冰. 论"民族形式"的中心源泉［N］. 大公报（副刊《战线》）. 1940-3-24.

文艺审美立场的民间文化观的统一。胡适认为白话文学是"人的文学"，是活文学，只有活文字才能产生活文学，而民间文学的语言就是最具生命活力的语言，他多次发文阐述"民间是文学产生的源泉"，肯定了民间文学语言形式的审美价值；刘半农则更多地从歌谣的文学情感方面肯定民间文化的审美价值，他认为"民歌的好处，在于能用最自然的言词，最自然的声调，把最自然的情感发抒出来"。① 20 世纪 20 年代，由于民俗学和文学研究的需要，刘半农、胡适、周作人为发起人创立《歌谣》期刊，以歌谣为代表的民间文化不仅脱离了依附文化启蒙和革命斗争存在的价值立场，而且以自身独特的审美价值走上 20 世纪中国的文学舞台，并被赋予了极高的期待，并且《歌谣》周刊的发刊词，引用了意大利卫太尔的观点，"根据在这些歌谣之上，根据在人民的真情感之上，一种新的'民族的诗'也许能产生出来"。②

如果说胡适、刘半农为代表的知识分子在文化启蒙背景下树立"启蒙—审美"文化观，民间文化的审美因素是为实现启蒙过程中的偶然发现，那么老舍、沈从文、赵树理、汪曾祺、莫言等作家则更多地倾向民间劳动人民的价值立场，这些作家以他们的思想情感、审美标准进行文学创作，在更高层次上实现了文学的"审美—启蒙"理想。

通过比较可以发现，不同作家基于民间文化审美立场进行文学创作，却绽放出风格迥异的花朵，此类作品最具多元性和丰富性，这与作者独特的成长经验、文化积累、审美趣味、天赋个性有关。秉持文艺审美的立场书写民间，审美主体能够最大限度地发挥创作才华，拓展审美想象空间，从不同的角度诠释民间文化的审美价值。老舍的"民间"是苦难民间，他关心社会变革对普通人生存状态的影响，劳动人民自身的生活逻辑和生命齿轮遭到破坏，他为底层百姓呐喊图存。沈从文的"民间"是诗性民间，他认为远离都市的民间群众有着更合乎生存法则和道理标准的生活状态，湘西世界的人拥有完美的人性，通过诗意化地书写民间，歌颂人性的美

---

① 刘半农：《半农杂文二集》，上海良友图书印刷公司，1935：13.
② 《歌谣》周刊发刊词，《歌谣》周刊第一卷 1 号，1922-12-17.

好。赵树理的"民间"是问题民间，他发现民间现实中亟待解决的问题，站在农民立场替农民发声，同时又在表达形式上融合了多种民间艺术形式，为底层民众喜闻乐道，文史学家王瑶评价赵树理，"创作的终极意义是'为农民写作'的作家，唯有赵树理一个"①。

需要指出的是，在当代文化语境中，已经出现第四种民间立场，即以消费为目的的民间立场，一定程度上，民间文化再次被挤到社会文化的边缘。20世纪80年代，美国文化学者尼尔·波兹曼振聋发聩地提出"娱乐至死"，认为随着科学技术的发展，视觉影像逐渐替代了文字语言的价值功能。的确，由"阅读"到"观看"的转变，导致了人们思考力的退化，尤其对民间群众的认知及审美能力提升构成阻碍。以商业消费为目的的民间立场，主要在电影电视等现代传媒艺术中出现，即"文学作品中的'民间'幻境亦被影像'民间'的白日梦境所取代"②。其中，贴近民间大众生活、注重游戏性体验、满足消费快感的喜剧电影③，从整体上对传统意义上的民间文化的文学表达构成威胁。

总之，民间文化是文学艺术赖以生发的土壤。在20世纪的中国，"启蒙—革命—消费"对民间文化的排斥、挤压乃至利用，使民间文化长期处于边缘乃至被遮蔽的状态。唯有以审美为目的的民间书写，从民间文化的内部找到与文艺审美相通的价值精神，才能彰显民间文化的本体价值。反观中国现当代文学史视域中的民间文化观，如何从不同维度及角度呈现民间文化自身的生命活力，发挥其健康积极的价值功能，合理有效地抵御当代视觉影像文化带来的冲击，就成为值得思考并亟待解决的问题。

二、汪曾祺"民间审美观"的内涵

如今，人们对生活品位与文艺形式的价值判断，往往被冠以"雅俗"

① 万国庆. 论赵树理创作的文化代表性 [J]. 嘉兴学院学报，2006（01）：5.
② 邹欣星. 民间：从想象到消费——大众文化视阈中的冯小刚电影研究 [D]. 苏州：苏州大学，2011：51.
③ 邹欣星. 民间：从想象到消费——大众文化视阈中的冯小刚电影研究 [D]. 苏州：苏州大学，2011.

之分。事实上，作为中国古代文论中重要的美学范畴，"雅俗观"的形成经历了漫长的历史发展。李春青在《论"雅俗"——对中国古代审美趣味历史演变的一种考察》中阐述了"雅俗观"的历史衍变与文人身份确立、审美趣味的发展有密切关系：

> 汉末魏晋之后，"雅俗"渐渐成为一对具有审美意义的评价性概念并被普遍用之于人物品藻和诗文书画鉴赏中。这一现象具有重要意义：证明了"文人身份"的确立。"文人身份"是士大夫阶层在某个历史时期获得的一种新的身份维度。是那个服务于君权并成为君主官僚政体之社会基础的士大夫阶层获得相对稳定的社会地位之后精神世界自我拓展的产物。"文人身份"成熟的标志是"个人情趣的合法化"……对人而言，"雅俗"观是对其风度、气质、个性的考量，对诗文书画而言，"雅俗"观是对其传达的"趣味"的评判。这都是作为"个体主体"的"文人"才会关注的对象。"文人"之不同于平民百姓以及一般的士大夫之处在于：他们对个人情趣高度关注并赋予它以审美形式。①

然而，作为现代文人的汪曾祺，其"民间审美观"的形成是由其观照民间的方式决定的，"化俗为雅"的文学表达亦是由其现代文人的立场决定的，即"文艺审美的民间立场"。具体来说，汪曾祺的"民间审美观"是自发性与自觉性的统一。其中，自发性的民间审美是汪曾祺"民间审美观"的初级形态，决定了后来自觉性民间审美的形成。作为普通民众参与民间生活的汪曾祺，具有从民间生活内部看待民间的审美态度，从而使自发性的民间审美具备了集体性、原生性、直觉性、顿悟性等感性特征，体现为汪曾祺的"日常生活审美化"。纯粹热爱生活的人生态度，随遇而安的通达精神，是为汪曾祺民间审美观的内涵。而自觉性的民间审美观是作

---

① 李春青.论"雅俗"——对中国古代审美趣味历史演变的一种考察 [J]. 思想战线，2011（01）：116

为现代文人的汪曾祺，基于自发性民间审美观的价值取向，理性选择并吸收民间文学的精华，认同并吸纳沈从文、契科夫、伍尔夫等作家的创作理念，融合明清小说、桐城派小品文的创作手法，接受西方存在主义、表现主义等现代观念之后，形成与自发性民间审美观具有相似或同构的文化精神，具有个性化、派生性、间接性、渐悟性等理性特征，与现代文人的审美理想和社会责任直接相关，体现为汪曾祺"文艺创作的生活化"，即与民间生活同构的叙事艺术与文体风格，是为汪曾祺民间审美观的外延。

需要明确的是，民间审美观的内涵和外延并非截然区别的两部分，它们中间的黏合剂是汪曾祺的性情，无论是自发性还是自觉性的审美经验，都属后天习得，汪曾祺温润的性情确有禀赋、遗传等先天因素，这种性情使汪曾祺对民间文化有天然的亲近感，也在潜意识中不断强化汪曾祺从头至踵、贯穿一生的民间情怀。

"民间审美观"是汪曾祺民间书写的立场，是传统情感与现代观念的有机结合，是世俗生活与高雅趣味的柔和碰撞，体现了他对民间文化的理解。文化启蒙立场、革命斗争立场的民间文化观都是从外部关照民间，更多是从现实目的与工具论的角度利用民间文化，而汪曾祺则是从内视角出发形成了独特的民间审美观，他既能站在民间立场体会和欣赏民间文化的精髓，又并非完全歌颂民间，顺应民间，而是时常走到民间文化的外部，站在现代文人的角度对民间文化"藏污纳垢"之处进行揣摩与分析，用幽默、戏谑、嘲讽的方式温和地批判。

尤其在当代消费文化语境中，汪曾祺的文学作品有让读者心绪趋于平静和安宁的功能。与其他的京派作家相比，他的民间审美观更具现实意义，既有安抚功能，又有引导作用，意在让人们主动去发现和感受现实生活的美好。他将京派文学的审美理想由"边缘"引向"主流"，所谓的"无意义之意义"在更高层面具有广泛且实际的美育价值，潜移默化地传递温爱，有益于世道人心。

事实上，民间文化本身具有生活气息与生命质感，是没有从生活中抽离出来的文化类型。日常生活审美化，即美在民间，是民间生活的本质特征，指的是在民间群众的感知范围中，民间生活与民间审美的相互依存与内在统一。中国第一部诗歌总集《诗经》收录了大量民间歌谣，具有集体性和匿名性特征，《诗经》最初叫《诗》，孔子对其评价极高，"《诗》三百，一言以蔽之，曰思无邪"①。南宋诗论家严羽《沧浪诗话》中指出"禅道唯在妙悟，诗道亦在妙悟"②。意在说明诗人的诗歌品性与才识学力没有直接关系，诗歌创作是个体对现实生活的直接感悟，是人的情感对物象的整体性投射和把握，例如，《国风》多出自劳人思妇之口，这些人甚至不识字，但审美感兴力极高。

美国哲学家约翰·杜威在《艺术即经验》中提到"民间审美活动的基本逻辑就在于：它在生产、接受的过程中'使整个生命体充满活力'，并在其中通过欣赏而拥有自己的生活"③。马斯洛需求层次理论最基础的层次是生理需求，包括了性与饮食，前者为了种族的延续，后者则是生存的保障，中国古人云："饮食男女，人之大欲存焉"，可见中西方都将饮食与性视为最普遍的日常活动，然而中西方的社会现实却对二者有不同的侧重，台湾学者张起钧认为，西方文化是男女文化，而中国文化是饮食文化。由于中国长期受到封建道德礼教的束缚，使得性文化始终处于被压抑的状态，为主流价值观所回避，只有山野乡间本然保留了性文化的原始纯粹性，然而汪曾祺却在创作后期的多篇小说中都肯定了这种"健康人性的美"。

然而，饮食文化却在中国文化体系中大放异彩，是中国传统文化的重要组成部分，古代文人学者甚至将美味、美文、美感的精神要义相勾连，在"艺术通感"作为现代艺术学概念出现之前，已经有"淡乎其无味""滋味说""辞味"等与味觉体验相关的词汇自觉运用到中国古典文艺理论体系之中。汪曾祺对饮食文化尤其热衷，写下了大量饮食文化散文。在他

---

① 李学勤．十三经注疏·论语注疏（全一册）［M］．北京：北京大学出版社，1999：15.
② 严羽，郭绍虞．沧浪诗话校释［M］．北京：人民文学出版社，1961：20.
③ 约翰·杜威．艺术即经验［M］．高建平，译．北京：商务印书馆，2005：27.

看来，"吃"有两大功能：一是满足人的基本需求；二是带来神圣的生之快乐，这是其"日常生活审美化"的显著特征。"这些年来我的业余爱好，只有：写写字、画画画、做做菜"①。翟业军认为，汪曾祺的"吃"是"非艺术化的吃"②，真正的美食家要求尽善尽美的工艺，也要求食材的名贵奢靡、难以寻觅，然而汪曾祺的"吃"与之截然不同。汪曾祺喜欢吃杂食，散文创作中提到其本人喜欢看《东京梦华录》《梦粱录》《闲情偶寄》等描写古代生活文化的杂书，这也与他对民间饮食文化的热爱相关。从汪曾祺写的饮食文化散文来看，汪曾祺的"吃"是民间的"吃"，他擅长粗菜细做，即用的是日常生活中屡屡可见的食材，经过加工处理，反复品味，研制最能体现食材特色的烹制方法，这是汪曾祺做菜的特点。汪曾祺并非没有吃过传奇美味，但并不以此为追求，偶有食之反而会感到惭愧，他认为拔丝羊尾极其美味，但"这些东西只宜供佛，人不能吃，因为太好吃了"③。显然，这里的"人"是站在平民百姓的立场言说的自己。工艺菜对摆盘极其讲究，却是形式大于内容，汪曾祺对之否定的同时，还认为工艺菜不是烹饪艺术的正路，而是歪门邪道。他的观点是，菜品需要形式的美观，但不必刻意强调，追求雅致而非贵气，比如拌荠菜的摆盘要规矩而不松散，搭建出落落大方的塔形，方能引起人的食欲。严格来说，汪曾祺应该是一位名副其实的"民间美食家"。

烹饪艺术作为生活化的艺术，是日常生活功能与审美创造功能的统一。民间生活中的常见食材，融入生活热情的烹饪技法，体现了汪曾祺包容的性情与雅致的情调，以及自得其乐的生活方式。与之相关的是，聚餐文化至今都是建立融洽关系的方式，儒家对饮食文化的肯定，也具有社会和谐的旨归。《红楼梦》被称为中国封建社会的百科全书，其中对传统饮食文化的描述非常详尽。虽然小说《金冬心》中的筵席不及贾府盛宴的奢

① 汪曾祺. 汪曾祺全集 10·谈艺卷［M］. 北京：人民文学出版社，2019：176.
② 翟业军. 更有一般堪笑处，六平方米作郇厨——"美食家"汪曾祺论［J］. 文艺争鸣，2017（12）：39.
③ 汪曾祺. 汪曾祺全集 6·散文卷［M］. 北京：人民文学出版社，2019：162.

华，但是汪曾祺却不输曹雪芹描写美食的功力，对菜单的描绘既是描述场景，又有渲染小说气氛的作用，是推动小说情节发展的隐性策略，也是汪曾祺"日常生活审美化"在文学创作中的移植与运用。

如果说饮食文化是从物质生活出发的审美追求，是"物—人"艺术化存在方式的典型，那么"人—人"艺术化关系，便是指相处（共存）的和谐。汪曾祺对生活和谐的诉求就是民间生活本来的样子，他的期待与民间生活的规律相一致。"民间文化要求人们的行为趋于一致，趋于统一，让我们的社会生活变得有规律，有秩序。我们甚至可以这样说，民间生活就是和谐的生活、安全的生活"①，而"民间文化之所以是和谐社会的一种重要力量，内在的原因就在于民俗凝聚和宣泄了民众共同的美好愿望"②。汪曾祺努力建立和谐的人际关系就是对民间文化的和谐本质最直接的呼应，也是他"日常生活审美化"理想的实践。

若将人与人的关系上升到和谐美的境界，一定是建立在人与人之间平等、尊重、理解的基础之上。汪曾祺"日常生活审美化"的实践方式，在于他会自觉地站在他人的角度思考问题，不愿意麻烦人，淡化矛盾与冲突，这表明了他希望社会生活具有和谐之美的愿望。例如，汪曾祺的女儿汪朝在《老头儿汪曾祺》中提到，有一次家里的小保姆偷喝卉卉（汪曾祺孙女）的果汁，母亲很生气，认为小保姆品质不好，汪曾祺在一旁听到了，却认为她应该喝，因为她没喝过。汪明也提到家里的几个保姆和父亲汪曾祺相处的细节，家里东西丢了，母亲直言不讳问保姆，逼得保姆直喊冤，父亲却在一旁规劝母亲东西要保管好，不能直接问，会伤了保姆的自尊心。不仅在日常生活中，汪曾祺能够尊重并且理解保姆，根据实际生活创作的小说《大莲姐姐》《小芳》也都肯定了保姆尽职尽责的品质和朴素的人性美，让人动容。

作为现代文人的汪曾祺，在打通民间文化与古典文化之间的关系时，自然不可避免地受到庄子思想的影响。庄子哲学的真谛在于，若想游心于

---

① 万建中．中国民间文化 ［M］．北京：北京师范大学出版社，2010：35.
② 万建中．中国民间文化 ［M］．北京：北京师范大学出版社，2010：36.

道，必须要有澄明的心境，为此需要经历外天下、外物、外生的修养过程，即排除对世事的思考，不计较贫富得失等身外之物，还要将生死置之度外，如此修为才可能朝彻见独，实现对道的关照，达到至乐至美的生活境界。事实上，汪曾祺并不擅长处理与权力机构的关系，他是入世的文人，性情里自然带有传统文人淡泊名利的老庄禅意。汪明在对汪曾祺的回忆中提到，父亲不擅长"打报告"，无论是给汪明所在连队的首长写病退报告，还是写申请符合自己级别房子的报告，都是费很大力气才能"憋"出来，与"下笔如有神"的著名作家身份完全不合。① 衣食住行属于人类最基本的物质生活范畴，住房需求是人的基本需求，而庄子哲学"随遇而安"的生活态度顺应了他的性情，却降低了他和家人的生活质量，为此他也受到家人不少埋怨。最典型的是，汪曾祺曾向政府要求归还高邮汪家的部分房产，但始终没有引起地方政府的重视。如汪曾祺在《自报家门》中的描述，中华人民共和国成立前高邮汪家的房产很多，但究竟多少，经青年学者夏涛考证，撰写了《漫谈汪曾祺和他的故居》。其中一组数据的出现力证了汪家昔日产业规模的庞大，他的描述是：

> 据后来的《汪氏祖房调查报告》，高邮城在汪曾祺父亲汪菊生（字淡如）名下的房产总数为 26 处，217.5 间，计 3337.85 平方米，其中仅科甲巷（今傅公桥路西）一处，即汪曾祺出生的祖产房（就有）24.5 间，面积有 367.5 平方米。②

对比如今的"汪曾祺故居"，王安忆在《去汪老家串门》中这样描述：

> 汪家当年的宅院，历经动荡变迁，如今只余下这前后套的两间，背着一小块天井，天井里颇为奇迹地贴墙筑一道窄梯，梯顶上搭一间

---

① 汪朗，汪明，汪朝.老头儿汪曾祺：我们眼中的父亲［M］.北京：中国青年出版社，2016：317.

② 夏涛.漫谈汪曾祺和他的故居［J］.翠苑，2009（01）：61.

　　阁楼，悬着，住汪老的一位兄弟。汪家人戏称是"皮凤三楦房子"——汪曾祺的小说名。所以，这里不仅是汪曾祺故居，也是今居，生活着汪老的亲人。①

　　早在 20 世纪 80 年代，汪曾祺就曾在与扬州市市长的通信中提出，希望能归还汪家部分房产，信中所述："曾祺老矣，犹冀有机会回乡，写一点有关家乡的作品，希望能有一枝之栖。区区愿望，竟如此难偿乎?"② 通过汪曾祺写给市长的这封信的口吻，看得出"归还房产"对其而言，着实是难以启齿的事情。事实上，他只为归乡时让"回忆"有个落脚处，写出更多作品去宣传家乡的文化历史，落笔处却尽是无助与无奈，"一枝之栖"终究没能如愿。

　　总之，汪曾祺的亲和、淡泊与不争都指向了社会"和谐"的愿望，而民间生活和谐的人文生态，也需要如此修为的人去维护才能稳定。其中既有汪曾祺不愿与权力机构产生交集的外在因素，也有不愿麻烦他人的内在性情。如果说汪曾祺对饮食文化的纯然热爱更多出于热爱生活的本性，是从本心之真与趣出发，进入到审美化的境界，那么他对人际关系"和谐"状态的维护更多是以牺牲个人物质利益为代价，是从本心之真与善出发，实现了日常生活审美化，也印证了汪曾祺儒道互补的生活哲学，契合着民间文化的本质特征。

第三节　民间文化与汪曾祺文艺审美的相通性

　　"文化的差别，并非意味着落后与先进这类评价，各文化都有自己的

---

① 王安忆. 去汪老家串门［N］. 文汇报，2009-02-02.
② 陆建华. 别梦依稀——汪曾祺致高邮亲属三封信解读［J］. 文艺争鸣，2017（12）：32.

价值取向，也有自己与所属社会的相适能力。"① 民间文化在相当长的历史时期被主流精英文化所排斥，它的审美价值及意义被忽略，精英阶层将民间通俗文化视为"下里巴人"，民间文化的边缘化是精英文化霸权统治下的自然结果。事实上，人类文化是一个整体，不能以固定阶层的价值观念判定文化价值的高低，在中国漫长的历史进程中，仍然有出身民间的知识精英对"民间"持肯定和欣赏的态度。明代文学家冯梦龙搜集了大量散落民间的白话文学，整理为对中国白话小说传统有重要意义的《三言》，这是一部具有民间立场和民间趣味的白话小说，因其具备民间文学的传奇性和通俗性特征受到市民阶层的追捧。民间文学是浅语的文学，保留了原始人类最淳朴的自然法则和语言风格，它不具备反映社会历史和政治文化的时代性和思想性特点，精英知识分子对民间文化的疏离，从反面印证了他们对自身所属的精英阶层的确认。相较文人创作明确的主体性，民间文化具有匿名性特质，是集体无意识的文化象征，创作主体是模糊的，但创作情感真切，"歌之权轻"的民间文学看上去"浅薄单调"，然而浅则浅矣，情真而不可废，因为"但有假诗文，无假山歌"②。能够发现民间文化价值的知识精英无疑是最具现代精神的文人，他们超越了自身的精英立场，既是对主流文化体系的反拨，又具有尊重自然、生态、民众的价值观念，从而具备了朴素的平等意识和人道主义情怀。

汪曾祺对民间文化的态度既不是为了考察民情，以正民风的实用态度，也不是为了获取数据，用以社会学分析的科学态度，而是一种审美的态度，他发现了民间生活中的人具有完善的道德美，民俗手工艺具有超乎技术层面的艺术美，民间生活本身具有浪漫而多姿的风俗美。汪曾祺的民间立场，既是作为文人艺术家的审美态度决定的，也源于民间文化作为审美客体，与文艺审美本身具有相通性。

---

① 露丝·本尼迪克特．文化模式［M］．王炜，等译．北京：生活·读书·新知三联书店，1988：3.
② 徐国源．美在民间：中国民间审美文化论纲［M］．上海：上海人民出版社，2018：25.

第一，民间情感天然性与汪曾祺文艺审美真实性的统一。民间情感是自然的情感，民间文化也是民众初心使然的结果，是现象真实和情感真实的统一，最切近文学真实的审美追求。文学创作是作家的主观情感对物象世界的投射，移情的过程便是民间审美意象生成的过程。民间文化是不事雕琢与加工的文化类型，保留着最原始的生命形态和生命活力，体现为最天然的情感状态，李泽厚讲"道始于情"，是中国哲学文化的逻辑，与文艺审美对情感真实的追求相一致。在汪曾祺的文学创作中，通过对民间物象的描写和罗列，铺就出风俗画般的民间生活图景，这是最典型的民间生活的复现，类似纪录片形式展现的民间文化景观，是作家进行了超功利审美选择之后的物象书写，是最切近自然真实的叙事方式。"民间创作更习惯于从自我的心性和感官的愉悦出发，将对象和自我的现实关系转化为审美（情感）关系。"① 也就是说，民间文化是民众发乎本心的自然生成，是赤子之心对自然万物的审美关照，保留着人类童年的淳朴和天真，情动于中而形于言，民间文学语言的简洁与清浅恰能说明这一特征。

维柯在《新科学》中提出"诗性的智慧"的概念，他认为诗性的智慧是人类最初的智慧，一切历史文化的构成因素都能在古代的诗性智慧中找到源头。如果摒弃社会历史文化等外部因素，诗性与文学性是对等关系，支撑原始诗性思维进行创作的正是创作主体强烈的感知力和想象力，这也是文学情感的来源。无论在情感还是语言上，汪曾祺的小说创作都遵循着与生活同构的叙事规则，他接受并强调沈从文所说的"写小说要贴着人物写"的创作观念，人物行动和语言都可视为人物情感和心理变化的外化形式，文学叙事则必然合乎人物天然的生存状态。将人物置身于环境中，对环境气氛的强调，是汪曾祺小说最重要的特点，也是为了还原人物的现实处境，营造情感的真实性。例如，在小说《大淖记事》中，巧云喂十一子喝下尿碱汤，不知道为什么，她自己也尝了一口。汪曾祺写到这一细节时，不自觉地落泪，"这是我原来没有想到的。只是写到那里，出于感情

---

① 徐国源. 美在民间：中国民间审美文化论纲 ［M］. 上海：上海人民出版社，2018：75.

的需要，我迫切地想要写出这一句"①。也就是说，当作家沉浸于小说情境之中，鲜活的人物自然会激发作者的创作情感。

作为具有民间立场的现代文人，汪曾祺既有与民间情感同构的诗性智慧，又有独特的民间生活经验，他的小说就是民间文化的诗化表现。如果用荣格的集体无意识理论"艺术是集体无意识原型的象征"解读"我以为风俗是一个民族集体创作的抒情诗"②，可以说，汪曾祺对民间文化的书写，其实也是民间风俗的自我呈现与展示。民间文化选择了汪曾祺作为打开民间文化本体世界的窗口，然而这一选择必然是基于汪曾祺的万物有情观与民间情感的契合。

第二，民间人物狂欢性与汪曾祺文艺审美自由性的统一。"狂欢"是巴赫金提出的概念，巴赫金认为在表演仪式中，官方权力暂时失效，民众能够释放自由天性，体现为各个阶层平等对话的关系，而狂欢理论则是"为在'长远时间里'的民间文化证明，为它争取话语权"③。在一些原始部落和少数民族地区，狂欢节的习俗延续至今。在情感表现上，狂欢节的精神与文艺审美的自由意识具有内在一致性。汪曾祺自诩是抒情的人道主义者，他的人道主义正是平等意识的体现，从汪曾祺儿女们合著的《老头儿汪曾祺》中可以得知，汪曾祺在家中是没有什么地位的人，孙女经常爬上他的肩膀，直呼其"老头儿"，汪曾祺也不会生气。事实上，汪家家庭关系的和谐由来已久，汪曾祺曾在《多年父子成兄弟》中言及他的父亲曾为他追求女孩子的事情出谋划策，"我十七岁初恋，暑假里，在家写情书，他在一旁瞎出主意！我十几岁就学会了抽烟喝酒"④。这样家庭关系中的平等观念自然影响了汪曾祺对民间的态度，小说流露出对民间文化的欣悦之感。如果说，平等观念只关涉审美静观的态度，那么创作自由的追求则是

---

① 汪曾祺. 汪曾祺全集 9·谈艺卷［M］. 北京：人民文学出版社，2019：185.
② 汪曾祺. 汪曾祺全集 9·谈艺卷［M］. 北京：人民文学出版社，2019：185.
③ 王建刚. 狂欢诗学——巴赫金文学思想研究［M］. 上海：学林出版社，2001：110.
④ 汪曾祺. 汪曾祺全集 5·散文卷［M］. 北京：人民文学出版社，2019：261.

汪曾祺一直坚持的信念。1957年，汪曾祺到张家口沙岭子生活工作，直到20世纪70年代末，只写了三篇以张家口为背景的成长小说，这期间，他安分守己地待在北京京剧团进行戏剧创作，没有生活积累绝不勉强创作，没有情感意向绝不迎合主流，这是汪曾祺文学创作的态度。

　　如果说，汪曾祺的"儒士"之风是由审美理想决定的，作为意识层的冰山一角显现，那么"狂士"之名则是艺术家汪曾祺的酒神精神与潜意识心理决定的。日常生活中的汪曾祺谨言慎行，却酒后出狂言，正可谓"醉的本质是力的提高和充溢之感"①，典型的文人做派暗示了他性情中"狂士"的一面，也是艺术家本性的显现。如果将民间表演仪式作为戏剧艺术的雏形，是民众参与艺术创作的初级形态，民众的狂欢是压抑许久后自由力的彰显，那么作为作家的汪曾祺也只有将悲剧体验凝聚升华，才能达到最自由的创作状态。对《聊斋志异》和八大山人绘画风格的青睐，大抵能见出他抒情之下的狂肆和不羁，汪曾祺欣赏蒲松龄的民间意识和人道主义情怀，《聊斋志异》中荒诞离奇的故事讲述了民间的恩怨情仇，是民间想象力与巫文化的结合，而魔幻主义的手法却表达出民间真实情感。汪曾祺在20世纪80年代末改编了《聊斋志异》中的数篇小说，命名为《聊斋新义》。20世纪70年代末，汪曾祺每日涂抹乱画老鹰、怪鸟，绘画比文字更为强烈地表达了内心的狂躁情绪。汪曾祺狂士和愤怒的一面不轻易外露，而20世纪90年代的"衰年变法"作为其最后的创作转型，成就了汪曾祺对民间文化的另一种解读："当代野人"系列使其收起了一贯温和的修辞，语言直白尖锐，这是审美自由最大程度的彰显，是悲剧意识数年积累后的勃发。

　　第三，民间生活的诗意性与汪曾祺文艺审美去蔽性的统一。杨红莉在《民间生活的审美言说：汪曾祺小说文体论》中，依据人的生活所侧重的生产领域，将生活分为日常化的生活和非日常化的生活。日常化的生活遵循的是个体生活的自然规律，人的自由本质能够尽情地发挥，不会受到制

----

　　① 李醒尘. 西方美学史教程［M］. 北京：北京大学出版社，2005：324.

度、权力、等级观念的束缚，人的感性思维得以沉淀和形成，更倾向于民间生活原貌；非日常化的生活遵循的是政治文化的逻辑，人也由自然的人发展为社会的人，现代工业文明的发展导致了人成了"单向度的人"①，人的理性冲动过于强势，人与人、人与自然、人与社会之间的利益冲突吞噬了日常化生活中本有的诗意。席勒认为，古希腊人的性格是完整和谐的，人的感性和理性还没有明显的区分，而近代以来，人的主体性分裂，是劳动异化的必然结果，若要使人性复归，只有通过游戏和审美的方式才可以实现。

事实上，进入现代社会以来，机械复制时代的人们尤其需要通过文艺审美的方式为日常生活去蔽，而无功利审美活动能够美化人心，帮助现代人回归日常生活本身。美育是个体性格完善的途径，直抵"美美与共，天下大同"的社会理想。汪曾祺不是美育理论倡导者，却在创作中潜移默化践行美育理念：

> 我认为作家的责任是给读者以喜悦，让读者感觉到活着是美的，有诗意的，生活是可欣赏的。这样他就会觉得自己也应该活得更好一些，更高尚一些，更优美一些，更有诗意一些。小说应该使人在文化素养上有所提高。小说的作用是使这个世界更诗化。②

与废名、沈从文等作家的审美观念一脉相承，汪曾祺承袭了京派文学的抒情传统，同时，他又深受西方存在主义哲学的影响：人，诗意地栖居在大地上。但不同于废名、沈从文对脚下这片"大地"所持的悲观与失望情绪，同是抒情小说，废名将人引向了彼岸的世界，沈从文则向往原始的

---

①　"单向度的人"是马尔库塞提出的哲学概念，指当代发达的工业社会已成为一个具有强大的同化和整合能力的系统，它使一切对立面和否定因素都消解了，资本主义社会成为"单向度"的社会，人也失去了个人生活，完全屈从于技术与社会的统治，成为"单向度的人"，从而丧失了合理批判社会现实的能力。李醒尘．西方美学史教程［M］．北京：北京大学出版社，2005：422.
②　汪曾祺．汪曾祺全集10·谈艺卷［M］．北京：人民文学出版社，2019：359.

湘西，认为翠翠这样没有受到世俗影响的女孩才具有理想的人性。汪曾祺的"大地"却是弥漫着人间烟火气的乡土民间，而他对"大地"的态度是乐观积极与诗意审美的，所以才是与海德格尔观念一致的澄明之境。海德格尔认为"艺术就是真理在作品中的自行置入"①，汪曾祺对民间文化的书写是真理的揭示，民间文化无遮蔽地敞开自己，也就意味着民间生活中的语言、风物、习俗等文化象征向世界展示了自身的美。如此说来，汪曾祺是美的揭示者和传播者，并不是创造者和加工者，而读者的审美活动也是美彰显自身的过程，世俗生活得以净化，实现了民间生活的诗意性与汪曾祺文艺审美去蔽性的统一。

第四节 双向互动：汪曾祺与民间文化

独特的"民间审美立场"，决定了汪曾祺成为汪曾祺。具体而言，汪曾祺小说的样式，就是民间生活的样式，然而这其中不仅包括对民间生活时空体的描绘，也随处可见洋溢着的民间精神与民间活力。汪曾祺之于民间文化，也不仅是单向地移情，也包括了民间文化之于汪曾祺反向的精神回馈，对之民间审美立场加以确认与巩固，最终实现了民间审美书写的立体化与精神化。这也是他不同于同时代其他的启蒙知识分子，不同于纯粹为民间群众代言的作家的原因。

一方面，汪曾祺没有站在启蒙立场直接批判民间文化的劣根性，民间小人物的不堪被他写得很温和，即便是有"哀其不幸"的情绪流露，也没有一悲到底的伤感，而给予更多的是理解、尊重、同情，戏谑式讽刺意味仅仅是点到为止，语露锋芒，但绝不苛责；另一方面，汪曾祺的文人性情使他自觉疏离对革命斗争的关注，政治上甚至有些幼稚，但是文学艺术是社会现实的反映，作为横跨中国现当代的文学家，不可能完全摒弃政治因

---

① 李醒尘.西方美学史教程［M］.北京：北京大学出版社，2005：403.

素进行文学创作，然而，革命历史题材并非他所擅长，文学作品中只有小说《骑兵列传》、现代京剧《沙家浜》直接写了革命战争。在《鲍团长》《大淖记事》《陈小手》等小说中即便出现了军队、士兵等象征革命战争的符号，但都不是汪曾祺直接表现的叙事对象，他更多的是通过描绘民间日常生活的变化，反映民间人物在政治革命中的态度及真实境遇。由此可见，时代语境中的革命斗争是实际存在、不可避免的，但是如何处理这些素材，如何取舍其中的片段，究竟将之作为叙事背景还是作为叙事主线，却是由作家的创作态度和目的决定的，更是由作家所理解的民间生活本相决定的。

从 20 世纪 40 年代的小说《异秉》《戴车匠》《鸡鸭名家》到 80 年代的《受戒》《故里杂记》《七里茶坊》，汪曾祺始终将民间生活视为审美的自留地。细究创作流变，不难发现，民间文化经历一个从浅表到深化的"现象—精神"的反复涵化过程，即 20 世纪 40 年代的小说多是将民间文化作为审美对象，他的民间审美立场并不彻底，存在与西方现代思想的较量与和解。到了 20 世纪 80 年代，汪曾祺的小说就完全具备了民间文化精神，实现了彻底的民间审美立场的书写方式。尚需说明的是，这四十年不是民间文化空缺的四十年，从事《民间文学》编辑的工作及戏曲创作之于汪曾祺民间审美观的成熟，意义重大。

从民间审美立场形成的分期来看，童年时期的家庭因素、地域环境、个性禀赋影响了他感性建构的民间审美观。而汪曾祺最终的民间审美观的形成，又是多种文化积累与天赋秉性内在沟通与融合的结果，感性的民间审美观决定了他的审美倾向性，即是对文化类型的侧重和选择的方式，其中既包括儒家情感与老庄美学，又有西方现代文化的自觉融入，更不可避免地受到京派文学影响。报考西南联大前，在家闲居的两年，汪曾祺反复阅读屠格涅夫的《猎人日记》与《沈从文小说选》，理由是"这两本书和我的气质比较接近"[①]，沈从文和屠格涅夫作品中共有的生活化叙事、散文

---

① 汪曾祺. 汪曾祺全集 4·散文卷［M］. 北京：人民文学出版社，2019：148.

化风格、审美化乡村，汪曾祺都非常欣赏与认同，屠格涅夫和沈从文的作品风格与汪曾祺气质相近，由此可判断，早在进入西南联大之前，汪曾祺的民间审美已具有了明显的倾向性。

西南联大对汪曾祺的影响是深远的，他曾在《西南联大中文系》中提及"我要不是读了西南联大，也许不会成为一个作家。至少不会成为一个像现在这样的作家"①。一方面，西南联大的文化语境具有极强的包容性，汪曾祺认为西南联大的学风特点是"博、雅"②，这正是对校园文化格局的高度概括，即文化多元与文人情致并存，也的确是西南联大的"博、雅"学风为汪曾祺文化格局的确立奠定了基础；另一方面，在个性气质的塑造上，西南联大自由的校园文化也着实强化了汪曾祺散散漫漫的性情，以至于他认为求学时期所收获的"精神方面的东西，是抽象的，是一种气质，一种格调，难于确指，但是这种影响确实存在。如云流水，水流云在"③。20 世纪 40 年代初，西方现代主义各流派风靡联大校园，但汪曾祺对西方现代思想的选择并不随意，而是无意识地倾向与民间文化精神相似或相关的西方现代思想，"大学二年级以后，受了西班牙作家阿左林的影响，写了一些很轻淡的小品文。有一个时期很喜爱 A. 纪德的作品，成天挟着一本纪德的书坐茶馆。那时萨特的书已经介绍进来了，我也读了一两本关于存在主义的书。虽然似懂不懂，但是思想上是受到了影响的"④。读书很杂，尝试颇多，是汪曾祺对这一时期创作实践的评价，存在主义思想与意识流文学叙事方式使其民间写作具有了广义的哲学思考与诗性光辉。《复仇》《绿猫》《小学校的钟声》等都是较为成熟的意识流小说，在同期同类型小说中实属上乘，但此时的汪曾祺尚未确立基于民间审美观的小说风格。可喜的是，1948 年出版的《邂逅集》是汪曾祺的第一部小说集，收录其中的多数作品表现了民间生活，《鸡鸭名家》《戴车匠》《老鲁》等小说

---

① 汪曾祺. 汪曾祺全集 6·散文卷［M］. 北京：人民文学出版社，2019：115.
② 汪曾祺. 汪曾祺全集 9·谈艺卷［M］. 北京：人民文学出版社，2019：384.
③ 汪曾祺. 汪曾祺全集 6·散文卷［M］. 北京：人民文学出版社，2019：228.
④ 汪曾祺. 汪曾祺全集 9·谈艺卷［M］. 北京：人民文学出版社，2019：241.

中初见汪曾祺独特的民间审美意识。但这类作品并不是真正意义上的"传统乡土派"作品，而是受到西方现代主义与五四新文化传统的影响，具有显著的个体生命意识，由于创作主体的审美心理定式尚未稳定，审美距离尚未形成，导致这些作品精致但不圆融，匠心颇重。尽管如此，《邂逅集》已能见出其将民间文化作为叙事主体的倾向性，并为后续创作所延续。

20 世纪 50 年代末至 60 年代初，汪曾祺被下放到张家口沙岭子农研所劳动，这段经历对他而言至关重要，其塑造的"审美化民间"因身处逆境而越发鲜活生动，焕然一新。汪曾祺尝试在普通人难以承受的困境中挖掘生活乐趣，入乡随俗，随遇而安。有研究者指出"虽然下放改造期的汪曾祺并不负有民间文学相关的任务，但'三同'生活对他理解农村、农民和民间文学仍不无裨益，有时甚至成为民间文学活动的直接参与者"①。也就是说，汪曾祺本以为因下放劳动而被迫中断了民间文学编辑工作，中断了与民间文化的联系，却意外收获了更加直接的民间生活体验。因此，在以张家口为背景的文学创作中传递出了快乐的因素，文学作品的生命质感源于汪曾祺的审美态度对民间文化的投射所形成的生命活力，也是乡土生活自在的生命活力发挥了精神反馈的正向作用。20 世纪 60 年代，中国少年儿童出版社出版的《羊舍的夜晚》收录了《羊舍一夕》《王全》《看水》三篇小说，沟通了江曾祺 20 世纪 40 年代和 80 年代的小说创作，之于汪曾祺对民间文化的深化理解与精神继承，具有了承上启下意义，具体表现在：西方现代主义创作手法的痕迹开始隐退，逐渐内化成以母语写作为根基的传统方式，即汪曾祺经过了更加接地气儿的民间体验，民间文化的现实主义表达开始逐渐向着"容纳各种流派的现实主义，民族传统是对外来文化的精华兼收并蓄的民族传统"② 的方向衍变。《羊舍一夕》围绕一个普通的夜晚，写出几个孩子的日常工作与生活，基于儿童对果园、农舍、羊群等民间元素审美化认同，萌发了他们对劳动生活的热情，小说通篇充

① 张高领. 民间文学、方言体验与阅读史重构——张家口如何滋养汪曾祺［J］, 中国现代文学丛刊, 2020（06）：49.
② 汪曾祺. 汪曾祺全集 9·谈艺卷［M］. 北京：人民文学出版社, 2019：247.

盈着青春与活泼的氛围，淳朴而清新。《看水》中的民间元素更多被置为背景，果园的氛围为小吕的心理成长提供了自如放松的自然环境，正是出于对果园的责任意识，小吕才有了克服困难的勇气。《王全》是发生在农业科学研究所内部的事情，却丝毫没有见出严肃体制带来的压抑，汪曾祺对民间环境真实感的强调淡化了人际关系的紧张感，王全对马的爱，超越了喂马工作本身，他对马温柔的态度里渗透着农民对劳动伙伴的情感。还原到 20 世纪 60 年代特殊的政治语境，这三篇小说难免有"粉饰"的成分，但审美化民间的塑造，仍然使小说具有鲜活的艺术感染力，较之此时期大量主题先行的小说，汪曾祺小说的美学价值非常突出。汪曾祺在沙岭子的经历与这三篇小说的书写，使他的民间审美立场愈发清晰。

受制于特殊历史时期的创作体制及作家自身民间体验的缺失，汪曾祺在 1962 年 7 月完成小说《看水》后，直至 1979 年小说《骑兵列传》的发表，这长达十余年的时间里，他非但没有原创小说，戏曲创作也多是改编而非原创。此间，沈从文曾致信巴金，颇有远见地认为汪曾祺小说创作"可以起示范作用，为新的短篇打开个新局面"①，沈从文建议汪曾祺应多出去走走，积累生活经验，认为"正因为各方面接触新事物扩大了认识领域，这有利于他（汪曾祺）搞戏改时对人物刻画处理，得到多方面理解"②。这表明，沈从文不仅明确生活经验于作家创作的重要意义，也看到了戏曲与小说创作之间的互通关系。事实上，汪曾祺的确是用写小说的方式写戏，尤其是对民间人物的刻画处理，反之，传统戏曲的民间性也影响了他 20 世纪 80 年代之后的小说创作，汪曾祺的民间审美立场未因小说创作的搁置而改变，而是在其戏曲创作中延续并强化。

汪曾祺是在不断进出民间生活的过程中体会到民间文化精神，在小说与戏曲的创作沟通中内化了民间文化传统，在"我"之于民间和民间之于"我"的情感与精神反馈中，逐渐确立了独特的民间审美立场。20 世纪 80 年代初，随着《黄油烙饼》《受戒》《大淖记事》等作品的问世，汪曾祺

---

① 徐强. 人间送小温——汪曾祺年谱［M］. 扬州：广陵书社，2016：127.
② 徐强. 人间送小温——汪曾祺年谱［M］. 扬州：广陵书社，2016：127.

走红文坛，迎来了小说创作的第二个高峰期。这些以故乡高邮旧生活为背景的小说达到其小说总数的一半，成为具有汪曾祺风格的代表作：高邮的民风民俗以融情于景的方式表达，民间气氛的细致描摹成为汪曾祺小说个性化的展示。小说文本中的"民间"是经过文人笔下的审美化民间，具体表现为"质朴热闹的真实民间"与"真情诗意的美丽民间"。除此之外，小说的叙事背景还有昆明、张家口、北京的市井风貌，文字间倾泻出与地域文化格调一致的风情美，民间文化因汪曾祺真实地还原民间生活焕发了活泼泼的生机，世俗生活的百态也因审美化表达具有了脱俗的雅致与气韵。可以说，20 世纪 80 年代的小说文本中体现出的民间文化，已与创作主体的民间审美立场呼应统一，汪曾祺找到了独特的书写方式诠释其民间审美立场，小说"风俗画体"的文体确立也意味着汪曾祺民间审美立场的最终形成，即无论是审美对象、叙事文本还是审美主体，民间文化以"现象—精神"方式稳定地贯穿其中，以致小说文本呈现和谐圆融的境界。

总之，民间文化作为一种文化类型，始终或隐或显地存在于汪曾祺小说的创作流变中。从感性体验到理性习得，从民间审美的倾向性到民间审美立场的确立，从作家的叙事对象到作家的人格建构，民间文化逐渐进入到汪曾祺文化心理图式的核心位置，最终才有了《受戒》《大淖记事》《异秉》等经典小说的"横空出世"，这些作品的出现看似偶然，实则经历了长期的酝酿与沉潜。可以说，在汪曾祺与民间文化的双向互动中，他完成了对民间文化的现象书写与精神诠释，也使民间文化通过汪曾祺的描摹展现出世俗而又脱俗的生命气息，民间文化无处不在汪曾祺的文学创作之中。

第二章

民间之象的描绘：汪曾祺小说的叙事艺术

汪曾祺小说的叙事艺术别具特色，他的部分散文对小说创作过程及内容进行了解读，从中可以看出他的创作观与文本生成之间的关系。汪曾祺小说的叙事风格、叙事类型、叙事美学与民间文化联系紧密：一个个审美化的民间事象呼之欲出，民间人物惟妙惟肖，民间生活仿如风俗画卷一般徐徐展开，正如他所言，"生活的样式，就是小说的样式"①。民间生活是汪曾祺的生活样式，也是审美化书写的对象，"回忆"是他走进民间生活的意向通道，也是对民间生活进行印象式重塑的方式。

本章结合具体文本解读民间文化与汪曾祺小说叙事艺术之间的关系，通过叙事个性、叙事类型、叙事旨归三个层面的分析，试把握汪曾祺的民间审美立场之于其文本创作的具体表现。民间生活景象不仅仅作为汪曾祺小说的叙事对象，民间日常生活的特点也自然融入了汪曾祺小说的叙事风格之中，而汪曾祺小说的叙事旨归更是民间文化精神之于创作主体文化人格的内化与升华。作为现代文人介入民间文化，汪曾祺通过化俗为雅的创作实践，通过情感投入与精神反馈的双向互动，为读者认识与接受民间文化开辟了审美之径。

第一节　日常化的民间表达：汪曾祺小说的叙事个性

日常化的叙事风格，看似是漫不经心地记录民间文化形态的种种，实

---

① 汪曾祺. 汪曾祺全集 10 · 谈艺卷［M］. 北京：人民文学出版社，2019：7.

则是作为现代文人"化俗为雅"的审美表达。抒情其表，状物其里，汪曾祺选择真实的民间生活为原素材，采用审美化的叙事方式，通过对民间生活的描绘，使小说的结构、语言、文气都具有浓郁的民间文化气息。汪曾祺并不刻意强调小说情节及故事性描写，而是将民间生活的特点有机融入叙事之中，最后形成独特的个性表达，经过现代文人的审美转化，使生活常态的表述中蕴藏着独特的审美韵味，在与民间生活的似与不似之间，传递出耐人寻味的审美意蕴。

一、民间景观的内结构与"苦心经营的随便"

汪曾祺崇尚为文无法、信马由缰的小说创作方式，看似不事雕琢的流畅叙事内含别具匠心的艺术构思，小说的题材选择、结构设计、语言表达的生活化都是"苦心经营的随便"，目的在于追求"自然而然"的审美效果。世间万物进入作家灵府，经过反复沉潜与陶铸，形成"融奇崛于平淡"的民间意象，以期达到"冗繁削尽留清瘦，画到生时是熟时"的创作境界，"冗繁削尽"即苦心经营，"画到生时是熟时"就是"游"的境界，即能够在司空见惯的日常生活中发现美。如果说，传统叙事凭借塑造"典型环境中的典型人物"，以期达到"意料之外，情理之中"的阅读体验，意在通过引人入胜的情节，跌宕起伏的故事，以新奇的阅读感受博人眼球，那么现代意义上的民间书写，则是通过淡化情节，书写日常的方式，还原情感真实的民间景观。

小说中民间景观的结构就是民间生活本身的结构，平铺直叙的叙事方式遵循了生活事件发生的顺序，"生活的样子，就是作品的样子。一种生活，只能有一种写法"①。这也合乎汪曾祺的语言观，文学语言的美不在绮丽炫美，而是精准恰当，所谓"一种生活，一种写法"既是对叙事的要求，也是对语言的要求。生活化叙事方式决定了叙事结构顺乎自然的性质，这是汪曾祺小说观与生活观的对应决定的，"平铺直叙是现代小说的

---

① 汪曾祺. 汪曾祺全集 10·谈艺卷［M］. 北京：人民文学出版社，2019：167.

一个重要的特点。不搞突出，不搞强调，不搞波澜起伏，只是平平常常地，如实地，如数地把生活写出来"①。汪曾祺看来，生活是没有多少情节的，生活本身居无定法，具有水流般的随意性，小说结构亦是如此。但毕竟是经过艺术构思的结构，叙事的"随意"绝不等同于日常生活流水账式的记录，而是作者经过反复揣摩的小说叙事，尤感淡乎无味的情节、人物、氛围等，既是民间生活的本相，也是作家对民间的审美化诠释，看似不经意挥洒的水墨画，实则是巧思之下的审美化选择，因而气韵生动，一派清新。因此，民间意象也就有了与民间事象不同的文化生成性与诗性韵致。

德国地理学家拉采尔在《人类地理学》中提出"文化景观"概念，指的是人类文化与自然地理景观相互作用形成的多种文化现象复合体。美国文化地理学家卡尔·索尔（Carl O. Sauer）认为"地理景观是对制造这一景观的文化的一种展示，因此，对一种景观的解读为地理学家们自己提供了一扇了解特定文化的窗户"②。民间文化景观与地域文化关系紧密，流经故乡高邮的运河既是地理学上的事实，又渗入汪曾祺深层文化构成的脉络之中，成为文学叙事中的流动性张力。"我的家乡是一个水乡，我是在水边长大的，耳目之所接，无非是水。水影响了我的性格，也影响了我的作品的风格"③。汪曾祺小说中展现的民间景观是基于地域文化与民间文化的审美化表达，小说的叙事方式毫无炫技痕迹，他的生活观与水性气质共同决定其小说结构"苦心经营的随便"这一特点，也是散文化小说"形散而神不散"的原因，"随便而不散乱"中藏匿着的"无法之道"即为小说叙事所遵循的自然规律与生活秩序。值得一提的是，20世纪80年代之后，以汪曾祺为精神领袖，以苏中平原里下河的风情文化书写为中心，"里下河文学流派"逐渐形成并壮大，"水乡韵致"亦参与了"里下河派"作家

① 汪曾祺. 汪曾祺全集10·谈艺卷［M］. 北京：人民文学出版社，2019：152.
② 张海榕. 小说叙事空间的多重维度与刘易斯的文化空间想象［J］. 浙江工商大学学报，2013（05）：21.
③ 汪曾祺. 汪曾祺全集5·散文卷［M］. 北京：人民文学出版社，2019：317.

们审美情趣与叙事格调的形成。

事实上，汪曾祺的小说看似散散漫漫，实则浑然天成。小说文本具有民间文化空间的建构，正是零散的描述暗合了民间生活状貌，甚至一些小说淡化情节到了情节近乎消失的地步，俨然成了地方风物志。例如，最大限度地消解叙事情节，凸显文化景观的小说《幽冥钟》，这是汪曾祺《桥边小说三篇》中的一篇，汪曾祺在小说的后记中写道：

> 《詹大胖子》和《茶干》有人物无故事，《幽冥钟》则是几乎连人物也没有，只有一点感情。这样的小说打破了小说和散文的界限，简直近似随笔。结构尤其随便，想到什么写什么，想怎么写就怎么写。我这样做是有意的（也是经过苦心经营的）。我要对"小说"这个概念进行一次冲决：小说是谈生活，不是编故事；小说要真诚，不要耍花招。小说当然要讲技巧，但是：修辞立其诚。①

俄国语言学家雅各布逊将语言的两大系统分为组合功能和选择功能，并认为它们是创造文学结构的基本方式。隐喻基于语言建构的选择功能，转喻则基于语言建构的组合功能。《幽冥钟》的创作思维是联想思维，运用了转喻的文学修辞，一段段与承天寺钟声相关的文化历史延展开来，正是基于转喻的邻近性原则。全文由"姑苏城外寒山寺，夜半钟声到客船"两句诗开篇，由"钟声"联系到了撞钟的寺庙承天寺，然后是在承天寺登基的张士诚、与张士诚有关的民间传说、与承天寺同在城北的另外两座寺庙，紧接着自然联系起了提到过这两座寺的小说《受戒》和《陈小手》，然后又回到承天寺，按照参观顺序，说起了承天寺的内部格局。待到小说叙述到四分之三，才谈起承天寺中"幽冥钟"的文化意义。最后，伴随钟声响起，叙事者的思绪再度离开承天寺。《幽冥钟》几乎没有人物，只出现了张士诚和撞钟和尚，他们都不承担叙事功能，整篇小说从诗句中的

① 汪曾祺.汪曾祺全集3·小说卷［M］.北京：人民文学出版社，2019：48.

"钟声"开始，以"钟声"结束，中间却夹叙着和"承天寺"相关的历史典故和文化资料。这种随性为文的创作手法是对桐城派散文的承袭，姚鼐是桐城派散文的代表人物，他提出"文理、考据、辞章三者不可偏废"的主张，清代"考据"风气因之盛行。汪曾祺《幽冥钟》中明显的"考据"色彩正源于此，"考据"侧重平面化的资料整合和证明，与传统意义上小说的线性叙事截然相反。

　　的确，《幽冥钟》近似"地方风物志"，通篇将情节压缩到了极致，描写手法也"散"到了极致，通篇如此的叙事方式在汪曾祺小说中并不多见，但小说局部脱离叙事主线，展开与某物、某人、某事相关的联想叙事，却是常见，例如《收字纸的老人》对"文昌阁"文化历史的详述；《王居》中谈到王居家是开"豆腐店"的，由豆腐店展开了对北门外其他豆腐店及王居家豆腐的描述，所占篇幅远大于对"王居"其人其事的讲述；《捡烂纸的老头》开篇的一半篇幅都在说"老头"经常光顾的老字号"烤肉店"的经营状态。总之，汪曾祺的"联想思维"是文学创作思维，也是随意为文的个性特征，从人物与事件本身转而描述环境气氛，呈现民间景观的状貌，丰富了文本的审美空间，让叙事本身更为灵活，看似乱叙的笔法，实有创作观念在更高的层面对之进行整体把握与指导，使得细腻笔法与大气格局并存的民间景观如在目前。

　　除了"不经意"地描绘承天寺、文昌阁这类名胜古迹，或者是街巷里豆腐店、老字号烤肉店这些凝聚民间生活文化的空间载体，《詹大胖子》《茶干》这类近似"人物小传"的叙事方式也是一种"苦心经营的随意"。"有人物，无故事"的小说还是小说吗？反过来说，生活中处处都有事件发生吗？有事件就一定有情节吗？如果将一人的一生，视为一个大事件，那么情节与之相比，只存在于顷刻间。人们感受到的日常生活，往往是平缓的，缓到波澜不见。《詹大胖子》围绕"詹大胖子"写出了五小的自然环境与日常活动，詹大胖子并不是五小的核心人物，却是五小里最具有生活气息的人物，詹大胖子日复一日的行动流与五小的日常生活秩序相契合。汪曾祺擅长写短句，既能简明扼要地说明人物行动内容，峻洁的文字也起到控制叙事节奏的效果，例如"詹大胖子摇坏了很多铃铛。詹大胖子老是剪冬青树。詹大胖子还给校园里的花浇水。秋天，詹大胖子扫梧桐叶。詹大胖子很坏"①。汪曾祺对詹大胖子在五小的活动写得很随意，无章法可循，合乎日常生活的任意性。小说的后半段出现了五小校长张蕴之和教员王文蕙之间行动关系的描述，詹大胖子得知他们的私情，很是气愤，但是当他知道谢大少想要利用这个把柄实现自身利益时，詹大胖子却站在王文蕙的立场维护她的名誉，汪曾祺没有在语言中透露出对詹大胖子的肯定，而是将前面提到的日常行动一语带过，"詹大胖子还是当他的斋夫，打钟、剪冬青树、买花生糖、芝麻糖"②。这样一来，张蕴之和王文蕙的事情似乎也在日常生活中淡化了，合乎汪曾祺淡化情节的叙事章法，意味无穷，悠长深远，仿若生活中的起伏和滋味都在时间流逝中消解了，什么也没有留下，展现了小人物视角下日常化的民间生活景观。《星期天》相比《詹大胖子》，是更为典型的"人物小传"式叙事，甚至依次标明序号，讲述其人其事，所耗笔墨不均，最少的只有十四个字"八、校工老左。住在后楼房边的饭棚里"③。小说的后半部分，作者通过"星期天舞会"，将前面叙述的几个人串联起来，再次用序号标明叙事逻辑，使叙事更为直观。然而，这种打破阅读习惯的叙事方式，予人的陌生化体验，看似破碎，实则清晰，实为"苦心经营的随意"之意。《茶干》则是以食物命名的小说，不禁让人猜测"茶干"会是推动故事情节发展的文眼，然而并非如此。"茶干"是象征，是连万顺酱园的特产，汪曾祺主要讲的也并非连万顺酱园的企业发展史，而是先说了酱园的位置、布局及器物摆放，然后才引出小说的主人公连万顺。小说的最后才说到茶干。归根到底，茶干能成为具有代表性的地方特产，源于连万顺的好口碑。小说并没有通过具体事件塑造典型人物，而是连续讲了三点连万顺生意做得好的原因，通过描绘连万顺与当地人的关系，勾勒出热热闹闹的民间意趣，连万顺对孩子的和气在

①　汪曾祺．汪曾祺全集3·小说卷［M］．北京：人民文学出版社，2019：34-36.

②　汪曾祺．汪曾祺全集3·小说卷［M］．北京：人民文学出版社，2019：39.

③　汪曾祺．汪曾祺全集3·小说卷［M］．北京：人民文学出版社，2019：356.

节庆中彰显：

> 到了元宵节，家家店铺都上灯。连万顺家除了把四张玻璃宫灯都点亮了，还有四张雕镂得很讲究的走马灯。孩子们都来看。本地人有一句歇后语："乡下人不识走马灯——又来了！"这四张灯里周而复始，往来不绝的人马车炮的灯影，使孩子百看不厌。孩子们都不是空着手来的，他们牵着兔子灯，推着绣球灯，系着马灯，灯也都是点着了的。灯里的蜡烛快点完了，连老板就会捧出一把新的蜡烛来，让孩子们点了，换上。孩子们于是各人带着换了新蜡烛的纸灯，呼啸而去。①

由此可见，叙事者从连万顺家的灯说起，描绘了元宵节点灯的习俗，然后是孩子们在元宵节走马灯的景象，连老板和孩子们的关系自然地融于节日气氛之中。"这样的叙述，当然就突出了一种风情风物风俗的内容，一种'地方志'式的独特的生存样式的原生状态也就气息浓郁地浮现了出来；而这恰好体现了一种包含了'野史'和'地方志''风物志'特点的民间意识。"② 叙述连万顺生意做得好的原因之后，小说才提到连万顺酱园的招牌"茶干"，汪曾祺饶有兴致地描述"茶干"从制作到包装的每道工序，体现出了"茶干"的物趣。

总而言之，通过对人物日常活动描绘，小说延展出民间生活的平逸与热闹。汪曾祺认为写小说就是写人物，对景物的感受，就是人物的感受，而感受是人物与日常生活相互作用产生的情绪体验，具有发散性特征。"苦心经营的随意"既是叙事者将日常生活的诗化过程，也暗含着小说人物置身语境的情绪体验，"诗化过程"与"情绪体验"是日常生活审美化的两个层面，汪曾祺小说的民间景观的结构是二者统一。小说结构特征体现为"苦心经营的随便"则是由现实生活到情感真实之间"否定之否定"

---

① 汪曾祺. 汪曾祺全集 3·小说卷［M］. 北京：人民文学出版社，2019：45.
② 罗强烈. 汪曾祺的民间意义［J］. 当代作家评论，1993（01）：7.

的达成。

二、民间生活的活语言与"写小说就是写语言"

汪曾祺肯定了语言是小说的本体，否定了语言工具论，认为"写小说就是写语言"，并于1987年在耶鲁和哈佛作了题为《中国文学的语言问题》的演讲，强调语言具有内容性、文化性、暗示性、流动性的特点。汪曾祺的小说语言不可避免地具有了与题材对应的民间属性，是民间生活语言的艺术化，兼具日常生活与诗性审美的文化意蕴。语言的内容性和文化性是民族语言固有的特性，是集体无意识的象征，语言的暗示性与流动性则是源于创作主体对语言的审美诉求，也就是说，汪曾祺小说的语言既是现实生活与审美想象的统一，又是民族共性与创作个性的结合。

可以说，汪曾祺的小说语言具有极简中映老道、通俗中现深蕴的特点。源于日常生活的小说语言，每句话都平平淡淡，不见晦涩词汇与复杂句型，而是通过将词句进行巧妙的排列组合，让字里行间的民间焕发着勃勃生机与活力。"语言的美不在一句一句的话，而在话与话之间的关系。"①写小说不仅仅是写语言，也是写文化，所以，民间文化在汪曾祺的小说里既是内容也是形式，汪曾祺用民间语言建构出民间生活图景，传递出民间文化的深厚意蕴。

细究汪曾祺小说语言的特点，发现其小说语言是融合了多种文化现象的文学语言，体现了作家长期沉淀的文化素养。汪曾祺从日常生活语言出发，糅合桐城派古文的简洁，又有现代汉语的散淡，同时吸取民歌艺术比喻与押韵技巧，小说语言风格呈现出流畅、清丽、峻洁的特征，随着审美意象的生成、抒情气氛的营构，语言与文本内容相辅相成，"既保持了生命的鲜活，也跨越了生活的滞重而直抵诗性语言的'神韵'"②。狄尔泰认为，对话者处于共同的话语情境中，运用彼此能够理解的日常话语符号

---

① 汪曾祺. 汪曾祺全集9·谈艺卷［M］. 北京：人民文学出版社，2019：438.
② 杨红莉. 民间生活的审美言说：汪曾祺小说文体论［M］. 北京：北京大学出版社，2008：68.

进行表达与沟通，日常生活语言的背后既隐藏说话人的心理活动，又牵连着对话者与日常生活隐喻性关联的背景，即日常生活语言与其背后广阔的意义空间之间的暗示关系构成了具有象征意味的诗性结构，这种日常生活语言中隐藏的"诗性结构"为文学语言的诗性化提供了可能。

　　如此说来，民间生活的"活语言"具有两个层面的含义，一是它导向汪曾祺还原的纯粹民间文化形态，二是汪曾祺用独特的民间审美观发现并重构了民间生活语言美的特质，通向其致力于建构的审美化民间。其中，汪曾祺小说中民间生活是典型的"活语言"，是原生性与生成性的统一。"汪曾祺小说的语言有两个方面的功能：一方面'恢复'或'暗示'着人的日常、本真的文化样态，将人拉回到民间生活；另一方面，他也经过了艰苦的'提炼''提纯'过程——使日常生活的诗意更集中呈现的过程，为混杂的民间日常生活'去蔽'的过程。"① 汪曾祺小说语言两种功能的统一，"超越了逻辑，超过了合乎一般语法的句式"②，从日常生活语言通向诗化审美语言，是从有限到无限的过程，由通晓现实意义到感受审美意蕴的过程。从语言修辞策略来看，汪曾祺通过增大句与句之间的叙事跨度，使之出现与生活语言略有差别的陌生感，与此同时又调整了句间的节奏，从而实现了日常生活语言的诗化，这是他向民歌学习的结果。在审美效果上，小说语言既要"从众"又要"脱俗"，然而，"从众和脱俗是一回事。小说家的语言的独特处不在他能用别人不同的词，而是在别人也用的词里赋以别人想不到的意蕴"③。

　　除此之外，汪曾祺将文化分为口头文化、民间传统文化与书面文化。他不止一次强调小说语言是书面语言，不是口头语言。在小说语言观的形成上，赵树理对他的影响甚至超过了沈从文，但赵树理过分关注农民群众对文学的接受，所以其文学语言始终以口头语言为基底，流于口语化的语言缺少了传统文化底蕴，接受效果则倾向于说书式的听觉体验。赵勇认

---

① 杨红莉. 论汪曾祺小说语言的文化诗性结构［J］. 北京社会科学，2006（05）：48.
② 汪曾祺. 汪曾祺全集9·谈艺卷［M］. 北京：人民文学出版社，2019：360.
③ 汪曾祺. 汪曾祺全集9·谈艺卷［M］. 北京：人民文学出版社，2019：357.

为，汪曾祺意识到赵树理文学语言观的不足，所以对赵树理的文学语言观在扬弃中实现了超越，自始至终秉持着他的文人化创作立场，未放弃中国古典文化精髓，发展书面语言的文化性，又将口语化特征注入文学语言，有选择地吸收民间文化传统，形成"俗不伤雅，文雅互渗"①的文学语言观。可以说，汪曾祺文学语言的文化积累与民间体验直接相关，民间文化参与了其小说语言风格的形成，一定程度上，民间体验甚至制约并规定着其对文化类型的选择，具体体现为，汪曾祺对民间文化的汲取与涵化是自觉而必然的，但非单一而绝对的，这也印证了汪曾祺的小说语言的文化多元性特点，正是多元文化的有机融合形成了汪曾祺小说的"活语言"。善于观察生活的汪曾祺认为，作家除了向古典文学与民间文学学习，人民群众日常生活中的语言也是需要作家学习的"活语言"——"横穿马路，不要低头猛跑"②（交通广播），"照配钥匙，立等可取"③（商铺标语），"出售新藤椅，修理旧棕床"④（商铺标语）——通俗易懂，用词准确，对仗工整。如此措辞，实用性与审美性兼备，日常性与哲理性相宜，绝非标新立异、奇崛古怪的词汇，却是人人心中有，个个笔下无。

此外，汪曾祺还明确表达过对地域方言的思考，在谈到张家口沙岭子的劳动经历时，他提到"我下去生活那段期间，和老百姓混一起，惊讶地发觉群众的语言能力不是一般知识分子所能表达的，很厉害，往往含一种很朴素的哲理，用非常简朴的语言表达出来"⑤。汪曾祺多篇以张家口沙岭子为背景的小说，例如《王全》《黄油烙饼》《七里茶坊》等小说中都可体味到地方方言的韵味。

---

① 赵勇．口头文化与书面文化：从对立到融合——由赵树理、汪曾祺的语言观看现代文学语言的建构［J］．山西大学学报（哲学社会科学版），2006（02）：20.
② 汪曾祺．汪曾祺全集9·谈艺卷［M］．北京：人民文学出版社，2019：504.
③ 汪曾祺．汪曾祺全集9·谈艺卷［M］．北京：人民文学出版社，2019：504.
④ 汪曾祺．汪曾祺全集9·谈艺卷［M］．北京：人民文学出版社，2019：505.
⑤ 汪曾祺．汪曾祺全集11·诗歌、杂著卷［M］．北京：人民文学出版社，2019：370.

我写《七里茶坊》，里面引用黑板报上的顺口溜："天寒地冻百不咋，心里装着全天下"，"百不咋"就是张家口一带的话。《黄油烙饼》里有这样几句："这车的样子真可笑，车轱辘是两个木头饼子，还不怎么圆，骨鲁鲁，骨鲁鲁，向前滚。"这里的"骨鲁鲁"要用张家口坝上口音读，"骨"字读入声。如用北京音读，即少韵味。①

正如他自己所言，"熟悉了那个地方的语言，才能了解那个地方的艺术的妙处"②。张家口如此，高邮、北京、上海的小说叙事中同样体现出地域方言的魅力，地域方言对小说气氛的渲染与营造、人物塑造、情节推进起到至关重要的作用。

除了审美辞格上的追求，汪曾祺尤其强调小说语言与语境的关系，他坚持"贴着人物写"的创作旨归，以民间日常生活语言为基础，将语言的最高标准定为"准确"，即要把对周遭的感受，对人物的观察，用最准确的词汇表达出来，不见得俏丽新颖，却要清晰明确、合乎情感与语境。也就是说，汪曾祺将语言的功能推向更广阔的意义空间，使之具有现象之外的含蕴，词语选择、句与句之间关系影射着人物活动空间所在的文化语境，使小说语言具有天然性、审美性与文化性的特征，既言说审美化的民间生活，也彰显文学语言自身的独特魅力。例如，《鸡毛》写于汪曾祺求学西南联大时期，其中一段文字描述文嫂养的鸡，将再平常不过的民间生活片段描述得绘声绘色、生动有趣：

到了傍晚，文嫂抓了一把碎米，一面撒着，一面"咕咕，咕咕"叫着，这些母鸡就都即即足足地回来了。它们把碎米啄尽，就鱼贯进入鸡窝。进窝时还故意把脑袋低一低，把尾巴向下奔拉一下，以示雍容文雅，很有鸡教。鸡窝门有一道小坎，这些鸡还都一定双脚并齐，站在门坎上，然后向前一跳。这种礼节，其实大可不必。进窝以后，

---

① 汪曾祺. 汪曾祺全集 10 · 谈艺卷 [M]. 北京：人民文学出版社，2019：254.
② 汪曾祺. 汪曾祺全集 9 · 谈艺卷 [M]. 北京：人民文学出版社，2019：499.

咕咕噜噜一会，就寂然了。①

　　通过细致观察，作者饶有兴致地写出了母鸡的声音、形态、动作，寥寥数笔既描绘出了憨态可掬的母鸡形象，语言上又具有审美化的文人意趣，揣摩文字还不难品味出文嫂对这些母鸡天然的亲切感。在大段描述性语言结构的文本《鸡毛》中，这些细节描绘定是汪曾祺有意为之，不仅拓展了叙事空间，延缓了叙事节奏，又将其玩味文字的文人情致彰显得淋漓尽致，其中既有来源于日常生活的象声词，又有"雍容文雅""鸡教""礼节"等书面语言的拟人化描述，使母鸡意象具有了趣味盎然的审美效果，恰到好处地诠释了汪曾祺对散文化小说的语言追求：精确、平易、雅致，也呼应着真善美的文学价值形态。《故里杂记·榆树》写的是侉奶奶的晚年生活状态，靠纳鞋底为生的日子过得拮据却还算顺心，侉奶奶有着民间妇女的勤劳与和善，她坚持不卖亲手种下的八棵榆树，隐喻着她对生命信仰的坚守。小说的叙述语言鲜活生动，描绘出侉奶奶及其生活圈子里的世态人情。例如，小说中有一段形容驴乏了，一再打滚儿的情形，好不容易翻过去了，"驴打着响鼻，浑身都轻松了。侉奶奶原来直替这驴在心里攒劲；驴翻过去了，侉奶奶也替它觉得轻松"②。汪曾祺舍弃了对侉奶奶观看"驴打滚"外在形态的直接描述，"攒劲"与"轻松"相对，通过描写心理活动的变化使读者自然联想侉奶奶面部神态的变化，因而具有了强烈的视觉效果，小说语言运用得巧妙而精练，具有以少胜多、化虚为实的审美功能。再如，侉奶奶一天到晚喝粥，只有侄儿来的那天会奢侈一回，"娘看见牛来了，就上街，到卖熏烧的王二的摊子上切二百钱猪头肉，用半张荷叶托着。另外，还忘不了买几根大葱，半碗酱。娘俩就结结实实地吃了一顿山东饱饭"③。这里"结结实实"的使用很地道，侄儿的名字叫"牛"，是运河堤上卖力气赚钱的，"结结实实"这股劲儿对应着侄儿的名

---

① 汪曾祺．汪曾祺全集2·小说卷［M］．北京：人民文学出版社，2019：181.
② 汪曾祺．汪曾祺全集2·小说卷［M］．北京：人民文学出版社，2019：194.
③ 汪曾祺．汪曾祺全集2·小说卷［M］．北京：人民文学出版社，2019：191.

字和职业的特点，给人踏实而满足的"吃"的快慰，"山东饱饭"更是暗喻了故乡味道的沉重，小说开头就提到侉奶奶带有山东口音，在远离故乡的他乡，伙同唯一的亲人吃上一顿饱饭，多么畅快淋漓！由此可见，"饱"，既是胃的满足，也是精神丰益之感。《故里杂记·李三》中直接引用了民间生活语言，掷地有声，押韵协调，视听语言的交替出现，拓展了叙事表现空间，使人具有更为深切的身临其境之感。

> 岁尾年关，——小心火烛！——
> 火塘扑熄，——水缸上满！——
> 老头子老太太，铜炉子撂远些——！
> 屋上瓦响，莫疑猫狗，起来望望——！
> 岁尾年关，小心火烛……①

巧妙的是，汪曾祺对李三打更时喊的"小心火烛"做了详尽注释，他引用清末邑人谈人格《警火》一诗的小序，并接连了小序中描述的习俗与李三的行为，如此归纳总结，着实有趣。事实上，注释也是小说重要的组成部分，篇外篇的形式，不仅与小说文本浑然一体，还具有了叙事之外的民间文化空间，既为小说之内呈现，又为小说之外延续。

总之，无论是日常生活语言，还是民间文学语言，都为汪曾祺所重视，前者生动灵活、通俗易懂，后者则经过世代传承与集体提炼而具有了诗性与哲思，二者都是常用常新的"活语言"。需要注意的是，汪曾祺对小说人物与事件的态度也是通过语言修辞见出的，他极少直接表明自己的倾向性，而是在笔调中自然流露，这也是小说语言之"活"的体现，证实了其小说语言具有穿透力与超越性的特点。

三、民间事象的原生气与"文气的流通"

汪曾祺对"文气"的强调，表明了其深受中国古典文学的影响。"我

---

① 汪曾祺. 汪曾祺全集2·小说卷［M］. 北京：人民文学出版社，2019：191.

欣赏中国的一个说法，叫做'文气'，我觉得这是比结构更精微、更内在的一个概念。"① 汪曾祺的"文气论"除了体现在叙事结构上的气之贯通，还涉及创作主体的气质和文字语言的气盛两个方面，其文学实践充分展现了"文气论"在现代汉语写作中恣意率性的生命力。

中国古典美学中的"文气说"上起曹丕《典论·论文》"文以气为主，气之清浊有体，不可力强而致"，后经韩愈、苏轼、苏辙、归有光至桐城派等人在继承中发展，形成最具中国古典文论特色的理论。"文气论"强调文本的整体性和流动性，"天人合一"思维是理论形成的哲学基础。"什么叫文气？我的解释就是内在的节奏。'桐城派'提出，所谓文气就是文章应该怎么起，怎么落，怎么断，怎么连，怎么顿等这样一些东西，讲究这些东西，文章内在的结构感就很强。"② 汪曾祺在多篇评论性散文中强调叙事节奏与语言音韵是体现"文气"的方式。事实上，音乐感的确是文学叙事中"文气"直接诉诸人感性经验的形式，然而"文气"的生成又不仅取决于创作主体对叙事节奏的控制，也不仅是遣词造句中的语音游戏。

汪曾祺继承了桐城派的"因声求气论"，将"文气"的形成简单归因于叙事结构的外化形式，有失偏颇。"文气的流通"与审美客体自身的特点亦有关联，可是，在汪曾祺评论性散文中少有提及文章之"气"起始于审美客体自在性的关键意义，评论家也多是侧重"文气"在文章结构与语言修辞上的活跃。然而，文学意象即为文学本体，创作主体的禀气与审美对象的"气"自然化合，生成气韵生动的意象及意境才是使文本气之贯通的核心。汪曾祺"文气论"的阐释更多倾向于主体创作的谋篇布局及修辞韵律，而忽视了审美客体自身的生命力。在文学实践中，审美客体始终是审美想象的基础，汪曾祺小说中的具有原生气的民间事象自然会激发起其创作动力，使其调动才、胆、识、力用以审美化的文学创作。总之，"气"之彰显能够通过形式见出，首先要找到能体现宇宙本体和生命的民间事象，然后通过审美静观把握民间事象本体的"气"，再经过创作主体的审

① 汪曾祺. 汪曾祺全集9·谈艺卷［M］. 北京：人民文学出版社，2019：233.
② 汪曾祺. 汪曾祺全集9·谈艺卷［M］. 北京：人民文学出版社，2019：233.

美构思与高超的艺术力表现出来。"文气流动"的文本既有作者"禀气"的灌注，也有审美客体"元气"的流露，而汪曾祺的"文气论"则主要指的是二者审美化的交感与呼应，突出的是理性思考的介入，使文章有了和自然万物一致的节奏，美感亦油然而生。

赵德利在《民间文化批评的理论与方法》中，将民间文化批评的范畴划分为世俗生活与审美形态，其中世俗生活是由无数民间事象构成的原生情态，而审美形态则是作家经民间审美观的投射，由无数的民间意象建构起的审美化民间。世俗生活是一切文学艺术创作的源头，是"所有哲学、宗教信仰和文学艺术的生活文化基质"①，是"民间社会价值生活的风向标与写照"②，世俗生活保留了原始的生命活力，也因此具有纯然的自由自在的文化属性。汪曾祺的民间书写之魅力正在于尽可能地保留民间事象的原生气，这种原生气就是民间事象与生俱来的生命力，即康德所谓"自在之物"之"气"，创作主体在此基础上对其进行审美化的再创造生成了主客统一、虚实相生的民间意象，同时也催化作为审美客体的民间事象之"气"的扩散及蔓延，得以与章法脉络的"气"浑然一体，最终体现为文章之"气"，从民间事象的对象化到民间意象及意境的生成，汪曾祺的文学创作强化了民间文化自由自在的精神气质。所以，民间文化的审美形态"既体现出一种草根性，在精神上与乡土大地保持着天然的联系，又区别于世俗民间的优劣杂糅，充溢着审美的情感和哲理的意味，成为中国作家为之追寻的文化空间和审美世界"③。

相较于其他的审美客体，民间世俗生活的原生气尤其纯粹，与汪曾祺塑造审美化民间具有同向的精神追求，民间文化的自由自在性与审美创造的自由自在性在归合中共振，这也是民间事象的原生气与文章之"文气"之间构成源与流关系的内在根源。在对汪曾祺的民间叙事进行解读时，尤其需要注意民间意象的生命力，是为审美化民间的精神。

① 赵德利. 民间文化批评的理论与方法 [M]. 北京：商务印书馆，2016：17.
② 赵德利. 民间文化批评的理论与方法 [M]. 北京：商务印书馆，2016：17.
③ 赵德利. 民间文化批评的理论与方法 [M]. 北京：商务印书馆，2016：17.

事实上，汪曾祺恰恰擅长民间气氛的描绘，由民间意象延展开的一团情致，与环境浑然一体，化实为虚，虚而生境，"有一些散文化的小说所写的常常只是一种意境"①。空灵淡远的民间自然景观如在目前，热热闹闹的市井民俗气息扑面而来，不见夸张奢丽的文辞，寥寥数笔却将淳朴的民风民情营造出来，此时再有人物浮出水面，与景致水乳交融，没有刻意经营的痕迹。"严格意义上的小说有一点像山，而散文化的小说像水"②，汪曾祺小说中出现大量民俗事象及民间景观的描绘，其中《钓人的孩子》中对抗战期间昆明街道上的描绘，堪称经典。

　　米市，菜市，肉市。柴驮子，炭驮子。马粪。粗细瓷碗，砂锅铁锅。焖鸡米线，烧饵块。金钱片腿，牛干巴。炒菜的油烟，炸辣子的呛人的气味。红黄蓝白黑，酸甜苦辣咸。③

其中，"米市、菜市、肉市"都是与民众日常生活关系紧密的活动场所，紧接着坦坦荡荡几组民间意象，突出了昆明特有的风物俗象，又转而由实入虚，由静生动，街道上的气味、颜色直入感官，汪曾祺把民间景观写活了。若干意象串联，使昆明市井景象具体而生动，可谓"实景清而空景现，真境逼而神境生"④。意象间的关系，使得文字间涌起一股暗流，汪曾祺选择了最契合民间生活节奏的叙事方式，代民间而立言，删繁就简取其气，民间的"气"自然突破了自在性，流过汪曾祺的笔尖，落于文学形式的溢美之感不由让人感慨：美在民间。

再如，汪曾祺对农历七月十五"迎会"仪式的书写，精妙绝伦。

　　大锣大鼓，丝竹齐奏。踩高跷，舞狮子，舞龙，舞"大头和尚"。

① 汪曾祺. 汪曾祺全集9·谈艺卷［M］. 北京：人民文学出版社，2019：389.
② 汪曾祺. 汪曾祺全集9·谈艺卷［M］. 北京：人民文学出版社，2019：389.
③ 汪曾祺. 汪曾祺全集2·小说卷［M］. 北京：人民文学出版社，2019：271.
④ 叶朗. 中国美学史大纲［M］. 上海：上海人民出版社，1985：543.

高跷有"火烧向大人"。柳枝腔"小上坟"，贾大老爷用一个夜壶喝酒……茶担子，花担子，倾城出动，鞭花訇鸣。各种果品，各种鲜花，填街咽巷，吟叫百端……①

由此可见，作者不仅写出了民俗节庆的画面感，且游刃有余地运用了四字词语的节奏，抑扬顿挫的文气强化了节庆的隆重与民众的热情，文章之"气"决然不能完全依靠作家高超的叙事方式和修辞手法。汪曾祺有过切实的民间体验，他不遗余力地让自己回忆并置身曾经感受过的民间气氛，民间意象的原生气与叙事方式契合共振，小说才具有巧夺天工般的文气与文脉。

"意境"是文气彰显到极致的境界，也是作家至高的美学追求。清代王夫之将"意境"划分为两种类型，"情景名为二，而实不可离，神于诗者，妙合无垠。巧者则情中景，景中情"②。如果说弥漫着人间烟火气儿的俗世之美更倾向物象世界画面感的呈现，是"情中景"的表达；那么汪曾祺曾提出的"意象现实主义"的概念，则与创作心理距离更近，侧重"景中情"的抒发。《八月骄阳》中的一段人物心理意象的描写，颇有象征意味。"用蝴蝶的纷飞上下写老舍的起伏不定的思绪，这大概可以说是'意象现实主义'。"③ 作者描绘了老舍目之所及的画面，延缓了叙事节奏，景是虚景，情是真情，虚实相生，留白手法的使用，拓宽了审美想象空间，字里行间的文气呼之欲出。

张百顺把螺蛳送回家。回来，那个人还在长椅上坐着，望着湖水。

柳树上知了叫得非常欢势。天越热，它们叫得越欢。赛着叫。整个太平湖全归它们了。

---

① 汪曾祺. 汪曾祺全集 3·小说卷［M］. 北京：人民文学出版社，2019：245.
② 叶朗. 中国美学史大纲［M］. 上海：上海人民出版社，1985：458.
③ 汪曾祺. 汪曾祺全集 10·谈艺卷［M］. 北京：人民文学出版社，2019：406.

张百顺回家吃了中午饭。回来，那个人还在椅子上坐着，望着湖水。

粉蝶儿、黄蝴蝶乱飞。忽上，忽下。忽起，忽落。黄蝴蝶，白蝴蝶。白蝴蝶，黄蝴蝶……

天黑了。张百顺要回家了。那个人还在椅子上坐着，望着湖水。

蛐蛐、油葫芦叫成了一片。还有金铃子。野茉莉散发着一阵一阵的清香。一条大鱼跃出了水面，欻的一声，又没到水里。星星出来了。①

这段话表现出老舍自杀前外表冷静而内心焦灼的情态，没有直接抒发歇斯底里的情感，蝴蝶乱舞却让人心灰意冷。描写景物时穿插叙述张百顺的日常活动，不仅标识了时间的变化，知了叫得欢势，也暗示着时代环境的纷乱嘈杂，"整个太平湖全归它们了"，是作者、叙事者、小说人物共同的感受——对动荡的时局深感无奈，"那个人还在椅子上坐着，望着湖水"的三次出现强化了作品的沉重感。回溯小说开篇将蝴蝶视为太平湖公园景观的描述，"牵牛花，野茉莉。飞着好些粉蝶儿，还有北京人叫做'老道'的黄蝴蝶。一到晚不晌，往后湖一走，都瘆得慌"②。这里对民间自然景象的描绘并不是闲来之笔，而是有意为之，既奠定了小说基调，也是为后文叙事发展埋下伏笔。

总之，汪曾祺曾用树的结构做比喻，"树有树根、树干、树枝、树叶，但是是一个有机的整体。树的内部的汁液是流通的。一枝动，百枝摇"③。民间自然景象重复出现的方式不仅实现了叙事结构上的前后呼应，也使意象层和意蕴层达致统一，民间意象的原生气与叙事策略上的"文气"浑然一体，有机参与小说叙事，最终升华至"虽由人作，宛若天成"的审美境界。

① 汪曾祺. 汪曾祺全集 3·小说卷［M］. 北京：人民文学出版社，2019：56.
② 汪曾祺. 汪曾祺全集 3·小说卷［M］. 北京：人民文学出版社，2019：51.
③ 汪曾祺. 汪曾祺全集 10·谈艺卷［M］. 北京：人民文学出版社，2019：297.

第二节　文人化的民间叙事：汪曾祺小说的叙事类型

　　纵观汪曾祺的全部小说，近一百五十篇小说对事件、人物、环境的描写都有涉及却各有侧重。其中，文人写作介入传统民间叙事的风格显著，一言以蔽之，故事情节不见得扑朔迷离却别有情致。"化俗为雅"是汪曾祺小说语言及叙事的特点，与民间文化的朴拙并不矛盾。他笔下那些融入了新质素的民间文化小说，焕发出亦雅亦俗的光泽。

　　"京派"批评家认为"情感的发抒是文学的生命所在，是民族审美精神之所长，即便是叙事文学，也并不一定要背离这一基本审美精神"①。汪曾祺的抒情性来源于最初感性的民间体验，通过历时性地接受古典文化与外来文化的熏陶，使民间文化精神更具包容性与文化张力，小说创作也具有了别开生面的气象，包括了承袭民间文学奇质的传奇轶事，凸显古典小说史韵的传记故事和融合现代小说美感的幻美往事，三种叙事类型如同一盆栽中生长出的三朵花，孕育它们的土壤正是民间文化。

一、以"事件"为中心的传奇轶事

　　传奇是成熟于唐代的叙事文学类型，晚唐裴铏著有《传奇》，后来者用"传奇"代称唐代小说。在中国古代文学的发展流变中，宋诸宫调、元杂剧、明清戏剧等都曾以"传奇"冠名。而现代意义上的"传奇"，指的是情节离奇、节奏明快、人物行为超常的传说故事，具有通俗文学的形态和娱乐性的阅读体验。顾名思义，传奇之"奇"指的是文本内容或叙事方式的离奇与波折，奇异的人、事、物都会进入传奇文本，后人将传奇划分为志人小说和志怪小说，充分说明传奇与小说关系的源远流长，它们属于

---

　　① 邵滢. 中国文学批评现代建构之反思——以京派为例 [M]. 武汉：湖北教育出版社，2006：65.

相对边缘化的文学门类，是生发于民间、反映民间的叙事方式。

"中国的许多带有魔幻色彩的故事，从六朝志怪到《聊斋》，都值得重新处理，从哲学的高度，从审美的视角。"① 汪曾祺最青睐的传奇文本正是蒲松龄的《聊斋志异》，他将《聊斋志异》进行改编并称之为《聊斋新义》，注入了现代思想，保留了奇异魔幻的故事情节。汪曾祺欣赏蒲松龄的人道主义精神，他的《聊斋新义》用源于民间的虚幻荒诞故事言说民间真实的情感意绪，形式上是浪漫主义，而在本质上没有离开现实主义观照。正如孙郁所言"他写得离奇的故事，不都含巫音，可以说是甜意的播散，美感把黑暗遮掩了"②。汪曾祺从来没有将鬼怪的故事纳入原创小说，小说题材源于现实情境，但不同于以"人物"和"气氛"为中心的小说叙事风格，他在 20 世纪 90 年代之后的作品效仿了《聊斋志异》情节生动、连贯流畅的特点，却淡化了他所擅长的对民俗乡情的描摹与抒情表达。《聊斋志异》的改编是汪曾祺小说叙事方式转变的节点，此后的作品可读性更强，他将审美意识融入了文学叙事，是结合了民间文学特点的通俗小说，绝大多数作品遵循民间本位的创作立场，是从民间生活内部生长又为民众津津乐道的文学样式，更接近赵树理的文学观念而过滤了老舍式对民间文化劣根性的垂问及反思。有学者将这类文本称之为"'故事会'模式的小说"③，其特点是连贯、完整、容易复述，采用的是传统说书人"开门见山讲故事"的方式，没有对读者设置任何阅读障碍，小说叙事趋近于讲述故事。

汪曾祺小说创作始终没有离开生活化的创作观，即便读者体会到了显在的戏剧冲突，也是时代环境对人自然施加压力而激化的矛盾，通常情况下，汪曾祺会通过人物语言和行动直接体现人物心理变化，而非着力讲述叙述离奇与波折的情节，这类小说并不是传奇，而是传奇性小说。《拟故

---

① 汪曾祺 . 汪曾祺全集 3 · 小说卷［M］. 北京：人民文学出版社，2019：86.

② 孙郁 . 从聊斋笔意到狂放之舞——汪曾祺的戏谑文本［J］. 文艺研究，2011（8）：23.

③ 霍九仓 . 汪曾祺小说文艺民俗审美研究［D］. 上海：华东师范大学，2013：64.

事两篇》《聊斋新义》的叙事和语言都遵循民间本位的立场，对民间传奇的改编是其小说创作转型的过渡与实验，但并不能将此类文本的淡化抒情与细节、强调叙事的笔法的写作方式与激化戏剧冲突相对应。《拟故事两篇》中的《仓老鼠和老鹰借粮》的故事出自《红楼梦》中的谚语"仓老鼠和老鹰借粮——守着的没有，飞着的倒有？"。汪曾祺借鉴民间文学的叙事方式与语言修辞，其中"天长啦，夜短啦，耗子大爷起晚啦"出现了三次，情节重复的手法是民间文学典型叙事方式，而"鹰大爷，鹰大爷！天长啦，夜短啦，盆光啦，瓮浅啦。有粮借两担，转过年来两担还四担"①，又与汪曾祺戏曲语言风格有异曲同工之妙（见《京剧剧本·范进中举》之《第二场岳训》）。传奇性小说相较散文化小说，更趋于以"故事"为本体的民间本位文学创作，是现代文人对民间文化深层意趣的提取，而剥离了现代小说细腻的刻画与描绘，事实上，沟通汪曾祺小说和戏曲创作的文体正是民间传奇，所以很难发觉其原创故事《仓老鼠与老鼠借粮》与传统民间故事的差异性。

由此可见，汪曾祺不是从外部学习民间文学的技巧，浑然天成的传奇故事并不是渐悟式的技巧把握，而是贯彻对民间文化的认识之后的直觉性获得。《拟故事两篇》的第二则《螺蛳姑娘》出自民间神话故事，具有传奇色彩，流传版本很多。汪曾祺的改编语言生动，立意深刻，行文笔法更似游戏之作。

再如，《寂寞与温暖》《晚饭后的故事》《皮凤三楦房子》《迟开的玫瑰或胡闹》等作品都可以归为传奇性小说的序列，开门见山点人物，以单线叙事为主，重在情节连贯，易于复述，具有口头文学"说"的性质特征。《晚饭后的故事》在题目上就指明了小说的故事性，开头通过描绘郭庆春日常化行为，建构人物形象及轮廓，用的是汪曾祺擅长的语言，开始了郭庆春晚饭后的"回忆"：

①儿时的郭庆春家里穷苦，卖瓜赚钱

---

① 汪曾祺. 汪曾祺全集 3·小说卷 ［M］. 北京：人民文学出版社，2019：1.

②郭庆春经舅舅建议去学戏

③郭庆春学戏虽苦却觉有趣

④郭庆春与招娣两小无猜

⑤郭庆春倒仓失败，与招娣姻缘断

⑥郭庆春改行卖起了柿子和西瓜

⑦郭庆春亲眼看见招娣结婚

故事讲到这里，小人物的情感书写按下了暂停键，也隐喻着一个时代的完结，作者与叙事者合二为一，汪曾祺写道"这是一个张恨水式的故事，一点小市民的悲欢离合。这样的故事在北京城每天都有"①。如果故事在这里结束了，传奇性就会降低，并没有通过小人物的故事反映时代变迁对人物的影响。紧接着，中华人民共和国成立后的郭庆春和科长结婚，命运发生转折，小说的寓意也浮出水面：

⑧郭庆春和科长结婚，并成为郭团长

⑨郭庆春日子过得风光，感情也很平缓

⑩招娣女儿报考剧团，郭庆春偶遇招娣

由此可见，随着时代的变化发展，中华人民共和国成立后的郭庆春看似春风得意，然而招娣的出现又让他发出人生感慨，小说即将束尾处，作者笔锋急转，将郭庆春的"回忆"拉回现实语境，叙事者进入叙事文本，写道"如果用意识流方法照实地记录下来，将会很长。为省篇幅，只能挑挑拣拣，加以剪裁，简单地勾出一个轮廓"②。"融奇崛于平淡"是汪曾祺追求的叙事境界，也是传奇性小说的美学旨归。《晚饭后的故事》运用了嵌套结构，小说套着郭庆春晚饭后的回忆，涵盖着四个叙事主体，分别是作者、叙事者、回忆故事的郭庆春、故事的主人公郭庆春。这样的叙事方式，可类比茨威格小说《一个陌生女人的来信》，能够让郭庆春在几个叙事层自由穿行的是郭庆春女儿两次以画外音方式出现，中断了叙事的连贯性，也因此拓宽了小说叙事结构，时空的交错反映出时代格局变化，故事

① 汪曾祺. 汪曾祺全集 2 · 小说卷 [M]. 北京：人民文学出版社，2019：209.
② 汪曾祺. 汪曾祺全集 2 · 小说卷 [M]. 北京：人民文学出版社，2019：214.

也因此具有了小说特征。小说《毋忘我》篇幅很短，不足千字。徐立和吕曼本是恩爱夫妻，可是吕曼不幸离世，徐立为追缅爱妻，将精致的骨灰盒放在写字台上，旁边的花瓶里插着名叫"Forget-me-not"（毋忘我）的蓝色花朵。半年之后，徐立有了新的女朋友，婚后买的唐三彩取代了骨灰盒的位置，徐立将骨灰盒放到了阳台上，搬家的时候遗忘了。全篇没有一句废话却力透纸背，世态炎凉、人情冷暖都如过眼云烟般随风而逝，有学者引用"无一贬词而情伪毕露"① 概括汪曾祺高超的创作技法，提取故事主线，轻描写重情节，以少胜多的方式反映出人类情感的常态，小说命名的讽刺意味昭然若揭。《忧郁症》讲了裴云锦的悲剧命运，先是介绍裴云锦夫家的日渐衰落的境况，又谈起裴云锦家拮据的状态，同时又表明裴云锦拥有标致的样貌，为其日后命运的转向做了铺垫。裴云锦嫁到龚家之后，才知道龚家早已剩下空壳，娘家和婆家俱衰的现实压垮了裴云锦，导致其用自尽的方式了却命运的捉弄。《水蛇腰》中的崔兰花容月貌，身材姣好，却拥有与裴云锦截然不同的命运，她嫁给了朱家少爷，日子过得光鲜，汪曾祺用非常直白的对话，暗示旁人妒忌的心理。《忧郁症》与《水蛇腰》中的女性命运都与婚姻相关，汪曾祺并没有在文本中对之直接给出判断，语言描述也仅是暗示了自己或惋惜或欣慰的情感态度。两位女性的命运都是传奇而又不是传奇，汪曾祺讲得很平静，对不幸者施以同情，对幸运者也未讥讽，生活如戏，尽在情理之中，叙事语言中潜藏着汪曾祺对女性命运的认识和思考。

总之，以"事件"为中心的汪曾祺小说更贴近民间叙事，拥有与民间故事相似的形态样式，合乎民间群众的审美期待，读来轻快通透而不晦涩，同时又不失为汪曾祺小说以文学性见长的特点，或离奇或曲折，或幽默或讽刺，但都没有离开现实的民间生活。其中，《子孙万代》更是典型的传奇性小说，前半部分讲述傅玉涛与一对核桃的相遇之缘，后来不幸分离，数年之后又在古玩店偶遇，此时，人与物的情感已然超越了共情共

---

① 朱美禄. 无一贬词而情伪毕露——汪曾祺小说《毋忘我》分析［J］. 名作欣赏，2010（18）：29.

生，傅玉涛没有购回这"老友"，而是向老外解读核桃"子孙万代"的名堂，最终将它送到外国人手里。这类作品是汪曾祺从《聊斋志异》中剥离了巫趣与诡异，形成基于现实民间生活的民间叙事类型，《生前友好》《红旗牌轿车》《狗八蛋》等小说都是日常生活的掠影，各生其妙，意味深长。

二、以"人物"为中心的传记故事

中国文学重视史传传统，史料考据先于虚构叙事的发展，因此，中国传统文学以纪实性见长，并将纪实性文学分为以"事件"为中心的笔记小品和以"人物"为中心的传记文学。日本汉学家吉川幸次郎认为，"在西方，作者人生观、世界观的表达，通过新奇的事件进行架空的创作；在中国，则始终要求事件是实在的经验，人物是实在的人物，这反映了在文质彬彬中讲求踏实的中国文化的倾向"①。如果说汪曾祺以"事件"为中心的传奇轶事是由笔记小品生发而来，那么汪曾祺以"人物"为中心的传记体小说则是从传记文学的叙事法则中获得了创作启示，这类小说围绕人物讲述与其生平相关的故事，具有"传记+故事"的文本特征。

"传记文学"是通过记叙与传主相关的事件，还原人物的生命历程，展现人物独特精神风貌的文学类型。"传记"在《四库全书总目提要》的史部中有定义，即"叙一人之始末者为传之属，叙一事之始末者为记之属"②，朱东润提出更为确切的"传叙文学"表述，他认为"传叙文学是史，但是它底主要对象是人，所重视的不是事实具体底记载，而是人性真相底流露"③，一字之差，后者强调了传主的精神主体性，而不单是关于人物的平面化史料选择与整合，传叙文学相较传记文学，是更具现代意识的说辞。传主选择和传记内容，古代和现代也有实质性区别，古代传记文学

① 吉川幸次郎．纪实与虚构——文学革命与中国文学的未来［M］．长春：吉林教育出版社，1990：226.
② 郭久麟．史学与文学的有机结合——关于传记文学的性质的思考［J］．重庆社会科学，2002（02）：51.
③ 朱东润．八代传叙文学述论（节选）［J］．中华文史论丛，2006（03）：3.

具有政治和道德意义上的倾向性，具有明显的教化目的，现代传记则以人的主体性为核心，倾向于记录传主的性情与个性特征，民间小人物也纳入了传主范畴，汪曾祺的传记故事亦有此特征。实际上，晚明人物小传已具有现代传记的萌芽，汪曾祺传记故事也部分地继承了晚明人物小传的特点，这与汪曾祺对晚明小品文的推崇有密切关系。

汪曾祺以"人物"为中心的传记故事，立足于真实人物、事件、环境，通过对人物语言与行动的书写，呈现人物心迹与命运变化，彰显其所处民间生活的原生状貌与世俗风情，将审美格局拓展到时代、地域与民间文化。传记文学的真实性是作品的灵魂，传主必须是历史上真实存在的人物，这一点与汪曾祺小说创作原则相一致，"我的小说写的都是普通人、普通事。因为我对这些人事熟悉"[①]。此外，"完全从理念出发，虚构出一个或几个人物来，我还没有这样干过"[②]。汪曾祺小说中的人物都有迹可循，甚至他还曾担心写得太过真实，小说中的人物会对号入座，找他的麻烦。[③] 传记文学允许文学虚构的存在，但要合乎人物的性格特征，细节的丰富有助于塑造丰满的人物形象，汪曾祺的观点是，情节可以虚构，但是细节必须真实。这里的细节真实是合情合理的艺术真实，合乎事情发展的自然规律，作者对人物的情感体会得越到位，细节描写越是生动。

需要特别注意的是，之所以称汪曾祺的此类文本为"传记故事"而不是"传记文学"，首先，是因为其情节的虚构，传记文学是非虚构文学，而传记故事则允许关键情节的虚构；其次，"故事"更倾向通俗性讲述，可读性更强，并不等同于严格意义上的传记文学。例如，《陈小手》是汪曾祺继母给他讲述的，高邮民间确有陈小手其人，但为了强化情节曲折性与立意深刻性，汪曾祺虚构了陈小手被团长一枪打死的结局；《徙》中的医生汪厚基，他在与高雪结婚前与前妻已有一对儿女，与高雪婚后也生有

---

① 汪曾祺. 汪曾祺全集 10 · 谈艺卷［M］. 北京：人民文学出版社，2019：488.
② 汪曾祺. 汪曾祺全集 9 · 谈艺卷［M］. 北京：人民文学出版社，2019：397.
③ 汪朗，汪明，汪朝. 老头儿汪曾祺：我们眼中的父亲［M］. 北京：中国青年出版社，2016：181.

一男孩，早殇。汪曾祺小说对此重要的情节只字未提，目的是强调二人凄婉爱情的悲剧性而省去了与之不相关的内容，作者的主观意图明显，显然不符合传记文学对人物生平叙述客观真实性的要求，但正如陈其昌在寻访录中提到的"汪厚基比汪曾祺大七八岁，曾耳闻目睹了汪厚基、高雪相恋相爱的题事和罗曼蒂克的悲情绝唱，将汪厚基艺术化到了极致，人性化也臻于完美"①。汪曾祺的小说终究是艺术创作，作为"抒情的人道主义者"，书写人性美才是小说创作的最高追求。

作为中国第一部纪传体通史《史记》，其中"互见法"的运用避免了历史事件的重复记叙，也保证了历史事件的完整性，即在单篇的人物传记中记叙传主生平的主要事件，突出其主要性格特点，而在其他人物的传记中对其经历的次要事件及性格特点作补充性描述，在此为主，在彼为次，文章间的"互见"让人物形象更为饱满，也表明了同时期人与人的关系往来，强化了叙述的真实性与可靠性。汪曾祺的小说创作取材于现实生活，绝大多数人物都有真实原型，例如，季匋民在《鉴赏家》中是主要人物，原型叫王匋民，高邮人，曾师从故宫博物院的画师，后来从高邮去了上海，任上海美专国画系的教授。显然，王匋民在高邮是众所周知的"大画家"，他在汪曾祺小说中频繁出现，《岁寒三友》中的季匋民为要在上海办画展的靳彝甫写介绍信，《抑郁症》中裴云锦又将郑板桥的对子、边寿民的芦雁卖给季匋民，换取钱财贴补家用，《小嬢嬢》中的谢普天和谢淑媛私奔前，也将祖传的端砚和字画卖给了季匋民，"互见法"的运用强化了季匋民在高邮民众眼中的文化地位，也让季匋民"游走"其中的高邮风俗画化静为动，活灵活现。

这些传记故事中的传主都不是大人物，但他们都是从汪曾祺生命经验中走过的人，很平常也很普通，汪曾祺却能发现他们的特点，用平淡语言写出意味深长的作品，例如以保姆为原型的作品有散文《大莲姐姐》，小说《翠子》和《小芳》。汪曾祺笔下的保姆都是聪颖美好的少女，对她们

---

① 姚维儒.琐忆汪老［M］.北京：中国书籍出版社，2021（1）：124.

的惋惜和同情反映了汪曾祺人道主义情怀中的平等观念。《小芳》的原型是照顾孙女卉卉的保姆小芳，她和汪家人的关系很好，初读《小芳》有些寡淡，但汪曾祺的语言是越酿越醇的酒，"多少年之后再读《小芳》，那一幕幕的情节真的会浮现出来，让人心里有一种水汪汪的感动"①。《小芳》开始先表明小芳和"我"的关系，道出她的籍贯、家庭成员、身材相貌、天赋特点，然后才开始讲述小芳在"我"家干活的事情。小芳对卉卉的感情很是真切，远远超过普通保姆对雇主家孙女的态度，汪曾祺连续讲了几件事去强调小芳对卉卉的感情，打动人心的往往不是故事内容，而是不经意的细节，如，"小芳还爱给卉卉包饺子，一点点大的小饺子"②。饺子是卉卉吃的，自然要包得小一些，小芳的用心难能可贵。小芳结婚后生有一女，也取名叫卉卉，可见小芳早已把雇主的孙女视为自己的孩子了。小说后半部分，汪曾祺着重梳理了小芳的情感生活，相对前半部分单个故事的串联，后半部分是有逻辑关系的，汪曾祺以"小芳的命并不好"引领后文，如何"不好"呢？年纪轻轻就许配给了好赌生事的表哥，既不合伦理也不合情理，好在几番折腾之后，小芳最终找到了人生归属，虽然他又穷又矮但有文化有责任感，从小芳找的伴侣情况能够看出小芳的价值观念，汪曾祺对此持欣赏的态度。《翠子》中"翠子"的原型也是汪曾祺幼年时家里的保姆，她的形象略显青涩但不失少女的机敏活泼。汪朗在《老头儿汪曾祺》中提到的小陈，是小芳之后到汪家的保姆，先后送走了父母，汪曾祺也曾想过为其写篇小说但未来得及，保姆与雇主虽是雇佣关系，但汪曾祺家里的保姆更像是家庭成员，这与保姆品质端正有关，汪家和谐包容的家庭氛围也是重要因素。

　　整体来看，汪曾祺以"人物"为中心的传记故事，最多的是直接以人物姓名或称谓命名，这类作品的重点在于"写人"，小说情节较松散，情节发展与变化是为了表现人物性格特点，多是塑造性格单一的扁平人物，

---

① 汪朗，汪明，汪朝．老头儿汪曾祺：我们眼中的父亲［M］．北京：中国青年出版社，2016：362.

② 汪曾祺．汪曾祺全集 3·小说卷［M］．北京：人民文学出版社，2019：134.

叙事相对碎片化，是由一个个小故事串联而成的叙事模式，有学者称这种叙事类型为"人物志"①，强调了叙事方式的民间性，如《老鲁》《王全》《八千岁》《小芳》《仁慧》等；有的以人物的职业命名，比如《故乡人·钓鱼的医生》《卖眼镜的宝应人》《兽医》《侯银匠》；还有以寓意小说内容的方式命名，比如《徙》《皮凤三楦房子》《王四海的黄昏》等。汪曾祺采用民间笔法作为民间人物立传的叙事方式，讲述一个个简单、通俗、生动的传记故事，源于民间又回归民间，不仅合乎民间群众的审美期待，更是源于史传传统对其根深蒂固的影响。

三、以"环境"为中心的幻美往事

现代阐释学的观点是"一切历史都是现代史，理解过去就意味着理解现在和把握未来"。在"中国改革开放四十周年小说论坛暨最有影响力小说评选"中，汪曾祺《受戒》位列十篇入选短篇小说的榜首。由此可见，《受戒》对当代文坛深远的影响，它的出现，不仅仅接续了中国文学的抒情传统，更具有继往开来的先锋意义。这只在20世纪80年代文坛上放飞的纸鸢，影响了后来一大批作家的文学创作。《受戒》发表于1980年《北京文学》，是当代文坛无可争议的"现象级"作品，既是跨时代性的杰作，也对应着永远的汪曾祺。《受戒》写的是小和尚谈恋爱的故事，人物原型并非汪曾祺的初恋，却饱含着他对初恋朦胧意绪的感受，清新的语言风格对应着梦境般的体验，文中对自然环境的书写是融情于景的表达，这也是中国抒情传统惯用的修辞手法。

正是从《受戒》开始，汪曾祺开始写他熟悉的过去，写小说就是写回忆，也就不可避免地写他生命中走过的地方：高邮、昆明、上海、张家口、北京。不同地域背景的小说自然带有不同的风土人情，从叙事语言到叙事方式，隐匿着汪曾祺对这些地方不一样的情感，以高邮和昆明为背景的小说更显出世之风；以上海为背景的小说只有一篇《星期天》，言语中

---

① 霍九仓.汪曾祺小说文艺民俗审美研究［D］.上海：华东师范大学，2013：70.

沉潜着苦闷心绪；张家口的生活是苦中作乐，这是他个人心理成熟的关键时期；以北京为背景的小说具有明显的入世痕迹，反映 20 世纪 60 年代至 70 年代京剧团的人与事，是他搁笔数十年后的呐喊，"衰年变法"时期的创作情绪与 20 世纪 80 年代初创作《受戒》等以故乡高邮为背景的散文化小说的悠哉怡然之心境截然不同。

以"环境"为中心的幻美往事，主要集中在以高邮为背景的小说，"幻美往事"不禁让人联想到两个概念：童话和回忆。纵观汪曾祺的小说创作，越往生命之初回忆，与当下的生活距离越远，纯粹的审美性越凸显，功利性与批判性越弱。正如他自己所言"三十多年来，我和文学保持一个若即若离的关系，有时甚至完全隔绝，这也有好处。我可以比较贴近地观察生活，又从一个较远的距离外思索生活"①。汪曾祺不仅很好地保持了与文学之间的距离，也合乎时宜地控制了与高邮之间的距离，从 1938 年离开高邮前往西南联大求学，直至 1981 年再回故乡，期间有四十三年漂泊在外，四十三年恰恰对应了《受戒》的结尾"这是四十三年前的一个梦"。作家在特殊年代自由创作受限，他搁笔不写的几十年其实是真正意义上的"写"，是对往事的选择性沉淀和无意识梳理，正可谓"时间距离是美的塑造者"②，当时代新风迎面扑来，汪曾祺立刻调动起了他的写作机能，才有了惊世骇俗的杰作。

汪曾祺没有写过童话，但是他所勾勒的美好，有着童话般的属性与目的：诠释美好的人性，有益于世道人心。高邮不同于其他地区的意义还在于，这里满载着汪曾祺的童年经验，"一个人能不能成为一个作家，童年生活是起决定作用的。首先要对生活充满兴趣，充满好奇心，什么都想看看"③。他对童年回忆式的书写是印象式的整体把握，渗透着汪曾祺直观体验过的高邮的自然风光与民俗风情，然而"儿童是最美的，但儿童的天真

---

① 汪曾祺. 汪曾祺全集 9·谈艺卷［M］. 北京：人民文学出版社，2019：378.
② 童庆炳. 中国古代心理诗学与美学［M］. 北京：中华书局，2013：157.
③ 汪曾祺. 汪曾祺全集 9·谈艺卷［M］. 北京：人民文学出版社，2019：222.

又缺乏深刻的心灵特征"①，只有经过岁月的沉淀和过滤之后的情感投射，才能充分展现黑格尔所说的美，即"美是理念的感性显现"。难能可贵的是，花甲之年的汪曾祺始终秉持着他的童心，远远超越了儿童对世界懵懂的天真，汪曾祺的童心精神已非孩童的好奇与无畏，而是建立在同情心和平等观之上的智慧与豁达。带着童心精神进行童年回忆，正如是"近事模糊远事真"，便有了《受戒》《大淖记事》《故乡人·打鱼的》中的梦幻水乡，也有了《鸡鸭名家》《戴车匠》《故里三陈》中的风俗画卷，无论是自然景致还是民俗景观，汪曾祺都将其幻化为闪烁着人性光辉的诗意，人从景中来，景为人所观，梦幻而又真实。

哲学家赫尔曼·史密茨强调气氛的空间性，他认为"气氛在空间上永远是'没有边界的，涌流进来的，同时还是居无定所的，就是说，它是无法定位的'，它是侵袭着的感染力，是情调的空间性载体"②。汪曾祺对"环境"的描写，最直接的目的是营造小说叙事的气氛，他认为"气氛即人物"，小说中的气氛描写都渗透着人物的感知经验。"气氛"是小说人物和叙事语境之间的"一团情致"，可意会却难以言传。汪曾祺小说对气氛的描写，既建构了其独特的空间叙事方式，是形成小说"风俗画体"的基础，又延缓了叙事节奏，丰富了人物形象，整体上提升了小说文学性。

"与其他任何种类的关系相比，语言似乎天然地更适合表达空间关系"③，热奈特的论断可以从汪曾祺小说对气氛的语言描述中见出。《大淖记事》是汪曾祺的代表作，汪曾祺还写过一篇散文《〈大淖记事〉是怎样写出来的》，阐释了《大淖记事》的创作初衷及叙事策略，小说分为六节，前面三节都在描写大淖的环境，包括自然风物和地方风俗。之所以没有直接写人写故事，汪曾祺认为大淖环境也是重要的叙事构成，而不纯粹是事

---

① 李醒尘. 西方美学史教程［M］. 北京：北京大学出版社，2005：262.

② 格诺特·波默. 气氛美学［M］. 贾红雨，译. 北京：中国社会科学出版社，2018：17.

③ 徐岱. 小说形态学［M］. 杭州：杭州大学出版社，1997：75.

件发生的背景，"只有在这样的环境里，才有可能出现这样的人和事"①。小说从题目《大淖记事》中"淖"字的考据开始，然后用幻丽唯美的语言描述了大淖中央沙洲的四季景观，紧接着写沙洲西北的炕房、东边的浆坊、田畴麦垄和牛棚水车，南边废弃的木板房也已经成了野孩子们玩耍的地方。小说第一节最后一段起承上启下的作用，使小说叙事由大淖周围的景物描写自然过渡到了第二节大淖人的日常生活。

> 大淖指的是这片水，也指水边的陆地。这里是城区和乡下的交界处。从轮船公司往南，穿过一条深巷，就是北门外东大街了。坐在大淖的水边，可以听到远远地一阵一阵朦朦胧胧的市声，但这里的一切和街里的不一样。这里的人也不一样。他们的生活，他们的风俗，他们的是非标准、伦理道德观念和街里的穿长衣念过"子曰"的人完全不同。②

汪曾祺对大淖人特点的概括顺理成章，原始淳朴的自然环境是大淖人形成"非标准伦理道德观念"性情的条件。这种性情是如何体现的呢？第三节的描述给出了回应：

> 姑娘在家生私孩子；一个媳妇，在丈夫之外，再"靠"一个，不是稀奇事。这里的女人和男人好，还是恼，只有一个标准：情愿。……街里人说这里"风气不好"。到底是哪里的风气更好一些呢？难说。③

这种自问自答的方式，肯定了天然纯粹的人性，大淖女人具有汪曾祺着力塑造的健康人性的美，这种人性美是民间自然环境和民俗文化环境共

---

① 汪曾祺.汪曾祺全集9·谈艺卷［M］.北京：人民文学出版社，2019：186.
② 汪曾祺.汪曾祺全集2·小说卷［M］.北京：人民文学出版社，2019：148.
③ 汪曾祺.汪曾祺全集2·小说卷［M］.北京：人民文学出版社，2019：154.

同促成的，远离世俗与庙堂之处便是自由自在的民间，唯有生活在民间的
人能将这种人性的自然美传承下来。"水文化"既是大淖的文化，也是高
邮文化，它既在作品内部关切着小说人物的性情，也在作品之外影响着创
作主体的个性，继而体现在文学创作中。水的柔美与流动感，既外化于作
品散文化的形式，也内化于人物和作家的性情。汪曾祺能做到"贴着人物
写"，究其根底，是因为他和小说人物有着共同的环境体验。

事实上，民间生活环境是自然环境与民俗环境的结合，不仅影响了人
的性情，也为事件发生发展提供了物理与文化空间，正是这样的民间生活
环境，才塑造了这样的人，才有可能发生这样的事。《故乡人·打鱼的》
几乎没有事件描述，人物最后出现，小说先用三分之二的篇幅描述几种打
鱼的方式，营造出平淡的民间生活氛围，结尾的叙事节奏随内容的转变而
转变，女人因打鱼而死，女儿接替了母亲工作，注定是悲剧的命运轮回，
强化了主题的沉重性，民间生活看似的平淡，实则是人们接受了司空见惯
的苦楚之后的顺从，反观前文，对打鱼方式的描述正是"顺从命运"的日
常行动。《鸡鸭名家》开篇大段的民俗描写，意在营造特定的民间生活气
氛，看似与情节发展无关，实则民俗环境的描写强化了小说真实性和叙事
合理性，是当地人对饲养和食用鸡鸭的热情让故事的发生顺乎自然。

总之，汪曾祺笔下的民间生活环境不仅仅是故事发生发展的背景，更
是具有推进情节发展的叙事要素，呼应人物的行动语言，起到烘托氛围、
渲染情感、强化主题的作用。其中，以高邮为背景的小说，几乎每一篇都
有"环境"描写，所占篇幅各异，有的小说开篇先进行环境描写，然后才
开始讲故事，有的是环境描写与故事情节交替出现。这些极具地域特色的
民间原景的复现，也为高邮地域文化研究打开了一扇门，是最具汪曾祺特
色的叙事类型。

第三节　诗性化的民间精神：汪曾祺小说的叙事旨归

"叙事旨归"超越了文学文本的主题意旨，跨越了时代的阐释，关切着人类的生命延续与文化传承，是对哲学层面上的终极意义或显或隐、或深或浅的揭示。高尔基提出"文学即人学"，文学文本饱含创作主体对世界的认识，对人性与人生的感悟，作者通过对人的心理、语言、行动的书写，反映不同时代、民族、地域文化对人的影响，以及人对其所接受文化的规塑与建构。

《礼记》载"饮食男女，人之大欲焉"，人的生存离不开饮食文化与性文化，汪曾祺小说对两种基本的文化类型都有所诠释，体现为民间文化对人类生存及繁衍的自然亲和。民俗礼仪主见于个体生命的历程，是民间精神见出形式的典型文化表征，是生命意识与生存理想的化合，既包括了成人礼、婚丧礼仪等与个体成长密切相关的仪式，也包括传统的节庆仪式，狂欢是民俗仪式的精神实质，象征着对生命的尊重以及自由平等的愿望。传统手工是世代传承的非物质文化，是由"技"到"艺"的实用艺术类型，是民间审美文化的实体化呈现，汪曾祺小说对传统技艺实践过程有着直观真实的记录，他将文化反思渗入笔端，瞬间即永恒的民间精神，由此衍生。

本节试图通过解读汪曾祺对自然人性、民俗仪式、传统手工等题材在小说创作中的表达，归纳民间文化精神中最具生命力的观念形式，并阐释这种形式对人类发展与文化建构的现实意义。

一、受戒之戒·叛逆·情致

汪曾祺的当代小说带有不同程度原始色彩的性描写，所言及的不仅有世俗观念内的情爱，也有一反常态的僧俗之恋、师生之恋、人兽之恋、乱伦之恋等与传统伦理相悖的情感关系。汪曾祺非但没有对反常态的情感关系进行谴责和批判，反而通过合乎情理的叙事与诗性美的修辞表达了对女性的崇拜，对自然人性的肯定。打破即回归，例如《受戒》的意义不仅在于20世纪80年代的文化语境中突破了传统的桎梏，"受戒"之本意在于破戒，解构世俗传统之余，更是体现了汪曾祺呼吁解放人性、回归本然的愿望。

"我所追求的不是深刻，而是和谐"①，这句话只能从儒家的审美理想角度理解，并没有延伸到广泛而普遍的人性，这些含有性描写的小说，最能见出汪曾祺对人性的深刻理解——人性本然如此，俗世奈我几何。基于此，汪曾祺的性描写见不到粗俗与不堪，或是含蓄或者清新，或是直观式的合情合理，无论是语言上还是精神上都流露出作者独有的情致，基于民间生活逻辑与民间生活语境中的性文化，在汪曾祺的笔下是写实与写意的结合。同时，通过这些作品也能显出汪曾祺心性中叛逆的一面，风雅儒生的内心隐匿着歇斯底里的呼喊，这是醉的迷狂，是最接近原始精神的创作诉求，也因此具有了与原始性相契合的现代意义。

事实上，早在西南联大求学期间，汪曾祺就受到西方现代主义思潮的影响，弗洛伊德精神分析理论也不可避免地影响了其意识流小说的创作，弗洛伊德认为"艺术本质是原欲的升华"，生理驱动影响甚至决定了作家的文学创作，其中最直接的反映就是性描写，从文化阐释上来说，要挖掘人性的本质，"要真正地写出人性，就无法避开爱情，写爱情就必定涉及性爱"②，尽管不同时期汪曾祺对"性爱"的表现方式各异，但都具有显而易见的叛逆精神，或者是顺乎自然的唯美相恋，或是反抗世俗的激情绝恋，或是完全出于生理本能的情欲之恋。无论出于何种方式的结合，汪曾祺始终诠释的是健康的人性，无关世俗偏见与利益纠纷，性爱关系合乎人的生理需求与情感需求，只是比例不同，绝无褒贬之意，遵循的是民间生活的情感逻辑，都是切近原始冲动的无邪之性，是纯粹的性与爱。例如，《悒郁》中银子从睡梦中醒来，她感受到"飘飘的有点异样的安适"，"一

① 汪曾祺. 汪曾祺全集 9·谈艺卷［M］. 北京：人民文学出版社，2019：397.
② 王安忆. 荒山之恋［M］. 武汉：长江文艺出版社，1993：310.

个生物成熟的征象"暗示出这是少女的春梦；小说《河上》与《受戒》有异曲同工之妙，汪曾祺将少男少女之间暗生的情愫诠释得唯美纯情；《小学校的钟声》则与汪曾祺本人的情感经验有关，"《小学校的钟声》，就是写离开我们的县里，在小镇上遇到一个小学的女同学，含含糊糊一种情绪"①。这些写于 20 世纪 40 年代的作品，已能见出汪曾祺对情欲与性爱的多种表达形式，基于象征主义与意识流的形式表达，这一时期对两性关系的描绘是隐晦而常态的，而到了 20 世纪 80 年代，汪曾祺的性描写愈发清丽，90 年代则更衍变为直观露骨的审美效果。

有学者认为，"作者的描写方法是中国式的、传统的，而人物的性观念则是西方式的、反传统的"②。笔者认为这一结论有失偏颇，汪曾祺的"性描写"是中西结合的，受到他所处时代文化观念的影响，晚年的小说创作炉火纯青，具有独树一帜的创作风格，是包容了西方现代主义的现实主义书写，性观念也并非有意切近西方，而是始终立足于民间文化所延存的原始社会的性观念。20 世纪 80 年代到 90 年代的汪曾祺小说创作体现出两个迥异的风格，从"抒情文人"到"肆虐狂士"的转变，既有个体心理因素的制约，也有时代环境的影响，但立足于民间文化的性观念没有改变，这种观念与西方现代的"性解放"意识不谋而合。

然而，汪曾祺的性描写不仅具有反世俗、从自然的叛逆性，而且女性主动者居多，更加深化了叛逆的力度。在封建社会传统中，女性多处于被男性玩弄的一方，风流雅士多能被社会接纳，而浪荡不羁的妇女却为社会所唾弃，"贞节牌坊"的树立正是建立在对女性性压抑的基础上，合乎封建道德传统却残害人性。"在中国传统文化中，生殖与性是两个不同的论域，不可相提并论。具体来说，生殖受到普遍的尊重、鼓励、赞美；而性的快乐却处于一种暧昧的地位。"③ 然而，从汪曾祺的小说中可以见出，他

① 汪曾祺. 汪曾祺全集 11·诗歌、杂著卷［M］. 北京：人民文学出版社，2019：362.

② 陈英. 论汪曾祺小说"性描写"的文化倾向［J］. 常州工学院学报（社科版），2012（04）：35.

③ 李银河. 生育与村落文化［M］. 北京：中国社会科学出版社，1994：188.

对女性之于性欲的追求，多是给予了肯定，这与他崇拜女性的倾向有关，也与汪曾祺性情中天然的女性性情有关，究其根源，汪曾祺深受影响的中国传统文化本身就具有母系意识与女性智慧，古典诗词的婉约、阴柔、抒情自然影响了汪曾祺的性情，作为现代知识分子的汪曾祺也由此自发对女性命运产生认同感，这一现象的文化根源表面上是西方现代意识，更深处溯源，仍是中国传统文化对他的思想影响。沈从文对汪曾祺性情看得很透彻，曾说汪曾祺具有女人家的脾性，成不了大气候。汪曾祺给专题片《梦故乡》题诗也直言"我的故乡在高邮，女孩子的眼睛乌溜溜"①，更有诗云"少女无邪，儿童无虑，即此便是佛意。我于是告天下：与其拜佛，不如膜拜少女"②。岂止是少女，汪曾祺笔下的女性形象从少女到老妇，都表现出健康且独立的身心，她们的大胆与洒脱，明明白白，坦坦荡荡，丝毫没有任何见不得人的地方，这种直率出乎自然本性，体现了人性的真实，汪曾祺通过刻画反世俗的女性对情感与性爱的大胆追求，肯定了民间精神的纯然与本真。然而，无论是《受戒》《大淖记事》式的乌托邦之美境的诠释，还是《薛大娘》《窥浴》式的俗世之欲望的表达，无论异性相吸的初衷是情爱还是性爱，都是从民间文化自由精神中滋生的意绪，汪曾祺对世俗的叛逆实则是自然的复归，这种圣洁的两性关系本身就是诗性化的，作家的情致书写，便是对男女间纯粹关系的具体阐释。

汪曾祺子女在回忆录中提到，曾有位公社书记告诉汪曾祺，两位大队书记在会议间隙，一字不差地默写下了《受戒》中明海和小英子的对话，汪曾祺为此深受感动。③ 这场僧俗之恋已经升华为人性之恋，具有普遍而广泛的意义，可见是深入人心了。《受戒》中一段经典的对话，颇显汪曾祺不凡的语言功力。

---

① 汪曾祺．汪曾祺全集11・诗歌、杂著卷［M］．北京：人民文学出版社，2019：53.
② 汪曾祺．汪曾祺全集11・诗歌、杂著卷［M］．北京：人民文学出版社，2019：89.
③ 汪朗，汪明，汪朝．老头儿汪曾祺：我们眼中的父亲［M］．北京：中国青年出版社，2016：161.

　　　　小英子忽然把桨放下，走到船尾，趴在明子的耳朵旁边，小声
地说：

　　　　"我给你当老婆，你要不要？"

　　　　明子眼睛鼓得大大的。

　　　　"你说话呀！"

　　　　明子说："嗯。"

　　　　"什么叫'嗯'呀！要不要，要不要？"

　　　　明子大声地说："要！"

　　　　"你喊什么！"

　　　　明子小小声说："要——！"

　　　　"快点划！"

　　　　英子跳到中舱，两只桨飞快地划起来，划进了芦花荡。①

　　汪曾祺写出了小英子的机灵与俏皮，芦花荡成为她和明海接受成人礼
的场地。《受戒》最大的价值意义，在于突破了世俗与宗教的界限，立足
于少男少女最朴素的情感歌颂青春与自由，小英子不是遵守三纲五常的女
性，明海也不是被教规束缚的和尚，汪曾祺颠覆的是两个文化世界的传统
规制，回到人性的起点，亦是回到了民间文化的场域，表达人性中纯粹的
诗意与美好。

　　与之相仿，《大淖记事》中巧云被刘号长破了身子，没有掉眼泪，更
没有跳到淖里淹死，只是后悔没有把第一次给十一子。巧云与十一子野合
的夜晚，汪曾祺写得很含蓄，延续了《受戒》诗性的朦胧美。而在后文叙
事中，刘号长打伤了十一子，巧云与十一子的对话更是小英子与明海的翻
版，欢快明朗的情感将小儿女的现实苦难化解了。

　　　　十一子能进一点饮食，能说话了。巧云问他：

————————————

① 汪曾祺. 汪曾祺全集 2·小说卷 [M]. 北京：人民文学出版社，2019：106.

"他们打你，你只要说不再进我家的门，就不打你了，你就不会吃这样大的苦了。你为什么不说？"

"你要我说什么？"

"不要。"

"我知道你不要。"

"你值么？"

"我值。"

"十一子，你真好！我喜欢你！你快点好。"

"你亲我一下，我就好得快。"

"好，亲你！"①

纵观其创作分期，《受戒》《大淖记事》是汪曾祺 20 世纪 80 年代初的作品，这样反世俗地张扬情感已是时代先锋，其中的性描写仍然是含蓄内敛，用寓情于景的意境婉转地呈现，留下空白，予人审美想象的空间。然而，在其 20 世纪 90 年代的作品里，涉及性的描写不仅篇幅增多，且收回了一贯含蓄的文风，人的动物性甚至压过了情感诉求，尽显自然人对情欲的向往。《护秋》中朱兴福与老汪的对话是民间生活语言，其中的性语言直白坦率不伪饰，小说《尴尬》开篇就暗示了后文叙事"农业科学研究是寂寞的事业"，因为科研的寂寞，洪思迈与异地的妻子离了婚，然后与长相丑陋的顾艳芬结合，又因为洪思迈患有阳痿，才有了顾艳芬与岑春明的婚外恋，汪曾祺将这几个人的关系叙述得平淡，似乎顾艳芬生下岑春明的孩子合情合理，几个人的命运虽因此事发生了改变，但都活成了另一种可接受的人生。《黄开榜一家》借用小曲的唱词"白掇掇的奶子粉撮撮的腰"形容二媳妇的妖媚形态，二儿子不知所踪，毛三"靠"上了这样的女人也显得顺理成章，汪曾祺将毛三比喻为"斜公鸡"，用民间生活中常见的斜公鸡欺负母鸡的景象暗喻二人的云雨之事，"大概过了一个半小时，毛三

---

① 汪曾祺. 汪曾祺全集 2·小说卷［M］. 北京：人民文学出版社，2019：163.

开门出来，样子像是踩过水的公鸡，浑身轻松。"① 汪曾祺小说中的性描写直接、留白、隐喻各具特色，却都合乎阴阳交合的生命本源与民间生活逻辑，将人性根底的情致推向了现代主义与人道主义的高度，体现出对人的完整性的关心。《薛大娘》最极致地诠释了汪曾祺所欣赏的性观念，他对薛大娘的评价不落俗套，"薛大娘身心都很健康。她的性格没有被扭曲、被压抑、舒舒展展、无拘无束。这是一个彻底解放的，自由的人。"② 发乎自然，归于本性，不涉钱权交易，与席勒的审美理想相契合，完全归于保留了审美纯粹性的民间文化范畴。

二、仪式意象·狂欢·生命

民俗仪式是民间生活的重要组成部分，既是民间精神的集中体现，也是汪曾祺民间书写中重要的叙事内容。民俗仪式可分为两类，一类是个体生命历程中重要节点的文化象征，例如成人礼、婚礼、葬礼等；另一类是民俗节庆，体现为传统节日的集体性狂欢，传统节日往往与上古时期的原始信仰、祭祀礼仪、天文历法等巫术文化及自然规律息息相关，反映了古代劳动人民朴素的理想和愿望。

汪曾祺对节庆仪式的书写贯穿其创作历程，既包括个体生命仪式的表达，也有集体性节庆文化的呈现，都是以人性狂欢为旨归的民间文化精神的彰显，也是汪曾祺对民间生命活力最直接的诠释，它们既在小说中承担民间叙事功能，也反映了民间文化在特定时代与地域中的实状，汪曾祺对仪式的书写是功能与现象的统一，是其审美化民间中不可或缺的构成。其中，个体生命仪式直白或隐喻的表达，直接对应着汪曾祺所处的人生阶段，例如，20 世纪 90 年代的"衰年变法"对死亡与葬礼描述日益增多，可见其垂垂暮年业已积淀与升华的生命感悟。

在个体生命仪式中，成人礼是象征青少年成为成年人的仪式，意味着

---

① 汪曾祺. 汪曾祺全集 3·小说卷［M］. 北京：人民文学出版社，2019：174.
② 汪曾祺. 汪曾祺全集 3·小说卷［M］. 北京：人民文学出版社，2019：263.

个体具备承担社会责任和义务的能力。中国法律将十八岁作为成年人与未成年人的分界，而在古老的原始部落，往往由部落长老设置重重阻碍，让未成年人进入野外，通过克服恶劣的自然环境，甚至与同伴厮杀，以优胜劣汰的残酷方式获得生存技能，由此强大他们的身心，从而实现向成年人的转型。现如今，成人礼或者与十八岁生日重合，或者与婚礼对应，是以个体有能力承担法律责任或家庭责任为心理"成年"的起点。在实际生活中，个体由青少年到成年的心理成熟，往往不是在一瞬间完成，而是需要通过解决一系列社会问题，从而获得稳定的心理定式。

汪曾祺心理的成熟深受民间文化的直接影响，在他到张家口沙岭子生活工作之前，始终没有脱离对父权的依赖，对生父汪菊生的描述尽在《多年父子成兄弟》，文中可获知父亲豁达与开明性情对汪曾祺的深刻影响。西南联大求学期间，沈从文替代性地满足了汪曾祺对父亲的原初性依赖，初到上海，汪曾祺因种种不适有了轻生的念头，他将自己的想法写信告知沈从文，沈从文回信呵斥他，这一行为也足以证明，此时的汪曾祺还并未完成其从自然人到社会人的心理转型。直到1949年，他主动报名参加四野南下工作团，为的是丰富生活经验，以便获得更多的写作素材，潜意识中却透露出其向象征父权的意识形态靠拢的意向，但这一愿望并未成功，甚至1957年组织让他去张家口沙岭子工作生活的决定，使他一度崩溃，失却理想中的父权依赖①。而真正使汪曾祺走向"成人"的时期是1958年年底到1961年年底，这三年是汪曾祺深入民间生活的三年，也是在其对象征意识形态的父权丧失信心之后，心理日渐成熟完善的关键时期。以张家口沙岭子的民间体验为题材，汪曾祺创作了三篇成长小说，虽然后来他承认这三篇小说有美化1960年前后现实生活的倾向，却难掩汪曾祺个体心理成长的轨迹，其中，《看水》更是直接揭示汪曾祺心理成熟的潜在过程，小说的主人公小吕从惧怕看水，到后来通过努力克服了困难顺利完成任务，这一战胜心理恐惧的过程，是汪曾祺心理转型成功的隐喻，接受"成人礼"

---

① 摩罗．末世的温馨——汪曾祺创作论［J］．当代作家评论，1996（05）：38.

的过程象征着汪曾祺克服民间生活困难与苦闷心理的过程，对汪曾祺个体心理成长意义重大。

婚礼和葬礼，也是汪曾祺小说中频繁出现的仪式意象。婚礼往往意味着命运的转折，而葬礼则意味着命运的终结，两个重要的仪式既是个体命运的重要节点，也具有广泛的民俗学价值。学者杨红莉指出"汪曾祺借婚姻状态写人生，具有恢复人的民间生活权利和'去意识形态化'意义"①，婚姻很大程度地影响了女性的命运，汪曾祺对女性婚姻及命运的揭示是遵循民间生活逻辑的自然结果，既有嫁得幸福如意的，也有嫁得落寞失意的，传统社会中的女性婚姻幸福与否绝大程度上取决于男性。比如，《徙》中高傲的高雪嫁给了深爱她的医生汪厚基，却终究抵不过命运的捉弄，最终病逝在汪厚基的怀里；《晚饭花·珠子灯》中贵气的孙淑芸，受到丈夫王常生不幸病逝的打击，一病不起；《水蛇腰》中妖娆妩媚的崔兰嫁给了朱家少爷，让很多人感到不平，认为是糠箩跳了米箩。事实上，以孙淑芸和崔兰为代表的女性，象征着民间婚配中两类女性的命运，皆是以男性的祸福为依托。《晚饭花·三姐妹出嫁》中秦老头的三个女儿分别嫁给了三个勤劳淳朴的男儿，汪曾祺用俏丽的语言描述婚礼，文字间洋溢着喜悦之情，暗示出三姊妹婚姻的美满，也是对民间小儿女积极生活态度的肯定。

相对而言，男性对婚姻的选择，往往会左右其事业与前途。《王四海的黄昏》中王四海选择与心上人厮守小城，在貂蝉的丈夫病逝后，与貂蝉结婚，这也意味着他放弃了前途光明的戏班。表面上看，王四海选择了浪漫爱情，实际上他并未离开民间文化传统，而是遵循着"先成家后立业"的民间生活逻辑，并"按照重情重义的民间伦理价值系统规范着自己的行为"②。《晚饭后的故事》更是表明男性的婚姻选择对其前途的影响，郭庆春与女科长的婚姻为他走上仕途奠定了基础，当郭庆春往忆旧事，从亲眼

---

① 杨红莉．民间生活的审美言说：汪曾祺小说文体论［M］．北京：北京大学出版社，2008：158.

② 杨红莉．民间生活的审美言说：汪曾祺小说文体论［M］．北京：北京大学出版社，2008：158.

见到初恋嫁与他人，又在若干年之后见到初恋的女儿，感慨命运的无常，正是曾经的"错过"，才拥有后来的人生。

如果说婚礼是生命个体进入另一种生活方式的象征，那么葬礼则在文化意义上明确了阴阳两隔的界限，生命的终结是沉痛的，是从有到无的凋零，诗人笔下的葬礼往往具有诗意化的描述。20世纪90年代，垂垂老矣的汪曾祺对死亡及葬礼的描述多了起来，事实上，童年时期的汪曾祺就对葬礼的文化艺术性有着独特的感性体验：

> 我小时候最爱参加丧礼，不管是亲戚家还是自己家的。我喜欢那种平常没有的"当大事"的肃穆的气氛，所有的人好像一下子都变得雅起来，多情起来了，大家都在演戏，扮演一种角色，很认真地扮演着。我喜欢"六七开吊"，那是戏的顶点——这实在很有点抒情的意味，也很有戏剧性。我小时候看点主，很受感动，至今印象很深。①

"雅""多情""演戏""抒情"，从这些词汇中能够感受到汪曾祺对葬礼仪式感的认识，可以说，葬礼在他看来就是"有意味的形式"，是一场饱含戏剧色彩的民俗艺术演出。葬礼并不是固定时日的仪式，而是伴随着个体的离世即时发生的纪念活动，对某一家族而言，丧礼的举行并非常态，但人们生活的社会环境是由无数家族构成的，个体的离世频繁出现却是常态，死亡是生命的终结，任何人无法避免。民间葬礼是传统仪式，具有深厚的文化意义，"丧礼就是生者与死者之间的不舍、悲悼、欢送和祝福的外在化的仪式和仪式的制度化"②。汪曾祺小说《生前友好》中的电工认为参加追悼会很有意思，葬礼的趣味既源于肃穆场面的视觉体验，又在于想象性体验生命的完整性。《小嬢嬢》的最后，"谢普天把小嬢的骨灰装在手制的瓷瓶里带回家乡，在来蝗园选了一棵桂花，把骨灰埋在桂花下

---

① 汪曾祺. 汪曾祺全集9·谈艺卷［M］. 北京：人民文学出版社，2019：297.
② 沈英英. 论《礼记》中的丧礼及意义［J］. 华夏文化，2018（02）：29.

面的土里，埋得很深，很深"①。即便姑侄二人违背伦理，私奔游离，但逝后仍选择落叶归根，入土为安，这一行为在时空序列上体现了对生命的尊重，从何处来，便归于何处。《黄开榜一家》《忧郁症》两篇小说都是以生者奏乐送别逝者束尾，黄开榜的葬礼庄重简洁，最后，三儿子哑巴"把那只紫铜长颈喇叭找出来，在棺材前使劲地吹：'嘟——'"②。裴云锦的葬礼之后，龚兴北"试了试笛声，高吹了一首曲子，曲名《庄周梦》"③，诗意化手法寄托对逝者的思念，使得全文回旋着空灵之意，冷切悲凉，是为文人作文的典型笔法，曲乐的延绵使对亲人的哀思突破了文字限制，拓展了审美想象空间。

总之，成人礼、婚礼、葬礼都是个体生命历程中的关键节点，不同于民俗节庆的集体性狂欢，个体生命仪式所彰显的狂欢相对独立却被集体瞩目，成人礼与婚礼寓意着个体突破旧有的自我，进入新的人生阶段。孔子所谓的"事死如生"，即葬礼意味着人生的终结，亦是生命轮回的新起点。每个人步入新的人生阶段的方式与时间不同，但所有民间个体都在轮换着成为狂欢节的主角，而民俗节庆的集体性狂欢则更多以娱神为初衷，逐渐衍变为集体的节日，从而达到娱人的目的。个体生命仪式始终遵循的是以人本主义为根基的民间生活逻辑，饱含民俗意蕴的仪式既是通向汪曾祺小说叙事旨归的文化载体又是叙事内容，汪曾祺基于对民族文化心理的深刻理解，用小说语言诠释民间个体的生命仪式，从而勾勒出民间社会的生存法则，既体现了民俗生活与民间智慧，又彰显了现代文人的民间情怀。

三、民俗艺趣·自由·传承

民俗艺术分为民俗表演艺术与民俗造型艺术两类，是民间审美精神最为集中的体现。乡间戏台上的地方戏，庙会期间的民俗表演是民俗表演艺术，重在展演过程的体现，非物质文化形态是其存在方式；而传统的窗

---

① 汪曾祺. 汪曾祺全集 3·小说卷 [M]. 北京：人民文学出版社，2019：293.
② 汪曾祺. 汪曾祺全集 3·小说卷 [M]. 北京：人民文学出版社，2019：176.
③ 汪曾祺. 汪曾祺全集 3·小说卷 [M]. 北京：人民文学出版社，2019：188.

花、年画、布艺、泥塑等是民俗造型艺术，往往从实用目的出发，融合了民间劳动人民的生活智慧，在文化传承中兼具了实用功能与审美功能，不同地区的民俗艺术也融入了地域文化色彩。时至今日，汪曾祺的故乡高邮，古街老巷里仍然居住着传统的民间手工艺者，民间传统的节庆期间，仍然有吸引民众前来观看的民俗表演，这些具有工匠精神与艺术气质的文化传承人，也是高邮民间文化的符号与象征。

民俗艺术的文化趣味在于生活趣味与艺术趣味的统一。通常情况下，掌握民间造型艺术的人没有经历专业学习的过程，而是在日常实践中，通过重复实践技能，逐渐忘记功利性目的，以审美的态度完成了对道的关照，从而获得创作自由的快乐，也实现从技术到艺术的突破与升华。《庄子·逍遥游》以"庖丁解牛"为例，从一开始"所见无非全牛"到三年之后，达到"未尝见全牛"的境界，正是通过熟能生巧的技能实践，实现合规律性与合目的性的统一，这是逍遥游的境界，也是审美的境界。而民俗表演则是介于日常生活的表演与戏剧表演艺术之间的社会表演，既是民族风俗的构成，又"在艺术审美与功能满足的背后，是对时令的认知和对节日的提示"①。

民俗艺术或直接或间接地成为民间文化参与文学叙事的呈现方式。汪曾祺小说既有对民俗艺术实践过程的直接描写，也有表达民间小人物日常行为中体现的民间文化精神的侧面描写。艺术实践过程是叙事内容，也是具有推进情节发展的叙事功能，还有的仅仅是与民间小人物的职业相关，总之，民间小人物具有的与生俱来的民间文化精神中叛逆、自由、亲近自然、张扬个性的特质，与艺术本质特征相契合，二者在精神维度上统一，便是民间生活与超越性、自由性、审美性的融合，民俗艺术正是这种生成性文化精神的具体形态。

"表演研究"是民俗艺术的研究方法，其要义在于对互动性与时间性的强调，"'表演'是指艺术性地标志出来的、受强调的交流行为或者交流

---

① 陶思炎.论民俗艺术传承的要素［J］.民族艺术，2013（01）：51.

事件，它以一种特殊的方式被'框定'并为观众展演。对'表演'的分析考察是其交流过程中社会的、文化的与艺术的维度"①，这恰与民俗艺术的日常性、艺术性、文化性相对应，汪曾祺小说对民俗艺术精神的诠释与表达，可从这三个维度理解与分析，并最终指向了对民俗艺术的现代转换与文化反思。例如，20 世纪 40 年代的《灯下》（80 年代改写为《异秉》）中的熏烧卤味摊子的王二。在学者陈其昌的考证中，王二卖熏烧实为生活所迫，所谓大小解分清可以获益得福，是他从说书人那儿听来的，是迷信的一种。归根结底，王二生意的发达是由于夜以继日的勤劳和娴熟的技术，他具备民间小人物积极生活的精气神儿，卖熏烧的状态自然会散发着审美化的生活气息，也因此走进了汪曾祺的视野。

> 苏先生把肘部支在柜台上，两手捧着个肥大下巴，用收藏家欣赏书画的神情悠然地看着滴水檐下王二手里起落的刀光。王二摆一个熏烧卤味摊子，这时正忙得紧，一面把切好的牛肉香肠用荷叶包给人，一面用油腻腻的手接钱，只一瞥，即知道数目，随便又准确的往"钱笼"里一扔，嘴里还向另外一个主顾打招呼，"二百文，肚子？"……②

社会学家欧文·戈夫曼在《日常生活中的自我呈现》中，将日常生活中的行为与语言视为戏剧表演的内容呈现，认为个体是通过日常生活中与他人的互动关系建构自己的身份认同。苏先生是观看王二"表演"的观众，他以审美静观的态度看待王二卖熏烧卤味的全过程——"切肉—包装—接钱—扔进钱笼"，王二的全套操作已演化为规律性的生活方式，卖熏烧就是生活方式，而不仅是谋生途径。事实上，审视文本的读者也是在"看"苏先生看王二，文学审美意义上的"观看"，让文学化的民间生活愈加灵活地彰显出民间文化的本质力量。艺术的价值体现在"看"与"被

---

① 王杰文. 表演研究：口头艺术的诗学与社会学［M］. 北京：学苑出版社，2016：3.
② 汪曾祺. 汪曾祺全集 1·小说卷［M］. 北京：人民文学出版社，2019：31.

看"的动态关系中，欣赏者会在当下与先验的对照中生成新的文化体验，从而不断强化了已有的文化视野与艺术经验，通过不断规范艺术心理定式，建构和调整文化认同的模式。即日常生活中的表演与戏剧艺术表演一样，都侧重于展演过程，文化认同的模式是基于过程的自觉生成。

除了日常生活中的社会表演，米尔顿·幸格（Milton Singer）将仪式与庆典视为特定文化的"元文化展演"，是民族文化心理与文化意识的高度提取与形态呈现，某种程度上来说，可将"元文化展演"视为戏剧艺术的雏形。节庆仪式与典礼上的文化展演往往会阶段性重复呈现，但是由于演出人员的变化，所获得的表演效果不尽相同，"看"与"被看"中产生的文化体验也具有了独一无二的特性。汪曾祺笔下的陈四（《故里三陈·陈四》）是展现民俗文化的表演艺术家，王四海（《王四海的黄昏》）是行走江湖、卖艺民间的戏班班主，黄开榜（《黄开榜一家》）是民间举行迎亲、出殡等仪式时吹喇叭的"演奏家"……这些来自民间又呈现民间的表演者，参与民俗展演的初衷都是为谋生，但随着时代发展，他们的展示具有了历史文化的印记，文化传承的焦虑正是民俗文化现代性转化亟待解决的问题，汪曾祺小说便在不经意中具有了文化反思意识。例如，《故里三陈·陈四》用了绝大部分篇幅描述迎神赛会，从迎神赛会的文化渊源，讲到现场的宏大场面。主人公是伴随着"踩高跷"的描述正式出现的，陈四是瓦匠，"我们县的踩高跷的都是瓦匠，无一例外。瓦匠不怕高。二是能玩出许多花样"[①]。这就说明了陈四"踩高跷"的技术功底源于自己的职业，这样不可或缺的民间高手却因一次延误表演受到侮辱，从此立誓不再踩高跷了。登高不成，但瓦匠和泥糊墙的本事又为他谋得另一条生财之道：

> 冬天没有什么瓦匠活，我们那里的瓦匠冬天大都以糊纸灯为副业，到了灯节前，摆摊售卖。陈四的灯摊就摆在保全堂廊檐下。他糊

---

① 汪曾祺．汪曾祺全集 2·小说卷［M］．北京：人民文学出版社，2019：368.

的灯很精致。荷花灯、绣球灯、兔子灯。他糊的蛤蟆灯，绿背白腹，背上用白粉点出花点，四只爪子是活的，提在手里，来回划动，极其灵巧。我每年都要买他一盏蛤蟆灯，接连买了好几年。①

由此可见，陈四所具备的生存技能都与民间生活经验有关，没有职业化的学习经历，但置身民间文化氛围，触类旁通。无论是瓦匠还是糊纸灯，都要求动手能力强，契合了民间生活对民间人物的要求，行动上脚踏实地，思想上机敏灵活。糊纸灯与踩高跷都是民俗艺术，具有物质化与非物质化的区别，但都体现了民间智慧与民俗趣味，民间劳动者最初以生存为目的，却通过技术实践的积累（意识活动）升华为艺术经验（无意识活动），陈四是民俗艺术的直接继承者，汪曾祺小说中对这类掌握民俗技艺的人都持以肯定的态度，正如李泽厚所言"由于掌握了规律而获得自由从而具有实践力量的人格完成"②。与《故里三陈·陈四》描述场面和现象的方式不同，小说《戴车匠》详述了民间工艺实践过程，这篇小说最初收录于汪曾祺1949年出版的小说集《邂逅集》，描写细腻，格调忧伤，寄托了作家的人文情怀与文化反思。汪曾祺早期小说受西方现代主义流派影响，尽管言说对象是传统文化与民间生活，修辞表达却有粉饰语言的痕迹，1985年同名小说《故人往事·戴车匠》却是"豪华落尽见真淳"，炉火纯青的语言诠释了传统手工艺者极致的工匠精神，一言以蔽之，"百工居肆以成其事，君子学以致其道"③。

> 戴车匠踩动踏板，执料就刀，镟刀轻轻地吟叫着，吐出细细的木花。木花如书带草，如韭菜叶，如番瓜瓤，有白的、浅黄的、粉红的、淡紫的，落在地面上，落在戴车匠的脚上，很好看。④

① 汪曾祺.汪曾祺全集2·小说卷［M］.北京：人民文学出版社，2019：369.
② 李泽厚.华夏美学［M］.天津：天津社会科学院出版社，2001：79.
③ 李学勤.十三经注疏·论语注疏（全一册）［M］.北京：北京大学出版社，1999：293.
④ 汪曾祺.汪曾祺全集1·小说卷［M］.北京：人民文学出版社，2019：245.

汪曾祺用艺术化的语言描绘戴车匠日常生活中的"艺术行为"，传统工艺也因此具有了返回自然、返回生活的现代性意图。小说的最后，叙事者介入小说叙事，巧妙地将读者间离出文本，变化视角，引发读者对传统文化的当代传承性问题的思考，切中文本的主题，强化了叙事的沉重感。

　　他在想什么呢？

　　他的儿子已经八岁了。他该不会是想：这孩子将来干什么？是让他也学车匠，还是另外学一门手艺？世事变化很快，他隐隐约约觉得，车匠这一行恐怕不能永远延续下去。

　　一九八一年，我回乡了一次（我去乡已四十余年）。东街已经完全变样，戴家车匠店已经没有痕迹了。——侯家银匠店、杨家香店，也都没有了。

　　也许这是最后一个车匠了。①

类似的思考也出现在《晚饭花·三姐妹出嫁》结尾，民间传统职业往往与民间手工艺同步，都在时代发展中面临生存危机，科学技术的发展改善了人们的生活条件，却遮蔽了生存本质与生活实感，人如何在机械化、碎片化的现代与后现代交织的氛围中找到自我？如何"诗意地栖居"？唯有重拾"回到民间"的口号，体验纯粹而自足的文化传统。

---

①　汪曾祺．汪曾祺全集 1·小说卷［M］．北京：人民文学出版社，2019：247.

第三章

民间之体的创建：汪曾祺小说的文体建构

在中国现当代文学作家中，称得上文体家的并不多。何谓文体家？文体家是指具有鲜明创作风格，能够以独一无二的方式表达对世界的认识，直探生命本源与生活本质的作者。文体家的写法既描绘了生活意象，又诠释了对生活独特的情感，能够在心物关系的处理上精准对应的作家可称得上是文体家。如汪曾祺所言："一种生活，只能有一种写法。"[①]

最早将汪曾祺小说风格定性为"风俗画"的是陆建华，这一结论成了后继学者对汪曾祺小说文体研究的共识，对此，汪曾祺的回应是"几个评论家都说我是一个风俗画作家。我自己原来没有想过。我是很爱看风俗画的"[②]。汪曾祺指出风俗画体并不能概括其所有小说的文体风格，它只是基于其对民间文化的认识，而体现的一种成熟的叙事方式。同时，汪曾祺也表明其小说"风俗画体"的形成是无意识的，是作家基于对风俗画的审美经验，实践于小说创作的结果。

本章将结合具体文本，阐释汪曾祺小说"风俗画体"形成的原因。其中，既有汪曾祺审美态度的直接影响，又与汪曾祺对不同文化类型的选择有关，本章将通过对汪曾祺小说文本的解读，找到其文学创作观与民间文化特性之间的内在关联。此外，其小说文体中的"游戏体征"更多地体现了汪曾祺对民间生活独特的趣味性理解，可见其对民间生活的情感态度以及本心从文的担当与坚守。京派作家的小说普遍具有散文化倾向，汪曾祺的恩师沈从文也擅长诗性化地描绘湘西的风俗景致，对真善美的歌颂与推崇是京派小说家的创作共性。那么，汪曾祺不同于其他京派小说家的个性

---

① 汪曾祺. 汪曾祺全集 10·谈艺卷［M］. 北京：人民文学出版社，2019：167.
② 汪曾祺. 汪曾祺全集 9·谈艺卷［M］. 北京：人民文学出版社，2019：185.

何在？笔者认为，应该是小说文体中的"游戏体征"，即汪曾祺的小说中除真善美之外，还多了游戏情感与游戏意味。

第一节　"诗画一律"：汪曾祺小说的"风俗画体"

"汪曾祺小说的文体是'风俗画体'"这是学术界公认的论断，且得到了汪曾祺本人的认同。然而，这样一种"风俗画体"只能概括以故乡高邮为背景的部分小说，其全部小说创作中有的完全契合"风俗画"的体式，有的则只是部分地体现了"风俗画体"。汪曾祺从来都不是为了风俗而写风俗，他认为写风俗的目的在于写人，例如，《大淖记事》。这是汪曾祺典型的"风俗画体"小说，巧云和十一子是从风俗画中走出来的，该小说的叙事内容完全契合了"风俗画"的体式。

"风俗画体"作为汪曾祺小说别具特色的文体样式，沉淀着他独特而深厚的文化底蕴，这类文本的叙事、结构、体式高度契合，集中体现了汪曾祺感受与把握世界的方式，这有赖于作家的审美心理结构，有赖于生活经验与文化积累的相互作用后生成的观念图式。然而，什么样的文本题材要用到"风俗画体"？什么样的不用？所谓"诗画本一律，天工与清新"，汪曾祺不仅是小说家，还是画家和诗人，现代文人的审美态度如何影响了"风俗画体"小说的建构？汪曾祺的绘画观念与小说创作之间有无互通？非视觉艺术的文学如何具有了视觉效果？汪曾祺审美心理结构的生成机制是什么？民间文化精神与汪曾祺文学观念有着怎样的关联？这些都是本节将要阐释的问题。

一、无功利审美与汪曾祺"有意味的形式"

英国艺术理论家克莱夫·贝尔提出艺术的本质是"有意味的形式"："这些关系和线条和颜色的组合，这些美学上感人的形式，我称之为'有意味的形式'，而'有意味的形式'是所有视觉艺术作品的共同本质。"①他认为这是所有视觉艺术的共同特征，而文学是语言的艺术，"文体形态是依照某种集体的特定的美学趣味建立起来的具有一定规则和灵活性的语言系统的语言规则。"② 风俗画是视觉艺术，风俗画体小说却是语言艺术，汪曾祺的"风俗画体"无一例外地反映在以《受戒》《大淖记事》为代表的"高邮故事"中，小说中弥漫着的地域风情既是故事发生所特有的时代背景，也是推动情节发展必不可少的要素，更是形成小说人物性情的独特文化基因。风俗画卷铺展出高邮民间的实相，既具有民俗学意义，又具有文艺审美价值，这方水土不仅贯穿和滋养着文本的生成，更重要的是以潜移默化的方式参与了汪曾祺文化人格的建构。

对汪曾祺小说文体进行研究离不开对"风俗画体"的解读，但研究者往往容易忽略"风俗画体"小说形成与汪曾祺文化选择之间的关系，也从没有思考过小说的"画意"从何而来。毫无疑问，汪曾祺"风俗画体"小说的形成是受到了古代诗画理论的影响，小说中体现的民间风情与诗情画意交和，形成一种化俗为雅的民间趣味，这不是汪曾祺生活经验与审美经验的简单选择、提取、叠加的机械性组合与描述，而是作为有民间情怀的现代文人将无功利审美态度及观念投射到审美对象上的文学实践结果。

汪曾祺文化人格的构成比较复杂，传统文化始终是其文化人格的核心，在他的作品中，儒、道、禅的文化因子都有所彰显。其中，汪曾祺对儒家文化的礼教部分持批判态度，他只是欣赏儒家思想中具有出世意绪的一面，例如，"莫春者，春服既成，冠者五六人，童子六七人，浴乎沂，风乎舞雩，咏而归"。③ 季红真认为，"他（汪曾祺）对孔子的理解，不是建立在道学的基础之上，而是以新的伦理意识来补充他的人格理想，其审

---

① 克莱夫·贝尔.艺术［M］.薛华，译.南京：江苏教育出版社，2004：7-8.
② 吴承学."文体史：文学形态发展史"专题讨论 文体形态：有意味的形式［J］.学术研究，2001（4）：122.
③ 李学勤.十三经注疏·论语注疏（全一册）［M］.北京：北京大学出版社，1999：173.

美的基础很近于林语堂对儒家的理解，就是看到了孔子思想中的道家一脉"①。中国文艺审美精神的主体是由道家文化精神延伸而来的，先秦老子认为"体道"的前提是"涤除玄鉴"，也就是说"致虚极，守静笃，万物并作，吾以观复"②，庄子则主张"心斋""坐忘"，而后，南北朝画家宗炳提出的"澄怀观道""澄怀味象"，文艺理论家刘勰所推崇的"澡雪精神"以及诗人刘禹锡所提的"虚而万景入"等都说明了"体道"的前提在于审美态度的纯粹性。其中庄子的解释最为具体，只有具备外天下、外物、外生的澄明心境，才能游心于道。而西方近代美学将美的本质从"本体论"转至"主体论"，主体审美经验生成的核心正在于审美对象与审美态度之间的关系。叔本华认为，"我以审美态度，也就是说，以艺术家的眼光，静观一棵树，我不是认识它，而是认识它的理式"③。有别于政治的、宗教的、科学的、道德的文化态度，汪曾祺在文学创作过程中始终秉持着这种纯粹的审美态度。

的确，作为现代文人的汪曾祺，其人生经历中与这种意识形态最切近的事情就是参与样板戏创作，然而在其作品中却很难发觉其中鲜明的意识形态性。《寂寞与温暖》可以说是汪曾祺"表露自我"的一篇小说，文中的赵所长会主动让沈沅回家为去世的父亲立碑，会公开提议让"犯过错"的沈沅当选先进工作者，还会赏雪吟诗表达其惜才之情，一反沈沅对体制内干部的印象，所以沈沅才会惊诧而感慨"你真不像个所长"，沈沅所思所想一定意义上可看作汪曾祺本人的所思所想，因此这篇小说从侧面证实汪曾祺观念里的"所长"是怎样的人；《受戒》的发表震惊文坛，文中描写了一个小和尚谈恋爱的故事，然而《受戒》的题旨并不在于对和尚破戒的批判，而是对冲破僧俗界限的肯定，对人性之本然的赞美；《仁慧》讲述了尼姑仁慧的"世俗生活"，借二师父的语言传递汪曾祺对仁慧生活态

---

① 季红真. 中国现当代文学中的宗教意识 [J]. 文学评论，1996（5）：49.

② 叶朗. 中国美学史大纲 [M]. 上海：上海人民出版社，1985：30.

③ 北京大学哲学系美学教研室. 西方美学家论美和美感 [M]. 北京：商务印书馆，1980：225-226.

度的肯定，"这叫作什么？观音庵是清净佛地，现在成了一个素菜馆！"①
更不可思议的是，仁慧学会了和尚才做"放焰口"，面对质疑，她却认为
"为什么尼姑就不能放焰口？哪本戒律里有过这样的规定？她要学！"② 由
此可见，仁慧并不是传统的尼姑，她是拥有世俗情结与自由意识的尼姑。
汪曾祺看仁慧"放焰口"的行动并不是宗教态度而是审美态度，"仁慧正
座，穿金蓝大红袈裟，戴八瓣莲花毗卢帽，两边两条杏黄飘带，美极
了！"③ 显然，这里汪曾祺用的是审美语言，他所描绘的似乎不是佛教仪
式，而是一出精妙绝伦的舞蹈。仁慧演绎的是具有视觉图景的"有意味的
形式"，其中的形式意味不在教义也绝非理性意识，而是由"舞蹈"的形
式规则聚合而成的张力的美、柔情的美及自由的美。儒家思想对道德观念
的制约是为了维护封建统治，故有"发乎情，止乎礼"的说辞，以期达到
社会和谐的政治理想。而道家却崇尚自然无为，自然的方式是合乎本性的
存在方式，是把握"道"所需要的方式，就美学的角度而言，这种方式就
是审美方式。总之，汪曾祺对封建道德的批判是通过肯定自然人性的方式
实现的，自然即美，民间文化便是将人的自然属性保留得最完整的文化类
型，生活在民间社会的人便具有纯然的人性，正如《大淖记事》中所言
的："他们的生活，他们的风俗，他们的是非标准、伦理道德观念和街里
的穿长衣念过'子曰'的人完全不同。"④

　　汪曾祺的小说《八千岁》刊发于《人民文学》1982 年第 2 期，文学
评论家雷达在同年《钟山》第 4 期上发表《使用语言的风俗画家——论汪
曾祺的小说》一文，评论指出《八千岁》和《鉴赏家》主题思想的薄弱，
"这么一点思想，夹杂在大量风俗描绘中，至少是内容不够丰富的"⑤。巧
合的是，小说《卖蚯蚓的人》也刊发于《钟山》1982 年第 4 期，含蓄地

---

① 汪曾祺. 汪曾祺全集 3·小说卷［M］. 北京：人民文学出版社，2019：190.
② 汪曾祺. 汪曾祺全集 3·小说卷［M］. 北京：人民文学出版社，2019：191.
③ 汪曾祺. 汪曾祺全集 3·小说卷［M］. 北京：人民文学出版社，2019：191.
④ 汪曾祺. 汪曾祺全集 2·小说卷［M］. 北京：人民文学出版社，2019：149.
⑤ 雷达. 雷达观潮［M］. 北京：人民文学出版社，2018：169.

阐述了汪曾祺对小说主题多样性的理解，文中出现了四种对"卖蚯蚓的人"的态度，是关于"形而上"的讨论，但由社会现象引向哲学问题的思考并非汪曾祺所擅长，反而是小说写得饶有情趣，可谓理之于情，如盐之于水，有味无痕。小说中并未表明作者对某种态度的倾向性，也未见主题先行类小说生硬刻板的模式，汪曾祺仅仅是现身说法，将自己的审美观念作为一种立场介入叙事，引人深思。

人物	人物语言	价值观念
乌先生	"从价值哲学的观点来看，这样的人（卖蚯蚓的人）属于低级价值。"	功利态度
莫先生	"他（卖蚯蚓的人）的存在（作为社会填充物）就是他的价值。"	生命（形式）态度
"我"	"我对人，更多地注意的是他的审美意义。"	审美态度
生物学家	"不应该鼓励挖蚯蚓，蚯蚓对农业生产是有益的。"	科学态度

朱光潜先生曾用古松做比喻，认为人们面对古松时有三种态度：考察古松是什么样的品种，有多少年的树龄，这是科学态度；考究古松有什么用处，可以产生多大的经济效益，这是功利态度；将古松的形态视为一种美的形式，予人美感，这是审美态度。小说《卖蚯蚓的人》中的生物学家、乌先生和"我"三人分别持有这三种态度。当代美学家朱良志提出"生命态度"的概念，指"一个'活'的'呈现'世界的方式……核心是'将世界（包括我与外物）从对象化中解脱出来，还其生命的本然意义，在纯粹直观中创造一个独特的生命境界'"①。"生命态度"的本质在于"去态度化"，即没有态度，近乎现象学式的悬置，意在将生命个体视为自在之物。然而，莫先生的观点看似与之一致，实则相距甚远。在莫先生看

---

① 朱良志. 生命的态度——关于中国美学中的第四种态度的问题［J］. 天津社会科学，2011（2）：95.

来，社会结构是复杂的，任何人的存在都是必要的，形形色色的生命形式作为社会的填充物发挥着作用，可见他仅仅肯定了个体生命形式的价值，而这种形式并不具备活泼的生命气质，更不会创造独特的生命境界。广义而言，莫先生的生命（形式）态度，也是功利态度的一种。小说中"我"的态度既是小说人物的态度，也是叙事者和作者的态度。汪曾祺将自己置入作品，表明其审美立场，并自诩"生活现象的美食家"，他从卖蚯蚓的人的这一顷刻的生命状态中看到其背后隐匿着的整个生命世界：

> 按照老北京人的习惯，也可能是为了便于骑车，他总是用带子扎着裤腿。脸上说不清是什么颜色，只看到风、太阳和尘土。只有有时他剃了头，刮了脸，才看到本来的肤色。新剃的头皮是雪白的，下边是一张红脸。看起来就像是一件旧铜器在盐酸水里刷洗了一通，刚刚拿出来一样。①

> 这个卖蚯蚓的粗壮的老人，骑着车，吆喝着"蚯蚓——蚯蚓来！"不是一个丑的形象。——当然，我还觉得他是个善良的，有古风的自食其力的劳动者，他至少不是社会的蛀虫。②

由此可见，在汪曾祺的观念中劳动者的美不是视觉形式，而是形式背后的劳动实践所承载的生命力量，这种力量是美感的本质。上述引用与海德格尔对梵高《农妇的鞋》的解读异曲同工，只不过汪曾祺是通过小说语言表达其思想观念，但同样从审美态度延伸到了朱良志所谓的"生命态度"的哲学高度。不仅是"卖蚯蚓的人"，汪曾祺对民间群众勤劳朴拙的生活作风始终给予肯定的态度，《大淖记事》里的挑夫是他熟悉的劳动者，汪曾祺曾说："街里的人对挑夫是看不起的……但我真的从小没有对他们

---

① 汪曾祺. 汪曾祺全集 2·小说卷［M］. 北京：人民文学出版社，2019：321.
② 汪曾祺. 汪曾祺全集 2·小说卷［M］. 北京：人民文学出版社，2019：324.

轻视过。"① 如果说，汪曾祺的审美态度是无功利的审美态度，那么这态度是如何实现的呢？"像我的一位老师一样，对于这个世界，我所倾心的是现象。我不善于作抽象的思维。"② 汪曾祺所指的这位老师正是沈从文，与之同时期的理论家朱光潜也是京派文学的代表，他在《我们对于一棵古松的三种态度》中阐释了审美态度的生成机制：

> 他只把古松摆在心眼面前当作一幅画去玩味。他不计较实用，所以心中没有意志和欲念；他不推求关系、条理、因果等等，所以不用抽象的思考。这种脱净了意志和抽象思考的心理活动叫作"直觉"，直觉所见到的孤立绝缘的意象叫作"形象"。美感经验就是形象的直觉，美就是事物呈现形象于直觉时的特质。③

所以，通过审美直觉整体性把握审美对象，汪曾祺用的是文学语言而不是绘画语言，"风俗画体"是小说文体而不是绘画风格，但却在读者的文学接受中自然转码，这与汪曾祺深厚的艺术修养有关。"有意味的形式"不仅是视觉艺术的特点，也是文学意象突破文学语言限制，在审美想象空间中的形象展示，言有尽而意无穷。汪曾祺无意识地实践着对"意"的拓展，让小说最终呈现出独特的绘画风格。汪曾祺小说"风俗画体"形成的底因，在于民间文化与文人笔意化合而成的诗性气质，所谓"诗中有画，画中有诗"，汪曾祺"风俗画体"小说的本体正是诗，如其所言"小说之离不开诗，更是昭然若揭的——一个真正的小说家的气质也是一个诗人"④。文与画共通的"诗性"，将两种文艺形式内在性地勾连起来，使之有了融通与转化的可能。

那么，汪曾祺小说中的"画意"是如何铺就的呢？"我是很爱看风情

---

① 汪曾祺. 汪曾祺全集9·谈艺卷［M］. 北京：人民文学出版社，2019：184.
② 汪曾祺. 汪曾祺全集2·小说卷［M］. 北京：人民文学出版社，2019：324.
③ 朱光潜. 与美对话［M］. 北京：世界图书出版公司，2013：7.
④ 汪曾祺. 汪曾祺全集9·谈艺卷［M］. 北京：人民文学出版社，2019：14.

画，十六七世纪的荷兰画派的画，日本的浮世绘，中国的货郎图、踏歌图……我都爱看，讲风俗的书，《荆梦岁时记》《东京梦华录》《一岁货声》……我都爱看。"①由此可见，汪曾祺对风情画的艺术审美于其小说的创作意义重大。此外，汪曾祺对宋代文化尤为青睐，曾明确表明喜欢宋人笔记胜过唐代传奇。宋人的生活文化既是风俗文化，也是以无功利态度观照生活的审美文化，张择端《清明上河图》描绘的正是北宋国都汴梁的世俗风情，宋代亦是风俗画创作的鼎盛时期。在《宋朝人的吃喝》中，汪曾祺总结了宋人饮食文化的特点：简单、清淡、价廉。在文艺审美上，宋人则认为"初发芙蓉"比"错彩镂金"更美；在文艺创作上，宋人强调"诗"与"画"的同一性，如张舜民所言："诗是无形画，画是有形诗。"绘画善于状形，不善于言情，而诗歌则善于言情，不善于状形，前者主静，后者主动。张择端的《清明上河图》与汪曾祺的"风俗画体"小说是两种不同艺术形式的风俗展示，前者是静中有动，后者是动中有静，前者是画中有诗，后者是诗中有画。汪曾祺不仅在创作题材里汲取了宋人擅长描绘的风俗意趣，还将宋代文人的恬淡、疏朗、清丽的生活情调与创作风格汇至笔端，汲取了宋代文人创作"诗画一律"的特点。正如其所言"喜欢画，对写小说，也有点好处……我以为，一篇小说，总得有点画意。"②然而，作为集中体现作家审美态度与创作风格的文学体式，"风俗画体"不仅聚焦新中国成立前的高邮，也影响了他对"昆明风俗"的散文书写，侧面反映了"风俗画体"的主体性和包容性，"他的小说，也像一幅幅画，悠远淡泊。那些关于昆明的回忆文字，在气韵上是像风俗图的。水色、天光、古寨、茶楼、均浸泡在湿淋淋的记忆中"③。

整体上看，汪曾祺直觉地把握意味与形式的统一，也就是说"风俗画体"小说是"有意味的形式"。风俗，是民族传统、地域文化与民间生活

① 汪曾祺.汪曾祺全集9·谈艺卷［M］.北京：人民文学出版社，2019：185.
② 汪曾祺.汪曾祺全集9·谈艺卷［M］.北京：人民文学出版社，2019：198.
③ 孙郁.革命时代的士大夫：汪曾祺闲录［M］.北京：生活·读书·新知三联书店，2014：200.

相互作用，沉淀而成的文化象征，"风俗中保留一个民族的常绿的童心，并对这种童心加以圣化"①。汪曾祺对风俗的诠释，已由言说对象上升到文体样式，是民间风俗与民间生活形式的统一，也是民族共性与文人个性的融合，套用瑞士心理学家荣格的名言：不是汪曾祺成就了"风俗画体"小说，而是"风俗画体"小说成就了汪曾祺。

二、和谐生活观与汪曾祺"审美化的民间"

如果说汪曾祺的审美态度更倾向于老庄美学，那么文学理想则与儒家的社会理想达成一致。他欣赏宋儒诗句"顿觉眼前生意满，须知世上苦人多"，显现出士大夫阶层对底层百姓的悲悯与同情。汪曾祺不同于废名和沈从文的显著之处，也正是他以儒家思想为根基的现世情怀，尽管一生跌宕起伏，但始终寄希望于现实生活，其文学理想是引人积极向上的，同时还强化了普通人对生活的信心。相较于儒家将审美视为通向政治理想的途径，最终实现社会和谐的目的，汪曾祺的审美理想更加朴素，脱离了"载道"的文学传统，认为审美是使个体心灵完善的方式，只有每个人都具有美而健康的身心，社会才能实现真正的和谐。正如他本人所言：

> 我是一个乐观主义者。对于生活，我的朴素的信念是：人类是有希望的，中国是会好起来的。……我的作品不是悲剧。我的作品缺乏崇高的、悲壮的美。我所追求的不是深刻，而是和谐。这是一个作家的气质所决定的，不能勉强。②

事实上，和谐生活的本相与民间生活的状态相一致，民间生活就是和谐生活，和谐生活便是美的生活。汪曾祺的观点是，个体自由与社会和谐并行不悖，和谐生活观像是握在手中的风筝线，任创作之翼随风起舞，但

---

① 汪曾祺. 汪曾祺全集 9·谈艺卷［M］. 北京：人民文学出版社，2019：296.
② 汪曾祺. 汪曾祺全集 9·谈艺卷［M］. 北京：人民文学出版社，2019：397.

始终不曾偏离审美化的生活理想。在汪曾祺的小说中，民间社会的各个角落里都存在和谐的生活状态，整体上洋溢着欣欣向荣的民间活力。尽管实际的民间生活中也有苦楚与心酸，但是通过审美化语言的描写，引发读者的反思，从而起到净化心灵的作用。作品处处体现有益于世道人心的审美功能，以及汪曾祺对人世间的同情与仁爱之心。汪曾祺并不是教育家，却用文学语言书写美，阐释美，歌颂美，从而帮助人们认识美，感知美，接受美。广义而言，他是通过"润物细无声"的方式践行了以生命教育与情感教育为根本目的的美育观。

儒家"以和为美"的文化思想最早见于《尚书·尧典》："诗言志，歌咏言，声依永，律和声……八音克谐，无相夺伦，神人以和。"后有《国语·郑语》记载史伯所言"夫和实生物，同则不继"，都旨在通过使各种因素协调配合，实现多样统一的和谐之美。孔子作为儒家美学的代表人物，追求和谐的艺术形式与美感并不是他的最终目的，他更多的是将政治理想与审美理念沟通，通过礼教与乐教夯实政权，维护封建统治的合法性，政治社会美是至美之境界。中国古代封建社会的官方文化是儒家文化，民间社会自然吸取了儒家文化因子，然而，民间生活的本质是和谐，民间社会在文化构成上，体现以儒家思想为主体，兼容道家与佛家思想的文化特质，与此同时，又不失民间文化自由自在的本质特性。民间社会的文化结构与汪曾祺的人格心理结构高度契合，他善于在和谐的民间生活中发现美，而"审美化民间"的书写正是"日常生活审美化"观念投射于艺术创作的结果。由此，既通向其小说"风俗画体"文体样式的形成，也还原了民间生活世界的实貌。

此外，汪曾祺对儒家文化的情感选择与其个性气质直接相关，其个人气质的养成得益于童年时期和谐的家庭氛围。汪曾祺的祖父是清朝末年的拔贡，虽在仕途中断后选择从商，却依旧注重对汪曾祺的文化教育，汪曾祺对传统文化学理性的汲取是从祖父亲授《论语》开始的；祖母出自书香门第，她对汪曾祺的影响多见于勤俭持家的作风，《徙》中"谈甓渔"的原型正是祖母的父亲——清代诗人谈人格，祖母也尤其喜欢给孙子讲善恶有报的故事，汪曾祺并未因生母的去世而失缺母爱关怀，两位继母是大家闺秀，都将汪曾祺视如己出。在母性之爱中长大的汪曾祺，直言自己是"惯宝宝"，母性之爱影响了他的心性，并渗入其文化心理结构之中，最终见于其抒情化的文学创作，印证了"词人者，不失其赤子之心者也。故生于深宫之中，长于妇人之手，是后主为人君所短处，亦即为词人所长处"①。即便如此，对汪曾祺影响最为深远的还是父亲汪菊生，他对汪曾祺的教育既是传统的又是现代的，而其平等、随和的待人态度直接影响了汪曾祺从容的处事之风与冲淡的创作风格。散文《多年父子成兄弟》饶有兴趣地讲述了父子间以平等为前提的相处模式，打破了封建礼教中"父为子纲"的道德关系，而小说《钓鱼的先生》中汪菊生化名王淡人，汪曾祺更是用峻洁而不失诗意的语言诠释了王淡人的儒士之风，尽显汪曾祺对父亲的尊崇。传统文人雅士痴迷钓鱼，是生活乐趣所在，王淡人几乎天天钓鱼，可谓"知者乐水，仁者乐山，知者动，仁者静"②。王淡人是不折不扣的仁者。王淡人济世行医，和一般意义上的医生不同，他是怀揣着仁爱之心的文人，淡泊名利，急公好义，是王淡人身为医者的最大特点。

> 王淡人的医室里挂着一副郑板桥写的（模板刻印的）对子："一庭春雨瓢儿菜，满架秋风扁豆花"。他很喜欢这副对子。这点淡泊的风雅，和一个不求闻达的寒士是非常配称的。③

由此可见，王淡人里里外外都是一个精细雅致的传统文人，钓鱼、烹饪、养花都是朴素的生活趣味，装点着他的日常生活。但是，每当他人遇到困难，他都会毫不犹豫地伸出援手。汪曾祺具体讲述了两件关于王淡人的"傻事"，"傻"指的是王淡人不顾性命救人、不求回报治病所体现出的

① 王国维. 人间词话 ［M］. 苏州：古吴轩出版社，2012：18.
② 李学勤. 十三经注疏·论语注疏（全一册）［M］. 北京：北京大学出版社，1999：87.
③ 汪曾祺. 汪曾祺全集 2·小说卷 ［M］. 北京：人民文学出版社，2019：241.

超功利的真诚与热情，是不计个人得失的行为方式。父亲用行动践行了"用出世的精神，做入世的事业"，也因此影响了汪曾祺的生活态度和价值观念。王淡人对民间底层人物怀揣着同情心，尽管自家生活也十分拮据，但行医所得的物质回报在王淡人看来绝非是最重要的，"王淡人看看病人身上盖着的破被，鼻子一酸，就不但诊费免收，连药钱也白送了"①。小说中的汪炳在王淡人家里不仅白吃白喝，还要抽鸦片，换作寻常的妻子定会有极大意见，但王淡人妻子无奈的同时却也理解丈夫，这也是维护家庭和谐的关键。以王淡人的日常活动为中心，无论是冲淡平和的性情（对自己），温馨和睦的家庭（对家人），还是对职业理想的无私奉献（对社会），都指向了"以和为美"的理想追求。

基于此，汪曾祺的"和谐生活观"体现在两个方面。一方面是在个人视域内的日常生活具有审美态度，体现为"日常生活审美化"，近乎王淡人的钓鱼、烹饪、养花之情趣，汪曾祺的日常生活趣味除了烹饪和养花，还有读书和闲逛，在他看来，"一个中小城市的寺庙，实际上就是一个美术馆。它同时又是一所公园"②。另一方面是以审美化的生活态度为前提，对人，尤其是弱者，具有以尊重和平等为前提的同情心，对社会，尤其是民间社会，给予了更多的情感与关注，这种人道主义情怀和现实主义世界观，是建构"审美化民间"的前提。然而，什么是"审美化的民间"？笔者认为，并不单只《受戒》《大淖记事》一类以歌颂人类美好情感为直接目的的小说，"审美化的民间"并不等于"美好的民间"或者"美丽的民间"，如果只是用绚丽的词汇粉饰民间，刻意掩藏民间"藏污纳垢"事实的作品，即便语言再优美，结构再圆满，也丧失了真诚与温良。"审美化的民间"既可以是"美丽的民间"或者"美好的民间"，也可以是"化丑为美"的民间，其根底在于不偏离作者真诚的审美理想。例如，汪曾祺小说《职业》所表达的情感就与《钓鱼的先生》完全不同。职业标志着人的社会身份，王淡人的职业是医生，故事叙事围绕着他的职业展开，却没有

---

① 汪曾祺.汪曾祺全集2·小说卷［M］.北京：人民文学出版社，2019：242.
② 汪曾祺.汪曾祺全集9·谈艺卷［M］.北京：人民文学出版社，2019：144.

以职业命名，而《职业》中卖"椒盐饼子西洋糕"的小孩子并不具有正式的社会身份，却以"职业"命名小说，刘心武曾疑惑为何用这么大的题目？汪曾祺的回答是深刻的：

> 职业是对人的框定，是对人的生活无限可能的限制，是对自由的取消。
>
> …………
>
> 小说中那个卖"椒盐饼子西洋糕"的孩子是一个真人。……他的童年是没有童年的童年，他在暂时摆脱他的职业时高喊了一声街上的孩子模仿他的叫卖声，是一种自我调侃，一种浸透苦趣的自我调侃。同时，这也是对于被限制的生活的抗议。①

实际上，职业本身就是对个体自由的限制，儿童本应是没有"职业"的未成年人，自由无虑才是儿童最普遍的生活状态。小说塑造的是拥有"职业"的儿童，作者用一种双重否定的方式强化了职业对自由的限制，这种自由的丧失与民间文化精神相悖。对比那些上学的孩子，这个孩子的模仿，除了"浸透苦趣的自我调侃"，首先应该是出于一种模仿本能，是一种童心使然的发声，潜在透露出他希望与其他孩子拥有一样的生活方式，这种本能恰好与民间文化精神相契合。汪曾祺对这篇文章十分偏爱，儿童的真实愿望与残酷的现实处境之间的矛盾，使作者的悲悯情感油然而生。《职业》改动数次，终稿还加入了其他商贩的叫卖，目的是强化现实的真实性与可信度，小说也由"童年的失去"②，深化至更普世的主题——"人世多苦辛"③。

然而，无论是成人还是儿童，"艰辛"都是对民间生活的真实感受，但这样的艰辛没有泯灭孩子的童心，也没有压制人们对美好生活的信念。

---

① 汪曾祺. 汪曾祺全集 10 · 谈艺卷 [M]. 北京：人民文学出版社，2019：356.
② 汪曾祺. 汪曾祺全集 10 · 谈艺卷 [M]. 北京：人民文学出版社，2019：357.
③ 汪曾祺. 汪曾祺全集 10 · 谈艺卷 [M]. 北京：人民文学出版社，2019：357.

汪曾祺的高明之处在于，一方面真实地描述民间生活的苦难境况；另一方面表达民间群众安于现实，而又饱含生活激情的民间精神，是描述现象与升华主题的统一，是感性与理性的统一，是人的有限性与理想的无限性的统一。同样是"风俗画体"小说，《职业》与洋溢着快乐情绪的《受戒》不同，《职业》整体基调沉重黯淡，是因为汪曾祺描绘了民间生活艰辛的真相，这幅"风俗画"里有专收旧衣烂衫的、卖壁虱药的、卖杨梅和玉米粑粑的等民间商贩构成的审美意象，他们的职业和叫卖声共同成为民国时期昆明市民精神的高度写照，底层民众安世乐世的生活态度为艰辛的民间生活递来一束光亮。汪曾祺用文学语言强调了这种民间精神，淡化了现实苦楚，从而塑造了审美化民间，表达对民间和谐状态的认同。

　　"以和为美"的民间社会是多种因素对立统一的结果，既包括官方文化与民间文化的统一，也包括民间社会内部关系的统一，即民间社会"虽最终表现为和平静穆，但实在又蕴含着丰富的痛苦、无常的变化与本质性的生命冲突"①。汪曾祺以高邮为背景的小说创作，虽然也有人与人、人与社会相处中的摩擦，但都是民间生活内部的矛盾，这些矛盾最终都消融于民间日常生活之中，汪曾祺对民间物象的书写和民间气氛的强调既建构了"风俗画体"小说的核心，又隐隐地发挥着"中和矛盾""淡化冲突"的叙事功能，这种叙事方式既保证了"按照生活本来的样子"书写，又指向了汪曾祺"以和为美"的审美理想。《异秉》《岁寒三友》《故里杂记》《幸家豆腐店的女儿》《八千岁》等小说尽有此意。《大淖记事》中出现了锡匠对军队的反抗，如果上升到意识形态的高度，可以说是劳动人民与统治者之间的阶级冲突。但汪曾祺本着"抒情的人道主义"的创作观念，把这种冲突消解在民间日常生活之中。刘号长对巧云心生爱慕之情，他因为吃醋才会做出殴打十一子的举动，这一行为的实施仍可归因于人的情感范畴，绝非阶级冲突。汪曾祺本着对人之情感的理解，也并未将凌辱巧云的刘号长过度丑化。所以，《大淖记事》呈现出的审美效果仍旧是优美的，

---

① 许江. 静穆观念与京派文学［M］. 北京：知识产权出版社，2013：24.

而非壮美。刘卓所言，恰能概括这一特点：

> 在普通的民巷里，一般说来没有等级观念。虽然彼此职业不同，文化有别，但能互相尊重，极少歧视，也不乏同情关照。……长期的儒家伦理道德的熏陶使巷民们建立了"中和美"的整体意识，作为个体巷民，都不愿破坏全巷的整体和谐，因而十分约束自身以免行为过激。①

然而，只有由和谐的个体组成的社会形态才可能是和谐的，一切社会文化的根源都在民间，民间生活是汪曾祺审美理想的起点，也是终点，这与泰州学派"百姓日用即道"的哲学观点不谋而合。市井小巷里的人物，以一种集体无意识的方式遵守着民间生活秩序，民间社会弥漫着"辛劳、笃实、轻甜、微苦"的生活气息，这就是生活最本真的状态，是切实存在的样子。作为里下河文学流派的代表人物，汪曾祺的小说叙事遵循着民间生活规律，"如果生活是循环的，故事就原地转圈；如果生活是百米赛，故事就是一条直线"②。以审美态度观照其笔下的民间小人物，汪曾祺通过对民间小人物的书写，表现这些"小写的人"仁爱善良，勤劳实干，活得有尊严，具有平衡现实与理想之间的心理调节能力，是心灵健全的自由人。

用现代阐释学的理论来解释，文本在与时代的对话中不断产生新的意义，汪曾祺的审美理想没有背离"让文学回到人本身"的创作理念，"风俗画体"小说自然具有永恒的生命力。20 世纪 80 年代初，汪曾祺大放异彩地复现，与时代文化语境不无关联，无论是伤痕文学还是反思文学，都是对革命年代的回应，现代主义与后现代主义等哲学思潮的肆涌，也是文化开放后的即时效应。然而，汪曾祺小说创作具有跨时代的超越性，首

---

① 刘卓. 市井风情录——小巷文学 [M]. 沈阳：辽宁大学出版社，1987：55-56.

② 温潘亚，刘满华. 清丽本真与百姓日用——里下河文学流派的创作品质及其哲学基础 [J]. 江苏社会科学，2021 (4)：223.

先，无论何时，善于发现日常生活中的美，都是最基本的生活态度；其次，基于平等观念的人道主义精神，既是面对写作对象——市井小巷里的小人物，也是面对跨越时代的读者。中华人民共和国成立前的旧社会能写，且能写得很美。经过了一轮又一轮政治革命，一波又一波市场经济浪潮，再聚焦当代文学接受语境，汪曾祺的小说愈加发挥着"有益于世道人心"的审美功能，理性意识主导下的时代语境越是与"审美化民间"相背离，汪曾祺小说抚慰人心的作用越是突出。

反观汪曾祺笔下人情百态的北京，尤其是其晚年的部分小说创作，和谐美逐渐消失殆尽，"风俗画体"也不复存在。笔者认为，其原因在于汪曾祺笔下的"高邮故事"发生在纯粹的民间文化语境，但是以张家口、北京为背景的小说便不自觉地有了社会历史政治等上层文化的强行植入，民间文化的自律性被打破，尽管也是以民间人物与民间生活为叙事对象的小说创作，但与高邮叙事的文化环境大相径庭。所以，汪曾祺"风俗画体"小说具有特殊的生长土壤，即纯粹的民间文化语境，而"故乡和童年是文学永恒的主题"①，"高邮故事"承载着汪曾祺的童年回忆，自然与几十年后的现实生活拉开了距离，适当的"审美距离"也有利于审美态度的确立。基于客观语境的规定性与主观态度的纯粹性，使得"风俗画体"小说的民间性与诗意性都有了最大限度的彰显。

三、跨媒介叙事与汪曾祺的《谈谈风俗画》

汪曾祺"高邮系列"小说书写既要求叙事内容符合语境的规定性，也要求创作主体具有纯粹的审美态度，这是"风俗画体"小说得以创作完成的先决条件。然而，在小说的文本接受层面，非视觉艺术具有了视觉效果是通过跨媒介的叙事策略完成的，最终使小说在阅读体验中最大限度地具

---

① 汪曾祺. 汪曾祺全集 10·谈艺卷［M］. 北京：人民文学出版社，2019：40.

有视觉画面感，因此才有了"画意"的彰显。基于此，王韶华提出了"内视觉"① 的概念，用以诠释中国文学的视觉体验，延展了作为时间艺术的小说的空间维度。

内视觉属于艺术美学范畴，是指内在于艺术家心里的视觉形象，是一种审美视觉形象。与心理学中右脑照相记忆不同的是，艺术审美中的内视觉是由想象生成的，它不必借助超常的右脑功能，也不是特定右脑天才的专利，而是艺术审美过程中所产生的心理视觉现象。因此它和客观图像并不完全一致，它交织着现实实像与心理幻像，生成的不仅仅是一幅图像，而是一层层多幅图像组成的审美图景。②

由此可见，心理视觉现象的生成是文图对话的基础，使跨媒介叙事成为可能。王韶华还指出，中国古典非视觉艺术指向内视觉的方法是强化外视觉，即对审美对象本身的描述越真实详细，越易于引人进入审美想象空间，也就是说在心物关系的表达中，需要着重于对客观实在的阐释，但又不仅仅是形象描述，还应该包括对客观存在物的文化属性的关注。汪曾祺"风俗画体"小说对人物形象、客观事实、环境气氛的描写，正是遵循了这一跨媒介叙事策略，通过对外视觉图景及状态的描述，拓展了内视觉的表现空间。内视觉所打开的心理视觉形象除了丰富读者的审美想象空间之外，也在一定程度上还原了汪曾祺所见到的高邮风俗景观。

汪曾祺的小说创作皆以真实生活为原型，而"气氛即人物"的创作观不可避免地使小说具有了鲜明的地域文化特征，他在《〈矮纸集〉题记》

---

① 王韶华指出："视觉艺术与非视觉艺术中都有两个视觉层面：外视觉（第一层视觉）、内视觉（第二层视觉）。外视觉与内视觉都是相对而言的，外视觉指的是作品呈现出来的、读者直接感受到的第一层视觉领域，而内视觉则是由外视觉引发的审美想象领域，属于第二层视觉领域。"王韶华．以文为图·中国古典文学中的文图对话［M］．北京：中国文史出版社，2019：220.

② 王韶华．以文为图·中国古典文学中的文图对话［M］．北京：中国文史出版社，2019：215.

中提及"我写得最多的还是我的故乡高邮，其次是北京，其次是昆明和张家口"①。高邮承载了汪曾祺的童年回忆，却历久弥新，高邮系列小说不仅数量最多，也成了汪曾祺的文学符号。事实上，汪曾祺在 20 世纪 40 年代创作的以故乡高邮为背景的小说，与 20 世纪 80 年代之后的小说创作相比，虽然在内容上具有高度相似性（基于童年回忆），但是语言风格和创作态度还是存在较大差异，早期小说的叙事立场比较尖锐，对新中国成立前高邮小城的社会生活中存在的问题流露出明显的批判态度，汪曾祺对 1948 年创作的《异秉》的评价是"对生活的一声苦笑，揶揄的成分多，甚至有点玩世不恭"②。而 20 世纪 80 年代汪曾祺"复出"之后的创作，面对同样的创作题材体现出更多的是包容与温爱，对 1980 年重写的《异秉》评价是"对下层的市民有了更深厚的同情"③。而正是这些 20 世纪 80 年代之后创作的以故乡高邮为叙事背景、被称为"风俗画体"的小说，它们的共性是"人物多数时候不是'行进'在事件的链条上，而是'沉浸'于种种气氛之内：让气氛的叙事推动小说的行进"④。对气氛的渲染，等同于对外视觉的强化，虽然不是直接讲述人物的行动过程，却为故事的行进埋下了伏笔。需要注意的是，并不是所有的环境描写都能构成推进叙事行进的有效方式，对外视觉或者说对气氛的渲染必须是"从故事中分泌出来，为故事的一个契机，一份必不可少的成分"⑤。

在《谈谈风俗画》一文中，汪曾祺集中阐述了他对风俗画的认识与理解，这种艺术形式也在无意识中促进了"风俗画体"小说文体格式的成熟。作为一种绘画类型，风俗画具有悠久的历史文化传统，而汪曾祺对风俗画的关注，一方面，与其民间审美经验直接相关，高邮的民俗景致、市井文化、人文情怀本身就适用于用风俗画的形式表现；另一方面，汪曾祺

---

① 汪曾祺. 汪曾祺全集 10·谈艺卷 [M]. 北京：人民文学出版社，2019：370.
② 汪曾祺. 汪曾祺全集 9·谈艺卷 [M]. 北京：人民文学出版社，2019：189.
③ 汪曾祺. 汪曾祺全集 9·谈艺卷 [M]. 北京：人民文学出版社，2019：189.
④ 余岱宗. 论汪曾祺故里小说的气氛审美 [J]. 当代作家评论，2021（3）：115.
⑤ 汪曾祺. 汪曾祺全集 9·谈艺卷 [M]. 北京：人民文学出版社，2019：7.

作为沈从文的学生，不可避免地受到沈从文在写小说时注重气氛描写这一创作思想的影响，早在西南联大求学时期的习作中，就已见出"风俗画体"小说的雏形，"我记得我写过一篇《灯下》（这可能是我发表的第一篇小说），写一个小店铺在上灯以后各种人物的言谈行动，无主要人物，主要情节，散散漫漫。是所谓'散点透视'吧"①。在这之后，尽管汪曾祺创作了以昆明、高邮、张家口及北京等地区为背景的小说，但其"风俗画体"真正的成熟还是当属 20 世纪 80 年代之后创作的"高邮系列"小说。

中国风俗画的滥觞应追溯至史前艺术时期，原始岩画及彩陶纹饰都出现了风俗画的雏形，其后的数千年的发展过程中，时代风貌左右了风俗画的发展，与城市布局、经济发展、文人地位、市民阶层的兴起等社会文化的外部因素同步发展，宋代达到了中国古代风俗画艺术的高峰，至此，"风俗画"作为独立的绘画门类，出现在宋人的《图画见闻志》中。尽管中国古代文献中已出现大量关于风俗画的记载，但未形成理论体系，中国艺术理论家使用的"风俗画"概念多是近代由欧洲引进，并在此基础上形成"风俗画"的定义。

1985 年中国大百科全书出版社出版的《简明不列颠百科全书》中，对"风俗画"的定义如下：

> 风俗画（genre painting）广义指一种题材类型——日常生活场面，狭义指画家处理题材的方式。在狭义的风俗画中，各种主观属性如戏剧性、历史性、礼仪性、讽刺性、说教性、浪漫性、感伤性和宗教性等成分都压缩到最低限度，注意力集中在对人物典型、服饰和环境的准确观察以及色彩、形式和结构的美与分寸上。②

作为人物画的分支，风俗画仍以表现人物为核心，通过对民风习俗与

---

① 汪曾祺 . 汪曾祺全集 10 · 谈艺卷［M］. 北京：人民文学出版社，2019：73.
② 畏冬 . 中国古代风俗画概论（上）［J］. 故宫博物院院刊，1991（3）：24.

生活场景的真实描绘，风俗画呈现出"气氛即人物"的艺术情境。"风俗画"所描绘的对象是风俗事象（节日、仪式）和民众日常生活状态，有人生活的地方便存在民俗事象，并在时间行进过程中不断注入新的生命活力，这一特性决定了风俗本身具有跨越时代和地域的文化特征。从上述定义来看，"风俗画"的内容集中在对人物典型、服饰和环境的准确观察以及色彩、形式和结构的美与分寸上，而不是刻意突出主观判断的文化性特征，这与汪曾祺"风俗画体"小说对外视觉的描绘而非故事情节的强调不谋而合，有评论者总结道："他为故人往事搭建时代布景，还原时代氛围，勾勒活动轨迹，描摹生活习性，诠释器物功用，让故里人物在深宅大院、街道巷陌、店铺作坊、学校寺庙、客栈茶馆、近郊远村获得审美的'复活'，从而构造高邮故里的叙事博物馆。"① 《异禀》开篇围绕王二琐碎而又忙碌的生活日常展开描述，除了显现出王二勤奋务实的精神之外，也通过对高邮小城的店铺作坊的布局、人与人之间的日常往来、小人物的生活状态等营造叙事气氛，为文末故事情节的突转进行"风俗画式"的铺陈。《岁寒三友》中对市井文化的描写具体而微，并没有运用京派小说家所擅长的诗化表达，而是突出了风俗的写实性，彰显了时代语境中高邮市井文化特色，这种对市井文化气氛的描写也是汪曾祺最擅长的书写方式，这段对王瘦吾家绒线店的描写可谓"窥一隅而见全貌"：

> 他家的绒线店是一个不大的连家店。店面的招牌上虽写着"京广洋货，零趸批发"，所卖的却只是丝线、绦子、头号针、二号针、女人钳眉毛的镊子、刨花、抿子（涂刨花水用的小刷子）、品青、煮蓝、僧帽牌洋蜡烛、太阳牌肥皂、美孚灯罩……种类很多，但都值不了几个钱。每天晚上结账时都是一堆铜板和一角两角的零碎的小票，难得看见一块洋钱。②

---

① 余岱宗．论汪曾祺故里小说的气氛审美 ［J］．当代作家评论，2021（3）：116.

② 汪曾祺．汪曾祺全集 2·小说卷 ［M］．北京：人民文学出版社，2019：108.

绒线是一种织物，用以编织毛线衣，而毛线衣是 19 世纪后半叶才出现在中国的舶来品，在这之前中国并没有绒线厂，绒线店的货源最早皆是通过海外进口所得，上海凭借其地理优势，成为绒线店销售行业的先锋城市，"清末在上海城隍庙附近、靠近黄浦江码头洋行仓库的兴圣街（今永胜路）上出现了几十家绒线店，形成'绒线一条街'"①。1927 年，江苏人沈莱舟在上海创办了一家销售绒线的小店，取名"恒源祥"，在未来几十年的发展中，逐渐发展规模，新中国成立前后达到鼎盛。但随着新中国成立后体制改革，"恒源祥"的经济体制由公私合营转为国有企业，后又由于种种原因，"恒源祥"走向了下坡路，直至 20 世纪末才重新崛起。"恒源祥"的兴起、鼎盛、没落，可视为中国本土绒线行业在 20 世纪发展变化的缩影。从汪曾祺的小说《岁寒三友》中对绒线店中销售物品的描述来看，王瘦吾家开的绒线店并非真正的"绒线店"，而是以售卖与绒线相关的小物件为主，这家店铺在时代影响下虽然尽力"赶时髦"，却并未实现个体经济理想的市场效应，这同样是 20 世纪上半叶小城市市井文化的常态，若干个这样的店铺汇集在小城区域之中，构成了民国风俗画场景的主体，与《清明上河图》中的风俗景观实现了跨时代跨媒介的情感共鸣。

汪曾祺曾在《谈谈风俗画》中提及缘何要将风俗画写进小说中：

> 我这样做原是无意的。只是因为我的相当一部分小说是写我的家乡，写小城的生活，平常的人事，每天都在发生，举目可见的小小悲欢，这样，写进一点风俗，便是很自然的事了。"人情"与"风土"原是紧密关联的。写一点风俗画，对增加作品的生活气息、乡土气息，是有帮助的。风俗画和乡土文学有着血缘关系，虽然二者不是一回事。很难设想一部富有民族色彩的作品而一点不涉及风俗。②

由此可见，风俗即人，对风俗的言说，即是作家现实主义的书写，对

---

① 雷辉志. 恒源祥的变迁 [J]. 晚霞，2015（19）：17.
② 汪曾祺. 汪曾祺全集 9·谈艺卷 [M]. 北京：人民文学出版社，2019：298.

风俗画的演绎，则强化了外视觉的生动效果，平添了浪漫主义的光泽。

提到中国传统的民俗风物志，绕不开北宋孟元老的笔记体散记文《东京梦华录》，这部著作曾多次在汪曾祺的小说、散文、文艺评论、书信中出现。他在《七里茶坊》中讨论"茶坊"的词源时，提及《东京梦华录》中有所记载；在《三姊妹出嫁》中描述秦老吉那副担子的形态时，提到"这好像是《东京梦华录》时期的东西，李嵩笔下画出来的玩意儿"①。除了《东京梦华录》，汪曾祺还提到了宋代画家李嵩，其代表作《货郎图》是典型的风俗画，描绘的是一位老货郎挑担子到村头，村里的儿童和妇女围绕着他的货品争相购买的场面。因此，在描述《三姊妹出嫁》中出现的楠木担子时，汪曾祺自然地与李嵩的风俗画《货郎图》中的场景互文呼应。此外，在《宋朝人的吃喝》《谈谈风俗画》《古都残梦》《730201 致朱德熙》（1973 年 2 月 1 日）等文中都提到过《东京梦华录》，可见汪曾祺对这部经典著作的推崇与喜爱。《东京梦华录》所记载的正是北宋都城开封的风俗人情与市井生活，与传世名画《清明上河图》形成了文本间的对话。前有《东京梦华录》与《清明上河图》之间的跨媒介互动，后有汪曾祺小说通过内视觉观照（时间艺术）的方式，在文本接受中跨媒介互通形成心理视觉符号（空间感知）。之所以能够以跨媒介的方式在多种文学体裁中涉及风俗，皆是源于汪曾祺对"风俗"的认知，既涵盖了对风俗画的审美体验，也囊括了对风俗志的感性认识，"我是很爱看风俗画的。十六七世纪的荷兰画派的画，日本的浮世绘，中国的货郎图、踏歌图……我都爱看。……我也爱看讲风俗的书，从《荆楚岁时记》直到清朝人写的《一岁货声》之类的书都爱翻翻"②。

除了对市井生活的写实描绘，汪曾祺的小说中不难见到洒脱的抒情文风，写实的方式可以强化外视觉形象展示，而抒情的方式同样可以将外视觉的观感变成诗性化的表达。"我以为风俗是一个民族集体创作的生活抒情诗。我的小说里有些风俗画的成分，是很自然的。但是不能为了写风俗

---

① 汪曾祺．汪曾祺全集 2·小说卷［M］．北京：人民文学出版社，2019：250.
② 汪曾祺．汪曾祺全集 9·谈艺卷［M］．北京：人民文学出版社，2019：295-296.

而写风俗。作为小说，写风俗是为了写人。"① 对外视觉观照可以用写实的方式记录，也可以用抒情的方式传达，选择怎样的风格呈现既定的故事，是由小说言说的内容决定的。市井文化更适宜用写实的方式书写，而像《受戒》这种洋溢着纯真之美的小说，则更适合用抒情方式演绎。《受戒》中对小英子家地理位置和室内布局的描述，详尽具体而富有美感，看似写的是小英子家的实貌，实际上是通过环境描写引发人们对小英子形象美感的想象，既凸显了小说叙事的诗性化格调，又延伸了内视觉的审美想象空间，风俗画般的美感与诗意亦徐徐展开：

　　明子老往小英子家里跑。

　　小英子的家像一个小岛，三面都是河，西面有一条小路通到荸荠庵，独门独户，岛上只有这一家。岛上有六棵大桑树，夏天都结大桑葚，三棵结白的，三棵结紫的；一个菜园子，瓜豆蔬菜，四时不缺。院墙下半截是砖砌的，上半截是泥夯的。大门是桐油油过的，贴着一副万年红的春联：

　　向阳门第春常在
　　积善人家庆有余

　　门里是一个很宽的院子。院子里一边是牛屋、碓棚；一边是猪圈、鸡窠，还有个关鸭子的栅栏。露天地放着一具石磨。正北面是住房，也是砖基土筑，上面盖的一半是瓦，一半是草。房子翻修了才三年，木料还露着白茬。正中是堂屋，家神菩萨的画像上贴的金还没有发黑。两边是卧房。隔扇窗上各嵌了一块一尺见方的玻璃，明亮亮的，——这在乡下是不多见的。房檐下一边种着一棵石榴树，一边种着一棵栀子花，都齐房檐高了。夏天开了花，一红一白，好看得很。

---

① 汪曾祺. 汪曾祺全集9·谈艺卷［M］. 北京：人民文学出版社，2019：296.

栀子花香得冲鼻子。顺风的时候，在荸荠庵都闻得见。①

　　同样是对物境实景的描写，汪曾祺既有对市井生活的写实记叙，也有对小岛之家的诗性言说。这说明"风俗画体"小说尽管以客观事实为创作底本，但是并不妨碍艺术家主观情感的置入，写实或抒情的表达只是根据文本内容的选择有所侧重，绝非顾此失彼。

　　总之，"风俗画体"小说中对客观物境的描写越翔实，就会越使"物境"向着"人境"方向的转化，其中既包括小说中"气氛即人物"中"叙事人物"的突出，也暗含小说文本之外作为文本接受者的"读者人物"的介入。越翔实地记录客观物境，接受主体的外视觉越能得到强化，内视觉所打开的审美想象世界就越清晰，这源于"以物寓志、以物体道，这种深层处对于物的态度决定了中国艺术创作与欣赏的方向，即主体以积极的态度不断地冲破'物'的限制，由外视觉之'物'趋向内视觉之'心'，这为内视觉的广泛存在确定了方向"②。也由此实现了文图关系的跨媒介转化。

第二节　"同质异构"：汪曾祺小说的"文体打通"

　　汪曾祺延续着京派文学的文体风格，被誉为"最后一位京派小说家"，其小说创作具有明显的散文化倾向，散文与小说的文体打通是有意识与无意识的统一，最终却呈现出与民间生活形式同构的审美效果。在论及文学创作的"打通"时，汪曾祺提到了钱钟书。作为现当代学贯古今的学者，钱钟书在文学批评研究领域提出了"打通说"，并将之延伸到历史文化哲学研究范畴，意在寻求天下共同的诗心文心。然而，何谓"打通"？打通，

---

①　汪曾祺. 汪曾祺全集 2·小说卷 [M]. 北京：人民文学出版社，2019：97.
②　王韶华. 以文为图·中国古典文学中的文图对话 [M]. 北京：中国文史出版社，2019：222.

就是以人文学科研究为中心，旨在发掘人类精神文化的结构，揭示古今中外不同种族与地区的人之间文化精神的普遍联系。钱钟书在《谈艺录·序》中提出"东海西海，心理攸同；南学北学，道术未裂"①，足以见得其广博的研究路径与包容的文化态度。基于"以人为本"的初衷和"人道主义"的观念，汪曾祺文学创作延续了钱钟书理论批评的研究思路。事实上，无论是文学创作还是文学研究都离不开人文情怀，所以汪曾祺小说的文体表征与文化构成密不可分。

然而，与钱钟书宏观的文化视野不同，汪曾祺的创作是由民间体验为审美经验的原型，文化积累也是自下而上，最终达致多元文化的汇通与圆融。他始终以民间生活为言说对象，以艺术化生活为创作取向，形成了以民间生活形式为根底的小说形式，而文化意蕴呈现出以民间文化为中心的多元文化兼容的特点。

一、民间文化的兼容性与汪曾祺小说的形式融合

作为"文体家"的汪曾祺，其小说文体的个性化与文化选择密切相关。小说文体是形式与内容的统一，是文本层的现象呈现，是读者直接感悟和把握的审美对象，而小说文体的深层，却蕴含着作者丰富的文化积累，不同的文化选择决定了作家不同的文体风格。汪曾祺小说创作以中国传统文化为精神命脉，尤其以"小传统"民间文化为精神底色，最终形成"融奇崛于平淡，纳外来于传统，不今不古，不中不西"②的创作风格，其中包含的文化类型，既有中国古典文化，也有西方现代文化和五四新文化。

表面上看，汪曾祺的民间文化意识贯彻整个创作历程，题材、语言、结构等文本层面，都有民间文化的属性，"风俗画体"的文体形成说明民间文化整体性的显性存在，往更深层溯源，民间文化意识是其文化结构的

---

① 钱钟书. 谈艺录 [M]. 北京：生活·读书·新知三联书店，2001：1.
② 汪曾祺. 汪曾祺全集5·散文卷 [M]. 北京：人民文学出版社，2019：109.

意识，也是其创作个性形成的关键。他的民间文化意识既与民间文化本身特点相关，即"人的生存活动是民俗之源，而民俗又是社会意识诸形态和社会结构所从出的母体"①，也是因为民间文化意识是最早出现在汪曾祺文化结构中的文化意识，以一种生活化方式潜移默化地渗入他的童年心理结构，而他在成长中无意识地保持着对民间文化的情感，逐步演变为审美意识的基础，从而决定了习得性文化的类型。

"民间审美文化意识蕴含着对凡俗人生的关怀与温爱、对自然人性的认同与尊重，以及平等、自由、生存等朴素的人道主义精神，它直接影响了汪曾祺对西方现代主义文学的好恶与取舍。"② 在对中国古典文化的选择中，民间审美意识也发挥着重要作用，汪曾祺尤为推崇以归有光为代表的"晚明小品"和桐城派散文，其中饱含着人文关怀的世俗趣味、散淡随性的叙事风格与民间文化的内在精神与外在形态相契合。而对五四新文化传统的接受，汪曾祺受沈从文的影响最大，也是因为沈从文，他报考了西南联大中国语言文学系，成了沈从文的学生，并直言《受戒》写得有点儿像《边城》。对京派文学田园牧歌式情调的欣赏，对抒情恬淡的审美化民间的塑造，也是建立在汪曾祺民间审美意识的基础上。总之，民间文化的兼容性是民间文化的本质特点，汪曾祺的民间文化意识源于童年时代的无意识接受，正如美国学者本尼迪克特所言：

> 个体生活历史首先是适应由他的社区代代相传下来的生活模式和标准。从他出生之时起，他生于其中的风俗就在塑造着他的经验与行为。到他能说话时，他就成了自己文化的小小创造物，而当他长大成人并能参与这种文化的活动时，其文化的习惯就是他的习惯，其文化的信仰就是他的信仰，其文化的不可能性就是他的不可能性。③

---

① 高丙中．民俗文化与民俗生活 [M]．北京：中国社会科学出版社，1984：5.
② 刘明．民间审美的衍生及其现代主义选择——汪曾祺1940年代的小说创作 [J]．中国比较文学，2013（2）：42.
③ 露丝·本尼迪克特．文化模式 [M]．何锡章，黄欢，译．北京：华夏出版社，1987：12.

　　由此得知，民间文化意识成为创作个体文化心理结构的意识，童年时代为个体民间文化意识的萌发期，更是强化了创作主体的民间文化意识兼容性特点。需要说明的是，20世纪50年代，汪曾祺曾在民间文艺研究会从事编辑工作，基于已有的民间文化意识向老舍和赵树理学习是意识活动，而在张家口沙岭子体验民间生活，是有意识的生活体验。纵观汪曾祺一生对民间文化的直接运用，形成了无意识接受（童年）—有意识学习/体验（中年）—无意识运用（老年）三个阶段，其中民间文化始终是其文化意识的核心，并且随着阅历的增多，文化类型的积累越深厚，多种形式在创作主体的文化结构中经过沉淀、融合、酝酿，逐渐趋于文化间的无缝衔接，以形成浑然一体的文化心理模式，却发现其中最早确立的核心——民间文化意识越发凸显。这说明文化间的碰撞非但没有弱化汪曾祺的民间文化意识，反而使之强化，并最终确定了稳定的民间审美立场。也就是说，民间文化不仅温和兼容，而且厚重坚定，不易被取代。所以，在"风俗画体"小说形成的20世纪80年代初期，汪曾祺的民间文化书写以一种圆融纯熟的姿态震惊文坛。

　　早在西南联大就读期间，汪曾祺就看过许多西方现代派作品，也是较早写意识流小说的中国作家。严家炎先生认为"到了汪曾祺于里，中国才真正有了成熟的意识流小说"①。汪曾祺在提到西南联大对他的影响时说："我要不是读了西南联大，也许不会成为一个作家。至少不会成为一个像现在这样的作家。"② 谈到英国文学时说："英国文学里，我最喜欢弗吉尼亚·伍尔芙。她的《到灯塔去》《浪》写得很美。"③ 笔者认为，汪曾祺创作意识流小说的初衷并非力求对人类精神世界的探索，他欣赏的是意识流小说呈现出的生活状态，表现普通人日常生活中的自由意识，这样的审美追求与其小说"散文化"性状不谋而合。由此说来，汪曾祺20世纪40年

---

① 严家炎．严家炎论小说［M］．南昌：江西高校出版社，2002：254.
② 汪曾祺．汪曾祺全集6·散文卷［M］．北京：人民文学出版社，2019：115.
③ 汪曾祺．汪曾祺全集10·谈艺卷［M］．北京：人民文学出版社，2019：188.

代写的意识流小说是从外在的日常生活形态向人的心灵内部打通的，因此，汪曾祺对意识流的理解也十分彻底，"意识流不是理论问题，是自然产生的"①。而伍尔芙所强调的是"按照日常生活中，普通人的内心对外在现实的感受顺序和意识的流程来结构作品"②，是由人的心灵感受延展到对生活现象的描述。

如此说来，汪曾祺与伍尔芙都追求生活现象的主观真实性，散文化倾向源于生活的本质特征"散散漫漫"，现代小说意在表现与生活同构的小说结构——散散漫漫。所以，汪曾祺与伍尔芙的小说只是具有相似的审美效果，也只能说汪曾祺用了意识流的手法，但笔者并不认为20世纪40年代汪曾祺写的意识流小说是纯粹的意识流小说，归根到底，汪曾祺还是坚守着中国传统文化的立场，表现为中国化的现代主义，比如《复仇》《戴车匠》《礼拜天的早晨》《绿猫》等作品都运用了意识流小说手法，追求象征意味却见不到象征痕迹，在汪曾祺给唐湜的信中，他直言"我读了些中国诗，特别是唐诗，特别是绝句，不知觉中学了'得鱼忘筌；得义忘言'方法，我要事事自己表现，表现它里头的意义，它的全体"③。所以，汪曾祺笔下的意识流与象征主义，是对中国文化传统的进一步确定，所谓的"意识流"更多的是表现手法，而不是目的。下面以《复仇》为例：

> 白发的和尚呀。
>
> 他是想起了他的白了发的母亲。
>
> 山里的夜来得真快！……
>
> 货郎的拨浪鼓在小石桥前摇，那是他的家。他知道他想的是他的母亲。而投在母亲的线条里着了色的忽然又是他的妹妹。……
>
> 想起这个妹妹时，他母亲是一头乌青的头发。……

① 汪曾祺. 汪曾祺全集 10·谈艺卷［M］. 北京：人民文学出版社，2019：188.

② 刘明. 民间审美的衍生及其现代主义选择——汪曾祺 1940 年代的小说创作［J］. 中国比较文学，2013（2）：46.

③ 唐湜. 新意度集［M］. 北京：生活·读书·新知三联书店，1990：127.

母亲呀，我没有看见你的老。

……他真愿意有那么一个妹妹。

可是他没有妹妹，他没有！①

　　通过分析可知，基于语言学转喻的文学修辞，复仇者由"白发的和尚"联想到"白了发的母亲"，继而想到货郎的拨浪鼓、家、不存在的妹妹以及母亲年轻的过往。这段意识流的描写很精彩，似乎是复仇者内心多年积累的仇恨瞬间闪现脑海，是幻想和回忆叠合的心理真实的象征，汪曾祺遵循着"贴着人物写"的叙事法则，贴着人物在这一处境中的意识活动书写的。从描写对象来看，汪曾祺选择的还是典型的中国传统武侠故事，颇具传奇色彩。笔者认为，《复仇》结尾虽然是复仇者放弃了复仇，实现了对自我的超越，具有现代意味，但就叙事美学而言，未完成的复仇是不彻底的悲剧，是通向汪曾祺儒家一脉的审美理想。除了弗吉尼亚·伍尔芙，汪曾祺谈及阿左林、纪德、契诃夫对他的影响，也是由于他们的小说呈现出的散文化倾向与汪曾祺本人的审美追求相近，即他们都按照"生活的样子，就是小说的样子"来结构文本，相反，汪曾祺批判巴尔扎克高高在上的全知全能视角、莫泊桑小说结构的精致做作以及欧·亨利小说结构的刻意痕迹，这些小说家的叙事结构都与"生活的样子"相悖。

　　此外，对汪曾祺影响较大的西方现代思想是存在主义，甚至有学者认为"汪曾祺'风俗画体'小说的重要的哲学基础就是存在主义"②。实际上，汪曾祺早在进入西南联大之后就接触了存在主义思想。然而，西方现代主义是在文学、哲学、艺术等社会领域影响巨大的文学思潮，其中包含着众多的思想流派。为什么在众多西方现代思想流派中，汪曾祺对存在主义情有独钟？笔者认为，这是由于汪曾祺已有气质性情的"正向"选择及时代社会语境的"负向"激发，使得民间审美意识潜在规定了他的思想向

① 汪曾祺. 汪曾祺全集 1·小说卷［M］. 北京：人民文学出版社，2019：143.

② 杨红莉. 民间生活的审美言说：汪曾祺小说文体论［M］. 北京：北京大学出版社，2008：233.

现代主义思潮中的存在主义思想靠拢。首先，存在主义以人为中心，尊重人的个性与自由，其思想的核心是朴素的人道主义，这与民间文化精神不谋而合。民间生活是没有等级区别的，每个人都是自足完整的个体，在民间社会中彼此尊重。其次，存在主义美学的旨归与儒家审美理想有相似性。一战结束之后，人类的现代文明瓦解，个体失去了和谐的精神家园，基于平等意识和人道主义，海德格尔提出"诗意的栖居"，倡导返回人类诗性的家园，而汪曾祺的"风俗画体"小说正是这一理想的完成，苏北小城自然淳朴，民风和谐，正是令人向往的现世桃花源，诗意安栖之所。

汪曾祺小说中的存在主义思想从 20 世纪 40 年代一直延续到 20 世纪 80 年代。尤其经过了 20 世纪 60 至 70 年代，汪曾祺对存在主义的追问与表达越来越尖锐，在小说与戏剧创作上都能见到他对存在主义思想的独特诠释。其中，汪曾祺在 20 世纪 80 年代改编《聊斋志异》就是为了使之具有现代意识，所以非理性质疑、荒诞色彩、人性异化的特征都能在《聊斋新义》中显现，而去世前的部分小说更是彰显了酒神精神之迷狂，他不顾一切追问人性本质，和谐与平淡不复存在，一直隐匿在小说意蕴层的"奇崛"转移到了文本叙事层，直面现世荒诞。然而，现代主义正是对古典主义的悖逆，存在主义思想也是在不同时代不同文本的不同层面，以不同方式闪现存在主义自身的美学理想。

此外，对中国古典文学的选择性接受，汪曾祺同样基于民间审美意识，他欣赏归有光的散文"清淡之笔写平常人情"。汪曾祺曾在散文中提及，小学五年级到初中二年级的语文课是由高先生教授的，而小说《徙》中高北溟的原型就是高先生，小说中提到高北溟特别喜欢归有光，汪曾祺也受其影响，对《项脊轩志》《先妣事略》《寒花葬志》等几篇描述日常生活琐事的散文尤其偏爱。巧的是，这几篇都是回忆性散文且带有小说笔法，归有光潜移默化地影响了汪曾祺"写小说就是写回忆"的叙事观念，其"为文无法"的笔法意趣，于平淡中展现世道人间的常态，用民间生活形式状写民间生活状态的方式，也影响了汪曾祺创作心理的建构，以至于他在《自报家门》中说道："我受影响最深的是明朝大散文家归有光的几篇代表作。归有光以轻淡的文笔写平常的人物，亲切而凄婉。这与我的气质很相近，我现在的小说里还时时回响着归有光的余韵。"① 归有光是晚明小品文作家的代表，汪曾祺认为"'晚明小品'是特定的历史时期的产物，是一种文化现象，社会现象，反映了明代的知识分子的心态。其次才是在文体方面的影响。我们现在说'晚明小说'，多着重在其文体，其实它的内涵要更深更广的多"②。实际上，从作家的个性气质，到作品的内容题材、叙事手法、文体风格，汪曾祺与归有光都有很大程度的相似，然而文学作品是时代的文化象征，归根到底，晚明的文化思想与汪曾祺的思想意识同道，这才是构成他们文学叙事相近的终极原因。归有光作为封建社会的士大夫，能够为侍女寒花撰写葬志，实属罕见，《项脊轩志》由项脊轩内外的结构设计和景致说起，联想到祖母已故的婢女生前说的温情动人的话语，又转向对小破屋的感慨，"方二人之昧昧于一隅也，世何足以知之，余区区处败屋中，方扬眉、瞬目，谓有奇景"③。由此可见，归有光没有置身知识分子立场，而是平视民间，将深切情义给予日常生活，将对亲人的怀念娓娓道来。归有光鲜明的民间审美意识与晚明市民阶层扩大、工商业经济发展及思想开放有关，这是人道主义精神与现代意识在中国封建社会最绚烂的一次出现。

就归有光的散文而言，其中也出现了小说笔法，既是散文和小说文体的沟通，也是雅俗文学的交融。就其叙事风格而言，直接影响了汪曾祺小说与散文的文体打通意识。当代学者黄霖评价归有光散文的特色"多借小说之笔法，叙日常之琐事，写人间之亲情，呈平淡之风貌"④。归有光散文的小说化具体体现在对平民百姓的形象塑造，他善于截取感人的生活片段，讲述动人的生活故事，或是寥寥几笔勾勒出人物的神韵。例如，《寒花葬志》简短精练，仅言说了与寒花相处中的两件小事，便将侍女寒花的

① 汪曾祺. 汪曾祺全集 5·散文卷［M］. 北京：人民文学出版社，2019：109.

② 汪曾祺. 汪曾祺全集 5·散文卷［M］. 北京：北京师范大学出版社，1998：335.

③ 归有光. 归有光文选［M］. 苏州：苏州大学出版社，2001.

④ 黄霖. 论震川文章的清人评点［J］. 上海师范大学学报（哲学社会科学版），2007（1）：33.

神态与性情描绘得栩栩如生，"年十岁，垂双鬟，曳深绿布裳"这是十岁寒花的外表仪态。然后通过讲述寒花煮荸荠不给"我"吃的小事，写出了她俏皮可爱的性格，她吃饭时"目眶冉冉动"的神态，正如顾恺之所言，"四体妍蚩，本无关于妙处，传神写照，正在阿堵中"（《世说新语·巧艺》）。归有光聚焦日常小事，但就是日常小事才能在不刻意中流露出人物真性情，他既有在司空见惯日常生活中发现美的艺术家眼光，也具备以平淡叙事孕丰沛情感的文人笔法。汪曾祺对人物形象的塑造与之相似，尤其是少女形象的塑造，例如，从小英子形象描写中就仿佛看得到归有光描写寒花的笔法意趣。再如，《先妣事略》中对母亲的回忆性描述是通过日常活动中与他人的交往见出母亲的勤俭与操劳，虽然事件零散，但母亲形象却更加具体，真实而非矫饰。由此说来，归有光不是简单地罗列事件，而是将气韵和情感灌输其中，正如汪曾祺笔下的巧云，也不仅限于描述巧云形象本身，而是将她置身于民间语境中凸显她的独特性。

此外，桐城派散文行文策略、叙事风格都直接影响了汪曾祺创作技法及小说文体的形成。① 桐城派认为，归有光继承了唐宋八大家的正统文脉，而桐城派就是对这一正统文脉的延续。汪曾祺小学毕业那年暑假，其祖父请了韦子廉先生教授他桐城派散文，为汪曾祺文化心理结构铺置了古典文化的底色。桐城派是集中国散文之大成的流派，汪曾祺不止一次地强调桐城派散文的文学价值，并且继承了桐城派"文气论"的相关观点，在叙事对象上，桐城派也侧重对日常生活中琐事的真实记录，用平淡的叙事语言展现人物的真性情。姚鼐认为"文章之境，莫佳于平淡，措语遣意，有若自然生成者，此熙甫所以为文家之正传"②。事实上，桐城派与归有光之间具有文学史渊源，他们在叙事对象、语言、结构和审美追求上一脉相承，汪曾祺对桐城派有所倾向也是自然。

总之，汪曾祺始终以民间文化为核心，在其成长过程中不断接受的西方文化与中国古典文化，不仅丰富了他对民间文化的认知，且融汇了不同

---

① 陆建华．汪曾祺传［M］．南京：江苏文艺出版社，1997：43．

② 姚鼐．惜抱轩文集后集（卷三）［M］．上海：上海古籍出版社，1992：289．

文化的形式表现手法，最终形成多种形式自然交融的叙事格局，继而有了与之相对应的文体样式。其小说文本从叙事对象、语言、结构都与民间文化息息相关，小说形态就是生活状态，无论是西方现代文化还是中国古典文化，都于不同时期在汪曾祺小说的叙事中或隐或现，其"打通"正是指文体的打通，具体表现为形式间的融合。

二、民间文化的稳定性与汪曾祺小说的"散"与"淡"

现代散文是汪曾祺文学创作颇丰的文体类型，其散文创作深受中国古典文学的影响，桐城派散文平逸、冲淡、清丽的风格直接影响了汪曾祺的审美取向。而汪曾祺小说也具有散文化倾向，汪曾祺欣赏的京派作家废名、沈从文等人的小说创作都有明显的散文化倾向，淡化情节，侧重抒情，向往一派天真式的至美意境，使京派文学具有了古朴典雅的笔墨意趣，还有屠格涅夫、契诃夫、阿索林等西方现代作家的小说亦为汪曾祺所推崇，他们的小说叙事平缓，没有宏大深刻的主题和波澜起伏的情节。尽管汪曾祺散文化小说在美学追求、审美风格、文体特点上受到古典文学、京派文学、西方现代主义文学的影响，但这种文化选择并不是随机的，而是基于对民间生活先验的认识与理解，奠定了文化选择的倾向性，汪曾祺笔下的民间生活是现象真实与文学真实的统一。

汪曾祺认为，"小说有一点像山，散文化的小说则像水"①。"像山的小说"指的是传统意义上的小说，以情节曲折、故事离奇、取材宏大、立意深刻取胜，多是民间群众闻所未闻的事件，与相对稳定和规律性的日常生活拉开了距离，是基于对叙事内容的陌生化表达取得的审美效果，情感多是激烈的，或痛彻心扉，或热情似火，情感意绪往往是"浓得化不开"，而"像水的小说"多是保持了生活本来的样子，平淡、安静、节制，叙事结构是审美化的生活结构，汪曾祺称为"苦心经营的随意"，这样的小说多取材于日常生活，人物塑造则重神似轻形似，以求达到无声胜有声，无

---

① 汪曾祺．汪曾祺全集 9·谈艺卷［M］．北京：人民文学出版社，2019：389.

形胜有形的审美效果。京派小说多是"像水的小说"，但汪曾祺的散文化小说还是具有独特的文学意味，市井与性灵的精妙结合，民间与抒情的直观呈现，绝非"化俗为雅"所能概括，融合了民间文化的文人小说创作，扩大了雅文化与俗文化的审美张力，汪曾祺强调的"打通"并非针对文体形式打通，而是由作家性情与文化的糅合上升到作家创作个性的形成，小说创作的散文化倾向是京派文学的共性，但是京派作家的文化选择却各不相同，所以才有了废名对禅宗文化的青睐，沈从文对原始文明的向往，萧乾对诗意家园的探寻，林徽因对玄哲雅趣的追问，而汪曾祺小说中随处可见的人间烟火气，也自然成为他置身于京派文学作家群中的个性符号。通过比较可知，汪曾祺"散文化小说"文体形式打通的背后，是雅俗文化的个性化交融。因此，也有评论家提出汪曾祺的散文化小说对民族文学的探索大有裨益，是独特的一种。

"散"和"淡"是汪曾祺散文化小说的美感形态，也是京派小说共同的美学特征，但汪曾祺小说"散"与"淡"的风格，更多的是在对民间生活稳定性把握基础上的艺术升华，汪曾祺文体的"散"和"淡"，与京派其他作家有何差异？这种"散"和"淡"形成的原因何在？与民间文化之间构成怎样的关系？这些可以从汪曾祺的小说创作观念、言说对象、审美理想及民间生活经验几个方面来寻找答案。

具体来说，"散"既是形式也是内容，形式之散应归因于内在结构与叙事语言的"生活化"。需要注意的是，这里的"散"更切近农耕文明延续而来的民间生活原生状态，而不是后现代主义者所说的当代消费社会的"碎片化"与"零碎感"，这种与生活状态一致的"散"具有活泼的生命质感，而非空洞与虚无的零散。文学形式上的"散"贯穿他的文学创作，从观察世界的方式开始，到追求"写小说，就是写生活"的境界，是"散"的态度、"散"的笔法、"散"的目的的统一，所以汪曾祺"风俗画体"小说之闲散笔墨的意趣与视觉想象的观感，也自然与散文化倾向相关。

基于闲览的审美态度与观物方式，汪曾祺将散点透视法运用到小说叙事之中，导致其小说叙事空间性远大于时间性。然而，与主情节变化的线性叙事相比，空间叙事是非线性叙事，因而使小说具有了平面化与发散性特征，视觉美感与散淡意绪幻化而来。的确，"风俗画体"小说的写法借鉴了中国传统绘画的散点透视法，"散点透视法"便是汪曾祺看世界的方式，就是"东看看西看看"的习惯成就了作家汪曾祺，这种"闲览"既是审美态度，也是观物方式，是对中国古典美学"观物取象"的无意识实践，旨在通过仰观、俯察、近看、远望等角度变化把握天地之道与万物之象。"闲览"的观物方式直接影响了传统绘画创作，"中国古代画家设法提供多重视轴来构成一个整体的环境，观者可以移入遨游，观者也可回环由视，甚至画家有时用留白来造成距离的幻觉"①。

汪曾祺以体验和认识民间生活在先，对民间生活的理解和思考在后，情动于中而生成一团情致，逐渐清晰化为意象，但绝非伦勃朗式的风格，他对人物的刻画是模糊而非精确，用的是传神写意的笔法。"透过一个人物看出一个时代，这只是评论家分析出来的，小说作者事前是没有想到的。"②与汪曾祺晚年创作的以20世纪60年代至70年代为背景的小说截然相反，正是"风俗画体"具有民间文化语境的纯粹性，才使得人物的喜怒哀乐、生离死别都遵循着民间生活规律。所以，淡化情节绝非汪曾祺有意为之，民间生活本身就具有缓缓流动性和相对稳定性的特征，汪曾祺发现了民间日常生活中的诗意，才有了散文化小说形散而神不散的妙义。

如果说"散"更侧重小说的形式效果，那么"淡"则更多表现为小说的美学风格，二者之间没有必然性关系。汪曾祺小说的"淡"体现为对故事情节的淡化处理，文学语言的清淡雅致，叙事特色则如他自己所言"融奇崛于平淡"。宗白华所说的"绚烂之极归于平淡"，亦可作为对汪曾祺文学创作历程的总结，叶炜在《煮药漫抄》中总结作家一生创作风格的流

---

① 叶维廉. 中国诗学［M］. 北京：人民文学出版社，2006：259.
② 汪曾祺. 汪曾祺全集9·谈艺卷［M］. 北京：人民文学出版社，2019：390.

变："少年爱绮丽，壮年爱豪放，中年爱简练，老年爱淡远。"① 汪曾祺 20
世纪 40 年代的意识流小说虽然也具有"散"与"淡"的特性，但更流于
形式和模仿的意味，只是多元文化接受初始阶段文学创作的操练，语言虽
"绮丽"，但并不自然。20 世纪 60 年代发表的三篇小说，因为受到时代因
素的制约，"豪放"的壮年有所收敛，反而到了垂垂老矣，那种呐喊呼声
与豪放气度能够一反 80 年代初期到后期的简练与淡远，以一种歇斯底里的
方式喷涌而出。

　　然而，汪曾祺并不认为自己是有意"淡化情节"，而是民间生活本身
就是平平淡淡，只不过他写的恰好是平凡的人生经历而已。"我只能写我
所熟悉的平平常常的人和事，或者如姜白石所说的'世间小儿女'。我只
能用平平常常的思想感情去了解他们，用平平常常的方法表现他们。这结
果就是淡。"② 平淡，是民间生活的常态，和谐的状态近乎随处可见的生活
规律。父亲刮鸭掌，近乎艺术的熟练操作，看得"我"感动（《鸡鸭名
家》）；从戴车匠家里物件的细心安排，就能看出他是怎样过日子的（《戴
车匠》）；王二摆摊子过程也是街里一景，逐渐地，"只一句'王二的摊
子'，谁都明白。话是一句，十数年如一日，意义可逐渐不同起来"③
（《异秉》）；叶三专给大宅门送水果日子久了，这些人家的看门的和狗看
到叶三，都认识了（《鉴赏家》）；"八千岁每天的生活非常单调。量米，
买米的都是熟人，买什么米，一次买多少，他都清楚"④ （《八千岁》）
等，汪曾祺笔下的高邮是新中国成立前苏北地区市井文化的象征，这里的
人从事着简单的商业活动，遵循着日出而作、日落而息的民间生活规律，
小说言语之中感受得到汪曾祺对这些笃实的民间人物劳动能力的肯定。这
些店铺，汪曾祺再熟悉不过了。

---

① 陈彩林. 安静的艺术——汪曾祺论 ［M］. 桂林：广西师范大学出版社，2015：
120.
② 汪曾祺. 汪曾祺全集 5·散文卷 ［M］. 北京：人民文学出版社，2019：219.
③ 汪曾祺. 汪曾祺全集 2·小说卷 ［M］. 北京：人民文学出版社，2019：81.
④ 汪曾祺. 汪曾祺全集 2·小说卷 ［M］. 北京：人民文学出版社，2019：305.

我的家即在这两条巷子之间。临街是铺面。从科甲巷口到竺家巷口，计有这么几家店铺：一家豆腐店，一家南货店，一家烧饼店，一家棉席店，一家药店，一家烟店，一家糕店，一家剃头店，一家布店。①

这些店铺几乎都出现在了汪曾祺的小说里，或作为叙事主体，或作为叙事背景，成了高邮风情图的重要组成部分，也是市井文化的主体。《最响的炮仗》中的一段话最能诠释这座苏北小城的生活节奏，汪曾祺巧妙地利用晨夕变化及四季交替的规律，与人们的日常生活相对应，展现民间生活的稳定与平淡。

这个城实在小，放一个炮仗全城都可听见！……你每天可以看到孟老板在一棵柳树旁边，有时带着他的孩子。把炮仗一个一个试放。这是这个小城市每天的招呼。保安队天一亮就练号，承天寺到晚上必撞钟，中午孟家放炮仗。这几种声音，在春天，在冬天，在远处近处，在风中雨中，继续存在，消失，而共同保留在一切人的印象中，记忆中。人都慢慢长大了。②

语言平淡、峻洁、直白。擅长用短句的汪曾祺，用"人都慢慢长大了"束尾，使之前的叙事意味深长，如果去掉这七个字，风俗画韵味就会逊色一些，人物和事件也只是纸上行走的景观，没有在时间维度里延展。所以，小说语言的"淡"时刻都在贴合着民间生活的"淡"。看似白开水一样日常化的语言，用在合适位置，便有了别样的情致。汪曾祺文学语言的特点是词平而意丰，这段文字通过日常生活中声音的适时出现，表达与自然节律一致的小城日常，绘事而后素，自足而丰富。由文学语言延伸到审美想象中视觉与听觉交相呼应的境界，汪曾祺对通感修辞的精准掌握也

---

① 汪曾祺. 汪曾祺全集 5·散文卷［M］. 北京：人民文学出版社，2019：335.
② 汪曾祺. 汪曾祺全集 1·小说卷［M］. 北京：人民文学出版社，2019：166.

印证了他对生活敏锐的感知力与领悟力。

有评论者称"汪氏美学，其实质并不在于审美的平静淡泊，而是于这份平静淡泊之下隐藏的激烈冲突与锋芒"①。汪曾祺认为小说像水，戏剧像山，但是像水的小说也有内在结构和矛盾，只是被日常生活表层的繁复埋没了。自然社会有其自身的发展规律，不会因为某个人的降临或离开而发生改变，汪曾祺本质上追求"天人合一"的审美境界，所以才有了与天地共生的民间书写。他在《自报家门》中提道："我的看似平常的作品其实并不那么老实。"② 这句自评颇有玄机，反过来思考，倘若民间日常生活规律到没有个性，那么高邮文化的独特又在哪里呢？虽然汪曾祺的文学语言与审美对象在理念上达成高度一致，"平淡"是不谋而合的审美理想，但他绝非完全复制民间生活，对民间日常生活的主观判断与取舍，正是作为艺术家的审美直觉赋予的。汪曾祺继承了沈从文的创作观念，写小说就是写回忆。身处 20 世纪 80 年代的汪曾祺写的却是新中国成立前的生活，这些生活已然经过了反复沉淀，除净了火气，尤其是除净感伤主义。不能否认，时间距离对创作态度的确立是至关重要的。汪曾祺从 1939 年夏离开家乡报考西南联大，到 1981 年 10 月返乡，在阔别故乡高邮 42 年后，再次感受到了苏北小城的烟火气息。他用 42 年的时间除净记忆中的烟火气，才有了静穆的审美态度和平淡的叙事格局。民间生活中客观存在的矛盾冲突，审美主体目之所及所产生的情绪与情感，都随着审美距离的延伸一点点淡化、除净，转而为作品中的韵致与诗意，这便是淡之美感的本质。

由此说来，小说"淡"的格调是抒情的审美效果。汪曾祺借用了传统绘画的写意策略，将"留白"技法运用在小说叙事之中，"留白"正是通过虚实的结合，通向了绘画的意境。汪曾祺小说往往将这种"留白"用在叙事结尾处，悬置了叙事对象本身，转而强调自然空间的无限性或者时间的延续性，通过"突破有限的形质，使人的目光伸展到远处，并且引发人

① 邓雨浓 . 寓奇崛于平淡：汪曾祺小说的矛盾性［J］. 文学教育，2018（5）：26.
② 汪曾祺 . 汪曾祺全集 5·散文卷［M］. 北京：人民文学出版社，2019：109.

的想象，从有限把握无限"①。《天鹅之死》创作于1981年，汪曾祺隐喻性地揭示了现实的残酷性，小说最后，玉渊潭的天鹅被两个青年打死了，人们纷纷议论，孩子们呼唤天鹅，"他们的眼泪飞到天上，变成了天上的星"②。这是对"远"的书写，对空间无限性的强调，是由现实情境中的玉渊潭延展到了浩瀚无际的天空。《王四海的黄昏》结尾处写道："王四海站起来，沿着承志河，漫无目的地走着。夕阳把他的影子拉得很长。"③夕阳已经是昼日尽头，暗示着王四海的生命刻度，他想象着大千世界的热闹，有些惆怅却不冷惓，仿佛看得到他沿河行走的画面，就这样走下去，直到消失在读者的视野里，形成了虚实相生，有无相替的意境。《徙》是围绕高北溟的人生经历展开叙事的，小说却讲到高先生离世五年之后的场景，高先生的生存环境与气氛照旧，时间流逝中高先生的痕迹还在，高先生写的校歌，学生们还在传唱；高先生写的春联，大红朱笺逐渐褪为白色，但是墨色字迹依然清晰。汪曾祺通过对空间语境的描写，体现着人精神生命的延续，让淡淡的生命意味回旋在读者的审美想象之中。

汪曾祺20世纪90年代创作的小说，风俗画的意味逐渐减少，与他晚年性情的变化有关，但是"融奇崛于平淡"的叙事策略依然延续。《钓鱼巷》的结尾"很多人都死了。人活一世，草活一秋"④ 就是说，人的一生不管多么跌宕起伏，轰轰烈烈，在民间生活中都是微弱的，个体生命的丰富在永恒的时间流中一闪而过，人的生命会终结，民间的生命却一如既往。从生命有限性的角度理解，任何时代的人都会走向终极的命运——死亡，尤其是经历了20世纪60年代至70年代的社会巨变，汪曾祺对"死亡"的理解更深刻坦然。同样是"淡"，但是"淡"的格调随着汪曾祺心理的变化微妙地转移，由倾向民间生活稳定性的"平淡"转为叙事主体对生命存在的理解，即"淡"是对生命存在意义的通悟，是"弦断曲终人散

① 叶朗.中国美学史大纲［M］.上海：上海人民出版社，1985：289.
② 汪曾祺.汪曾祺全集2·小说卷［M］.北京：人民文学出版社，2019：147.
③ 汪曾祺.汪曾祺全集2·小说卷［M］.北京：人民文学出版社，2019：294.
④ 汪曾祺.汪曾祺全集3·小说卷［M］.北京：人民文学出版社，2019：276.

尽，繁华落尽终成空"。《熟藕》发表于 1995 年的《长江文艺》，刘小红是吃着王老煮的熟藕长大的，生病吃药不见效，吃了王老煮的熟藕立马就好了。年复一年，二十岁的刘小红出嫁了，王老还在卖熟藕。直到有一天，刘小红还在坐月子，"王老死了，全城再没有第二个人卖熟藕。但是煮熟藕的香味是永远存在的"①。王老不是什么名人，也不是知识分子，却用最日常的方式践行着"人间送小温"，直到生命的最后，锅里还煮着熟藕，空气中还弥漫着熟藕的香气。

总之，汪曾祺小说风格的"淡"，反映出他对民间生活本质的理解，即在叙事中体现出缓缓流淌的"平淡"，也反映出他对生命存在意义的理解，即看透了生命个体有限性与民间生活永恒性之间的矛盾，这种矛盾体现为民间生命个体匆匆走过人生的"轻淡"。淡，是民间生活的本质特点，也是生命个体普遍的存在状态。生活的"淡"与生命的"淡"都建立在民间文化相对自足与稳定的基础上，否则也就不会有汪曾祺笔下像水一样的散文化小说了。

三、民间文化的广泛性与汪曾祺"新笔记体小说"

汪曾祺的一部分小说被称为"新笔记体小说"，之所以选择这样的文体，是创作主体文学创作中自发与自觉的统一：一方面，与创作主体经历过的民间生活相关；另一方面，与汪曾祺对古典文学的认知与阅读经验相关。汪曾祺坦言："我是爱读笔记的。我的某些小说也确是受了笔记的影响，但我并无创立现代笔记小说这一文体之意。"② 简言之，汪曾祺为民间叙事找到了适应表达的文体样式，"笔记"具有随笔、杂叙之义，"笔记体"是一种文体模糊的散体，刘叶秋曾在《历代笔记概述》中总结过"笔记"的特点，"以内容论，主要在于'杂'：不拘类别，有闻即录；以形式论，主要在于'散'：长长短短，记叙随宜"③。而民间生活本身恰恰具有

---

① 汪曾祺. 汪曾祺全集 3·小说卷［M］. 北京：人民文学出版社，2019：254.
② 汪曾祺. 汪曾祺全集 5·散文卷［M］. 北京：人民文学出版社，2019：149.
③ 刘叶秋. 历代笔记概述［M］. 北京：中华书局，1980：5.

"散"与"杂"的本质特征，选择笔记体这一文体记叙，顺势外化了民间文化的内部特征，即"只是有那么一小块生活，适合或只够写成笔记体小说，便写成笔记体"①。

然而，"笔记体"作为小说文体类别由来已久，将中国古代文言小说的文体划分为笔记体与传奇体，已经成为古代小说研究者的共识。其中，古代笔记体小说所涉主题和题材主要可分为两类："一种为载录鬼神诡异之事的'杂记''志怪''异闻''语怪'等，以神、仙、鬼、精、妖、梦、灾异、异物等人物故事为主要取材范围；另一种为载录历史人物轶闻琐事的'逸事''锁言''杂录''杂事'等，以帝王、世家、士大夫、官员、文人及市井人物等各类人物有关的'朝政军国'、日常生活化的轶闻逸事为主要记述对象"②。纵观汪曾祺的小说创作，第一类对应着他对蒲松龄《聊斋志异》的偏爱，无论是内容还是形式，都被汪曾祺在小说创作中借鉴与运用，根据《聊斋志异》改编的短篇，被汪曾祺称为《聊斋新义》，其中"小改而大动"的现代文学观是 20 世纪后期当代文学创作中的大胆尝试；第二类"轶闻逸事"则体现在他对"民间一隅"的描写上，然而，汪曾祺虽以短篇小说创作见长，却通过人物与场景在不同篇章中的重复出现，于有意无意中建构了地域文化中的全景叙事。例如，汪曾祺的高邮叙事中多次出现万事通"张汉轩"这一人物形象，诸多轶闻逸事都出自他的闲谈，这是一位游弋于民间生活内部的小人物，同样也是被创作主体塑造的民间人物，却成为轶闻琐事的讲述者与被讲述者。"张汉轩"这一人物形象出现在《异禀》《故人往事》《兽医》《名士与狐仙》等叙事文本中，承担着不同的叙事功能，《异禀》中对"张汉轩"的人物塑造较为具体，翔实描写了人物的独特之处："他熟读《子不语》《夜雨秋灯录》，能讲许多鬼狐故事。他还知道云南怎么放蛊，湘西怎么赶尸。他还亲眼见到过旱魃、僵尸、狐狸精，有时间，有地点，有鼻子有眼。三教九流，医、卜、星、相，他全知道。他读过《麻衣神相》《柳庄神相》，会算'奇门遁甲'

① 汪曾祺. 汪曾祺全集 10·谈艺卷 [M]. 北京：人民文学出版社，2019：170.
② 王庆华. 论"笔记体小说"之基本书体观念 [J]. 浙江学刊，2011（3）：117.

'六壬课''灵棋经'"①。由此可见，张汉轩对鬼神诡异故事有着丰富的阅读经验，对奇人异士兴趣浓厚。在小说《名士与狐仙》中，出身高门望族的杨渔隐娶了女用人小莲子，这件事本身就是突破世俗之见的"奇事"，并在民间生活内部引起了轩然大波，然而好景不长，杨渔隐发病离世，小莲子也不告而别，两个"奇人"先后离开了高邮民众的视野，并引发热议与猜测，而张汉轩对此事的解释却从民间生活的现实层面偏离，使之具有了神秘的浪漫主义特征，与其能讲鬼狐故事的特点相一致。他认为杨渔隐和小莲子具有超乎常人的脱俗性，他们非人类，而是狐仙，这一论断使民间文化视域中的现实生活与幻想世界自然地打通，也使这篇《名士与狐仙》具有了"聊斋笔法"。事实上，杨渔隐此人确实存在，并非虚构，在《礼俗大全》一文中，汪曾祺还曾特别说明杨渔隐是邑中名士。民间生活虽具有本质的社会现实性，但"鬼异鬼神之事"也是构成民间文化的组成部分，与民间文化的原始性与神秘感保持一致。再如，"阴城"是汪曾祺高邮叙事中多次出现的地点，《岁寒三友》中有一整段描写"阴城"破落、衰败、荒凉景象的文字，并作为叙事背景推动情节发展，印证了"气氛即人物"的叙事策略，而在《道士二题·马道士》中也出现了"阴城"，文中在描述马道士居住的吕祖楼的地理位置时提道"吕祖楼是一座孤零零的很小的楼，没有围墙，楼北即是'阴城'，是一片无主的荒坟，住在这里真是'与鬼为邻'"②。马道士异于常人的居住环境，使其诸多不合理的行为愈加神秘，民间文化视域中的叙事逻辑也因此具有了情感合理性。由此可见，民间文化具有超越现实生活本身的广泛性，囊括的内容较为宽泛，不仅包含着民间现实生活的轶闻琐事，也涵盖着对民间人物鬼怪灵异之合理性存在的认同，是现实主义与浪漫主义的统一。

此外，贾平凹评价汪曾祺"汪是一文狐，修炼成老精"，是十分精妙的赞喻。"文狐"机敏、智趣与灵动的特征，与汪曾祺的个性相契。除了

---

① 汪曾祺. 汪曾祺全集 2·小说卷［M］. 北京：人民文学出版社，2019：88.
② 汪曾祺. 汪曾祺全集 3·小说卷［M］. 北京：人民文学出版社，2019：224-225.

在小说创作态度层面上，汪曾祺始终与时代主流保持距离，始终心持秉性凸显了与主流相悖的"异常"个性，更为直接的表现，则是他对《聊斋志异》的改编，在根源处体现着现代文人对民间文化精神的认同，"讲到六朝以来的志怪小说，文人们都有所偏爱，其中有文人的思想与民间的期许。人间不易表达的存在，借着神异的事物为之，就多了叙述的维度"①。在汪曾祺看来，蒲松龄的《聊斋志异》是古代文言短篇小说的绝唱，通过对民间文化的汲取，延展出另一视域中的审美想象空间，是乡野俚语赋予的神思，使文人审美焕发了超越现实的本质的真与原始的纯粹。针对汪曾祺对《聊斋志异》的改编，孙郁评价道："创作这类短篇，一是觉得精神可以魔幻地行走，乃智性的游弋，在审美上亦多奇思；二是对人间苦乐有变形的表达，其实是绕过世俗的眼光，寻找另类的精神空间。"② 这两种创作路径，均与其对所到之处的回忆性书写不同，对民间现实生活的审美化言说之外，汪曾祺还找到了突破民间生活现实性的方式，一种是对现实的变形处理，一种是对现实的超越想象。

总之，汪曾祺对《聊斋志异》的改编是他以现代文人的身份介入民间叙事的一维，与民间日常生活的审美不同，他是沿着民间文化的原始思维行进的，却又借助一番哲学思考，对现实社会予以暗戳戳地回击，而民间文化的广泛性也因此得以在汪曾祺的创作中充分体现，灵活多变的"笔记体"亦积极有效地实现了对民间文化内容与精神的把握与传达。

再者，除了通过分析汪曾祺对《聊斋志异》的评论及改编，能够体现出他对笔记体的偏爱，在原创小说的创作上，汪曾祺更大的突破是接续了搁置已久的"笔记体"传统，又融合了新时代之风，创作了一系列"新笔记体小说"。前者主要体现在文体风格上，保持了汪曾祺所认可的叙事风格"笔记体小说所贵的是诚恳、亲切、平易、朴实"③。古代文言小说的文

① 孙郁. 革命时代的士大夫：汪曾祺闲录［M］. 北京：生活・读书・新知三联书店，2014：215.

② 孙郁. 从聊斋笔意到狂放之舞：汪曾祺的戏谑文本［J］. 文艺研究，2011（8）：23.

③ 汪曾祺. 汪曾祺全集10・谈艺卷［M］. 北京：人民文学出版社，2019：39.

体划分为笔记体和传奇体的依据，就是叙事情节是否具有强烈的戏剧性，是否有起承转合的情节加工，汪曾祺认为"凡是不以情节胜，比较简短，文学淡雅而有意境的小说，不妨都称之为笔记体小说"①。需要注意的是，与古代笔记小说不同，"现代笔记小说当然是要接续古代笔记小说传统的，但是不必着意模仿故人。既是现代笔记，总得有点'现代'的东西。第一是思想，不能太旧；第二是文笔，不能有假古董气。老实说，现代笔记体小说颇为盛行，我是有几分担心的。"② 由此可知，汪曾祺的新笔记体小说之"新"除了有"新时期"之义，更在于小说文本除了继承了古代笔记体小说的文体样式，又注入了时代思想与现代文风。例如《陈小手》就是典型的"新笔记体小说"，虽讲述的是新中国成立之前的高邮故事，情节上没有波澜起伏，也不是一波三折，但却暗藏着狠劲，直到文末"掏枪"之前都是平淡叙事，故事结局却话风急转，回味无穷。《陈小手》之所以能够成为经典，正是得益于这平叙中的震撼，对封建思想的批判精神及由此引发的荒诞与诙谐趣味，赋予了"笔记体小说"浓郁的现代意味，从而成为汪曾祺"新笔记体小说"风格的代表作。

然而，新笔记体小说并非横空出世，只是在 20 世纪文学发展中中断了，直至新时期才被重新唤起。追问新时期笔记体小说的先声者，究竟是孙犁还是汪曾祺，历来都有所争议。有学者称，相较于孙犁 1982 年发表的《云斋小说》，汪曾祺 1981 年发表于《雨花》第 10 期的小说《故乡人》才是新时期最早面世的笔记体小说。通过分析《故乡人》中的三篇小说，发现其在文体类别上比较模糊，虽符合笔记体小说在叙事方式上淡化情节的特点，但又合乎抒情小说对人性美、道德美歌颂的主题，所以在文学史上将之归于抒情小说的范畴，而忽视了汪曾祺《故乡人》作为新时期笔记体小说的当代文学史的史学意义。③ 孙犁和汪曾祺都是"新笔记体小说"的先锋，二人的小说创作有文体上的相似，也有内旨上的迥异，其根源在于

---

① 汪曾祺. 汪曾祺全集 10·谈艺卷［M］. 北京：人民文学出版社，2019：169.
② 汪曾祺. 汪曾祺全集 5·散文卷［M］. 北京：人民文学出版社，2019：149.
③ 冯晖. 汪曾祺：新笔记体小说的首发先声者［J］. 云梦学刊，2001（3）：69-71.

创作态度的不同。孙犁晚年的小说创作，对小人物的描写建立在宏大的革命背景之中，他将世间真情归于战争；而汪曾祺致力于创作"有益于世道人心"的篇章却基于其传统的儒家文化思想。

事实上，汪曾祺的笔记体小说也不仅限于对故乡往事的书写、对相对传统的民间生活琐事的讲述，除此之外，也描绘了新时期文化背景中小人物的生活状态。例如，他在《致古剑》信中提道："两组小说：《小姨娘》《忧郁症》《仁慧》；《生前友好》《红旗牌轿车》《狗八蛋》《子孙万代》。后一组可以说是'新笔记体小说'。"① 这里提到的短篇小说皆创作于1993年，前一组是以新中国成立前的故乡高邮为背景的叙事文本，多是对叙事人物的性情行为予以同情与肯定，仍属传统的"笔记体小说"的范畴；而后一组则是以北京为背景的剧院人物的生活记录，多是对叙事人物予以批判与嘲讽，可归于"新笔记体小说"之范畴。其中原因，既与地域文化的差异性有关，也与时代变革中民间人物的心性变化有关。小说《生前友好》虽未见叙事层面上鲜明的戏剧冲突，但在思想立意维度上的戏剧张力与讽刺意味，因题文之间的对照审视而强化：剧院的电工喜欢吃辣和参加追悼会，匪夷所思的是无论谁去世，他都要参加追悼会，事后再去吃上一顿麻婆豆腐，满足口腹之欲。整篇小说叙事平淡，始终没有置入"我"的立场，直到文末出现一句"他觉得这一天过得很有意思"给予读者回味无穷的体验与联想。《红旗牌轿车》中，袁大夫是剧院的正骨推拿大夫，医术高超，品德却不高。小说的前半部分，针对袁大夫的为人处世进行传记式说明，直言他"看人下菜碟"；后半部分才开始描述具体的"事件"：当交警对袁大夫骑自行车违规行为进行处理时，他不屑一顾，记恨在心，数日之后，当他坐上了高级干部派来接他的红旗牌轿车，便对昔日有"过节"的交警实施报复。汪曾祺笔下的袁大夫代表了小有才能却素质较低的市民阶层，小说结尾才道出了袁大夫的心理变化"报了一箭之仇，袁大夫靠在后座上，心里这舒坦就甭提了！"② 《狗八蛋》中甚至没有出现叙事人

---

① 汪曾祺．汪曾祺全集 12·书信卷［M］．北京：人民文学出版社，2019：316．
② 汪曾祺．汪曾祺全集 3·小说卷［M］．北京：人民文学出版社，2019：203．

物的名字，更是用人物外号"狗八蛋"为题，足以说明汪曾祺饱含讽刺意味的叙事立场："狗八蛋"原在剧院负责打小锣，却要依行规负责摆所有的乐器，他自认低人一等，心怀不满，后又被安排去传达室负责人员之间的联络，然而为了图省事，只负责联络院领导、导演、名演员。"狗八蛋"曾为方便他人、牺牲自己的工作感到不满，后又通过给他人制造困难的方式讨回"公道"，这本身就是心理扭曲的表现。文章最后一句，通过他人的言论，对"狗八蛋"的心胸狭隘、自私虚伪予以批判。《子孙万代》中傅玉涛购入两颗小核桃，如获至宝，却在 20 世纪 60 年代末被劫掠而去，20 世纪 80 年代又在古玩店再次发现，最终被外国人以"外汇券 250"收购。小说叙事平淡，没有过多心理活动的描写，却在朴实的语言中融入了傅玉涛对核桃真切的情感、再次邂逅的惊喜与痛失的无奈。文末，傅玉涛酒足饭饱之后，唱了一句戏词"我好比笼中鸟有翅难展……"① 小说看似是平静地讲述了"一对核桃"的命运，却是象征性地表达了传统文化的宿命，象征"子孙万代"的核桃是民俗文化的象征，躲过了政治荒诞的年代，却最终在商品经济浪潮中彻底失去了文化价值，小说通过一对核桃的命运，侧面勾勒出 20 世纪下半叶中国社会主流文化发展的路径。

"汪曾祺小说中既有传统的东西，又有外国作家学习的痕迹。好像是纪事，其实是小说。结尾之处，有惊人之笔，使人清醒。"② 孙犁言简意赅地总结了汪曾祺小说创作的特点，这也是其个性化的新笔记体小说不同于传统笔记体小说之所在。汪曾祺的"新笔记体小说"不仅继承了古代笔记体小说的文体特征，同时赋予了时代新义，不仅在叙事范畴里关注到民间文化的超现实性，也注意到新时期民间日常生活中出现的问题，并做出时代的回应。

---

① 汪曾祺. 汪曾祺全集 3 · 小说卷 ［M］. 北京：人民文学出版社，2019：210.
② 刘佳慧. 论孙犁"新笔记小说"的创作 ［J］. 石家庄学院学报，2020（4）：35.

第三节　"深入浅出"：汪曾祺小说的"游戏体征"

　　汪曾祺小说的"游戏体征"与其生活态度直接相关，他视世间万物为玩味的对象，文字间倾泻的生活趣味是文人情趣的表现，赤子之心也会时不时地撒撒欢，毕竟"生活，是很好玩的"①。汪曾祺的"玩"绝非对生活的不敬与亵玩，而是渗透着超越现实的游戏精神，是峰回路转后的彻悟与达观，他的"大器晚成"，与他丰富的人生体验息息相关。如果说 20 世纪 40 年代唐湜看到的只是才华横溢的汪曾祺，那么 20 世纪 80 年代之后，他的小说则焕发着智慧的光泽，因此，他的小说也有了"会心"② 的趣味。

　　"短篇小说"体裁样式最适合操作把玩，而短句的使用，则有利于其控制叙事节奏，也是才情与智慧的显露。由此，短篇与短句就构成了汪曾祺小说"游戏体征"的形式体现。相比短篇小说写作，创作长篇小说对作家谋篇布局、运筹帷幄的能力要求更高，而情节过于复杂，反而容易强化小说的虚构性。汪曾祺认为，短篇小说写的是作家和读者都体验过或正在体验的生活，所以作者的责任不在于强化故事性，而是在于"用你自己的方式，尽量把这一点生活说得有意思一些"③。由此可见，汪曾祺更强调讲故事的方式与智慧的碰撞，而非曲折离奇、难得一见的叙事内容。

　　通过短篇与短句的精心结构与位置经营，汪曾祺建构起别具一格的民间审美世界，读者能够从中体会到严肃消解与快乐升华，这正是民间文化中最有审美意味的质素。然而，小说中的"俗趣"与"谐趣"，则是汪曾祺将人生智慧投射到民间文化书写中，继而流露出的彰显才华的兴味。这里的"兴味"也可以理解为"趣味"，广义而言，就是文学趣味；狭义的

---

①　汪曾祺. 汪曾祺全集 5·散文卷 [M]. 北京：人民文学出版社，2019：290.

②　毕飞宇认为，会心是体量很小的一种幽默，强度也不大，比幽默更高级。会心没有恶意，它属于温补、味甘、恬淡，没有绞尽脑汁的刻意。毕飞宇. 小说课 [M]. 北京：人民文学出版社，2017：156.

③　汪曾祺. 汪曾祺全集 9·谈艺卷 [M]. 北京：人民文学出版社，2019：191.

理解，就是令读者情不自禁发笑的阅读体验，这种"趣味"更切近幽默，而汪曾祺的幽默既有民间俗趣，也有对客观事实有了深刻洞见之后表现出的扬扬得意，也就是最能体现汪曾祺个性的"谐趣"。具有幽默与快乐气质的趣味让读者发笑，而让读者感受到快乐的阅读体验正是游戏体验，俗趣和谐趣也就成了汪曾祺民间书写中独特的"游戏趣味"。

一、民间审美的文本形态："短篇"与"短句"

汪曾祺的小说创作于不同时期，虽然风格具有明显差异，但皆是精巧夺目的短篇，他也因此被誉为"中国当代短篇小说之王"。只创作短篇小说的特点，与汪曾祺的性情和创作观念有关，也与审美对象的特点有关。早在 1947 年，汪曾祺就写下了《短篇小说的本质》，表明其对短篇小说这一文学体裁的独特认识，具体实践中，他综合了中国古代短篇小说和西方现代短篇小说的特点，以潜移默化却力透纸背的方式，将"古今交融，中西打通"的文化意蕴渗入现代白话的汉语思维之中，用亦俗亦雅的语言建构了民间审美世界。就汪曾祺创作的小说类型而言，表现形态较为多元，正如茅盾所言："短篇小说的宗旨在截取一段人生来描写，而人生的全部因之以见。叙述一段人事，可以无头无尾；出场一个人物，可以不细叙家世；书中人物可以只有一人；书中情节可以简至仅是一段回忆。"①

事实上，民间生活由无数个片段组成，无论是多长篇幅的小说都难以穷尽，它自身并不具备鲜明统一的主题，生活本来的样子，正是与时间游走的状态一致。虽然从社会历史角度来看，生活会受到主流意识形态与时代发展的影响，无时无刻不在变化之中，但就时间运转的自然规律而言，生活本身还是处于相对稳定的状态，零散且平淡。越是民间，越与自然亲近，可谓"门外长流水，日常如小年"②。汪曾祺对短篇小说的理解，建立在对民间生活直觉性感悟的基础之上，所以才有"写小说就是写生活"的

① 茅盾. 自然主义与中国现代文学 [M] //严家炎. 二十世纪中国小说理论资料：第二卷. 北京：北京大学出版社，1997：37.
② 汪曾祺. 汪曾祺全集 3 · 小说卷 [M]. 北京：人民文学出版社，2019：19.

论断。由此，汪曾祺选择短篇小说作为创作体裁，更倾向于自发而非自觉的选择，短篇小说之"短"的特点，也必然蕴藏着他对生活与文学之关系的理解。

面对日复一日的民间生活，现代短篇小说"怎么写"比"写什么"更重要，即"他必须'找到了自己的方法'，必须用他自己的方法来写，他才站得住"①。中国短篇小说的滥觞，可以追溯到魏晋南北朝时期的"志怪"小说和"志人"小说，以讲述离奇或曲折的故事、塑造人物形象为核心，是文本意义相对封闭的审美形态。而现代意义上的短篇小说突破了古代短篇小说以故事和人物为核心的特点，在自觉学习西方现代流派技巧的同时，与中国传统文化精神深层次地契合，学界对现代短篇小说本质规定性的探讨也在不断完善。在中国现当代文学的创作实践中，不断有作家打开时空之窗，让更多的风吹进来，丰富现代小说的审美形态与表现特征。余华说过"短篇从来不是为了猎奇"，但形式与技巧的创新也的确在短篇小说实验中更容易实现。早在五四时期，鲁迅就曾概括短篇小说的特点"只顷刻间，而仍可借一斑略知全豹，以一目尽传精神，用数顷刻，遂知种种作风，种种作者，种种所写的人和物和事状，所得也颇不少的。而便捷，易成，取巧……这些原因还在外"②。如此说来，"短篇小说"自身就具有两个维度的张力：篇幅上以少总多，技巧上以巧克繁，是真正意义上的深入浅出。

作为以创作才华见长的小说家，汪曾祺所长并不在宏大主题的叙事，而是细致入微的刻画描写，是小酌而非豪饮；他不会通过设计出乎意料的情节，让人难以罢读，而是用别致新颖的叙事方式，让人性本质与生活况味自然浮现，善于运用机巧智慧而非虚构想象，"短篇小说者，是在一定时间，一定空间之内，利用一定工具制作出来的一种比较轻巧的艺术，一个短篇小说家是一种语言的艺术家"③。汪曾祺通俗地将文学创作与做菜类

---

① 汪曾祺. 汪曾祺全集 9·谈艺卷 [M]. 北京：人民文学出版社，2019：11.
② 鲁迅. 鲁迅全集：第 4 卷 [M]. 北京：人民文学出版社，1981：131.
③ 汪曾祺. 汪曾祺全集 9·谈艺卷 [M]. 北京：人民文学出版社，2019：15.

比，意在表明写作不但要有中国味儿，也要有家常味儿。家常菜的食材普通，但是制作细致讲究。写小说与之相仿，字里行间不仅要有中国味儿，也要有家常味儿，而且其中的方法与机巧要让人难以察觉。那么，如何才能做到"家常味儿"呢？笔者认为，至少需要考虑到两个层面。其一，针对短篇小说的题材选择，必须基于民间生活中人与人的平等关系，因此小说的"家常味儿"意味着叙事内容的亲切感；其二，针对作者与期待读者之间关系，汪曾祺认为"作家是请他的读者并排着起坐行走的"①，因此小说的"家常味儿"也意味着阅读体验的亲切感。

再者，之所以选择短篇小说作为文学创作的体裁，与汪曾祺言说的市井生活不无关联，他选择的审美对象琐碎而平淡，审美效果却妙而不奇。首先，汪曾祺不善于反映社会历史格局的变化，而是通过审美方式细致入微地发现并照亮了人性美，妙意是在直观生活的基础上自然获得的。所以，短篇小说恰能完整地讲述平民小事，通过艺术化的呈现使之具有典型化特征，继而见出市井生活的常态。其次，汪曾祺认为"气氛即人物"，通过对气氛的描绘，能够让有限的小事弥散开来，铺展到更广阔的审美想象空间。其文学创作是由实到虚，但是受众把握却是体虚而感实，可谓"夫缀文者情动而辞发，观文者披文以入情，沿波讨源，虽幽必显"②。短篇小说强调与读者的对话性关系，需要大量的"留白"，让读者通过审美想象补充完整，"一个短篇没有写出的比写出来的要多得多，需要足够的空间，好让读者自己从从容容来抒写"③。

当代文学批评家黄子平认为，"现代意义上的'短篇小说'，写横断面，掐头去尾，重视抒情，弱化情节，讲究色彩、情调、意境、韵律和时空交错、角度变化，像一位新鲜活泼、任性无常的小女孩，她爱到隔壁的抒情诗和散文那里去串门儿"④。由此说来，汪曾祺小说的散文化倾向也是

---

① 汪曾祺. 汪曾祺全集 9·谈艺卷 [M]. 北京：人民文学出版社，2019：10.
② 张立齐. 文心雕龙注订 [M]. 北京：国家图书馆出版社，2010：414.
③ 汪曾祺. 汪曾祺全集 9·谈艺卷 [M]. 北京：人民文学出版社，2019：12.
④ 黄子平. 中国当代短篇小说的艺术发展 [J]. 文学评论，1984（5）：23.

有据可循的，短篇小说并没有被延宕的叙事限制，长篇小说为了让观众保持阅读的热情，必然需要在叙事情节上巧妙构思，而短篇小说在文体上却相对自由，散文与之篇幅相仿。当短篇小说将诗性与叙事结合，自然提纯了诗意与文气，具有了散文化倾向，所以短篇小说的体裁本身就富有文体间的弹性，能够与散文进行文体上的沟通。海德格尔推崇"诗意地栖居"，"诗意"便是时间的意绪，也是生活的理想状态，汪曾祺是通过审美（诗化）的方式使散文与短篇小说重合且相互依托，同时他也认同"一个真正的小说家的气质也是一个诗人"①，时间得以在有限的文字中绵延，也就有了"寓叙事于抒情"的表现风格。

笔者赞同徐刚之于当代小说文体的观点："流派意义上的现代主义已经没有了，转而成为文学的基本技巧和表达。甚而至于，连传统意义上的'体裁'也界限模糊了。'跨界'也好，'综合'也罢，都是缘于一种创新的冲动。"② 汪曾祺是有文体意识的作家，随意洒脱的性情，使其文体意识的自发性远大于自觉性，徐刚所说"跨界"与"整合"的实质是"消解"。这与汪曾祺的文体观不谋而合，"呼应，是小说的起码的要求。打破呼应，是更高的要求。小说不应有'式'——模式"③。所以，消解体裁界限的结果，就是回到最基本的文学表达技巧的自由运用。

与此同时，也不能忽视文学创作外部因素的影响。短篇小说是易于实验和创新的文学体裁，这与它所承担的社会功能相关。卢卡契将"短篇小说"称为长篇小说的"先锋"与"后卫"，事实上，也是指以文学叙事方式反映社会变化节点的"先锋"和"后卫"。所以，这种体裁本身自带善变的属性，较为灵活。与政治相距甚远，讲究生活情趣的汪曾祺，作文如作画，"写作颇勤快，人间送小温。或时有佳兴，伸纸画芳春"④。艺术创作的目的和出发点简单、通情且随意，恰与短篇小说灵活性的特点契合，

---

① 汪曾祺. 汪曾祺全集9·谈艺卷［M］. 北京：人民文学出版社，2019：14.
② 杨庆祥，刘涛，徐刚. 二十一世纪的先锋派——蒋一谈短篇小说三人谈［J］. 当代作家评论，2012（1）：199.
③ 汪曾祺. 汪曾祺全集9·谈艺卷［M］. 北京：人民文学出版社，2019：388.
④ 汪曾祺. 汪曾祺全集10·谈艺卷［M］. 北京：人民文学出版社，2019：172.

而艺术创作"惟悠闲才能精细"的态度，表明其自然放松的创作心态。所以，市井生活（审美对象）、短篇小说（体裁）、无功利的心态（创作心态），都是使汪曾祺小说具有"游戏体征"的因素。

此外，其小说的文本形态除了篇幅之短，还有句式之简。短句的妙用，会产生返璞归真的效果，回到了母语写作的初级阶段，亦是回到人类语言思维的原始阶段。然而，就文化传承意义而言，汪曾祺是将古代汉语写作的特点不露声色地运用到现代汉语写作之中。短句，在汪曾祺的小说创作中发挥两个作用，既容易生发意味悠长的效果，也方便作者最大限度地把握调节叙事节奏的主动权。除了使语言峻洁与情感节制，从文本形态上来看，短句的使用也契合汪曾祺"苦心经营的随意"的叙事策略。

王彬彬通过对比汪曾祺的《羊舍一夕》中第六部分"明天见"，与鲁迅散文《"这也是生活"……》得出二者在短句运用上的相似性①，他认为汪曾祺热衷揣摩短句妙处的特点，是直接受到鲁迅的影响，并指出汪曾祺小说创作继承鲁迅这一特点的同时，也将其发扬光大，短句的使用更频繁更随意，在写作中似乎不合约定俗成的逻辑，会与读者的阅读习惯产生冲突，但正是这种句法与句式的跳脱，予人形式奇崛的感受。而从另一个角度来说，除了能更好地控制叙事节奏，短句使用也避免了语义重复，这说明汪曾祺很明确重复有重复的美感，简洁有简洁的妙义。王彬彬认为，汪曾祺小说中"短句"的使用绝不是游戏之作，而是刻意为之。笔者认为，汪曾祺确是别具匠心，但也是基于这种匠心，逐渐衍变为文体塑造的独特性，帮助其树立了民间审美世界的游戏规则。因此，短句不仅是一种修辞手法，而且是汪曾祺小说的文体独特性的构成因素，是一种可见的形式，但又具有超越形式本身的文体价值。

具体而言，汪曾祺小说中的短句使用频繁，却承担着不同的表意功能：时而整段接连出现，复现诗意节奏；时而自成一段，明确强调之意；时而穿插在段落之中起到情节过渡、直观描述的作用，极具韵味。举例来

---

① 王彬彬.“十七年文学”中的汪曾祺［J］.文学评论，2010（1）：135.

说，《异秉（二）》中的短句使用频繁，汪曾祺描述了各行各业的人，往来市井生活的热闹、庞杂与嘈嘈一应体现，人间烟火气像是缕缕炊烟，纵横交错，与文辞间流通的文气交合呼应。

> 烟是黄的。他们都穿了白布套裤。这套裤也都变黄了。下了工，脱了套裤，他们身上也到处是黄的。头发也是黄的。——手艺人都带着他那个行业特有的颜色。①

在上面一段中，五个短句中出现了四次"黄"，起到了强调的修辞作用。用颜色标志职业，刨烟师傅与黄色对应，"黄"便成了职业符号并凸显了小说语言的视觉效果。紧接着，"染坊师傅的指甲缝里都是蓝的，碾米师傅的眉毛总是白蒙蒙的"②。黄色、蓝色、白色布缀在这幅画之中，更是强化了小说的真实性。由此可见，相比长句所擅长的情节铺叙，短句更长于对"意象"的摹写，正是王国维所推崇的"不隔"，句句可直观。此外，如果说短句的写法更适合对零碎生活的刻画，那么《岁寒三友》中的这几个短句的连接，则与民间故事的叙事法则异曲同工。

> 这里没有住户人家。只有一个破财神庙。里面住着一个侉子。这侉子不知是什么来历。他杀狗，吃肉，——阴城里野狗多的是，还喝酒。③

前文所述的情节为陶虎臣在阴城试炮仗，孩子们听到声音就会跑到阴城去。但汪曾祺却没有紧接着叙述故事，而是将笔锋转向"阴城"，"阴城"如其名——"阴"就是特点，从传说中的战场，写到当下的荒芜景象。上述引用的这段话，也是由若干短句构成，将"没有住户""破财神

---

① 汪曾祺. 汪曾祺全集 2·小说卷［M］. 北京：人民文学出版社，2019：82.
② 汪曾祺. 汪曾祺全集 2·小说卷［M］. 北京：人民文学出版社，2019：82.
③ 汪曾祺. 汪曾祺全集 2·小说卷［M］. 北京：人民文学出版社，2019：110.

庙""不知来历"这些词汇连续使用，不是为了说"侉子"，而是为了体现"阴城"的萧条、神秘甚至还有些惊悚的现状。越是平常没人来的阴城，现在因为有了陶虎臣试炮仗，多了些人气与活力。响彻天地的声响是动，阴城的破落是静，动对静，热闹对冷清，嘈杂对萧条，都是为了强化阴城的"阴"。几个短句的连接，运用民间叙事的方式，似乎是将现实拉远了，构成了对"阴"之神秘的强调。

然而，除了刻画意象和突出强调的作用，短句也承担了叙事功能：通过描写动作展开的连续性，加快了叙事节奏。

> 到了家，巧云醒来了。（她早就醒来了！）十一子把她放在床上。巧云换了湿衣裳（月亮照出她的美丽的少女的身体）。十一子抓一把草，给她熬了半锦子姜糖水，让她喝下去，就走了。
>
> 巧云起来关了门，躺下。她好像看见自己躺在床上的样子。月亮真好。①

引自《大淖记事》中的这段话，叙述平静，语言直白，唯有不可缺少的动词与名词连接，取其主线，为极简叙事。如此表述，非但不影响意象美的呈现，反而凸显汪曾祺笔法之老成。短短几行，叙事视角自然转换，将少女与月亮比拟，强化了巧云的纯净与美好。"月亮真好"，更是将美的氛围烘托到了极致，与后文出现的转折进行对比，使人生发怜惜之情。此外，汪曾祺用括号的方式，对小说情境进行更进一步的解释说明，倾向影视剧作的叙事表达。由此可见，汪曾祺在行文过程中，除了文字叙事，还运用了视觉构思对之进行补充。

如果说，汪曾祺对"短篇"的选择更多的是出于对民间生活整体特点的理解，那么"短句"的选择则是与民间生活的内在规律相关，通过"短句"的频繁使用，让零散的生活得以聚拢，让掷地有声的生活本身具有审

---

① 汪曾祺. 汪曾祺全集 2·小说卷 [M]. 北京：人民文学出版社，2019：157.

美想象的空间，其实是实（民间生活现象）—虚（经过短句提炼的民间生活）—实（审美想象中的民间生活）的过程。化繁为简，由实际体验到文本生成，作家在审美化创作的同时，也考虑到与读者形成对话关系，即通过短句制定游戏规则，预留了审美想象空间，通过语言的节奏（音乐感）让读者在参与审美（游戏）活动时体验到快乐。

二、民间审美世界的趣味："俗趣"与"谐趣"

汪曾祺的短篇小说更切近"市井文学"而非"市民文学"，在与老舍小说的对比中，便能得出二者的差异。汪曾祺《话说"市井小说"》中，亦能见出他对"市井文学"的偏爱，"市井文学"相较"市民文学"，更侧重概览式地描述现象，长于呈现平凡生活里的市井百态，弱于反映社会变化的深刻内质，作家的创作态度往往饱含同情与理解，叙事平和，思维尚浅，常常产生让人发笑的喜剧效果，但鲜见喜剧因素，并没有达到鲁迅所言"把无意义的东西撕破给人看"的高度，市井文学作家没有"撕破"的力度，最多算得上是"轻戳"，是"有谐谑，但不很尖刻；有嘲讽，但比较温和"①，汪曾祺将"市井文学"称为"游戏文章"，但需要注意的是这里的"游戏"绝不是美学及文化学意义上的游戏精神，而是通过观察与感受，用机智灵巧的方式获得生活的兴味，这里的"游戏"不是审美态度与表现方法，而是一种让人愉快的游戏意味，更多是与幽默效果相关，汪曾祺只肯定了这种"幽默"的褒义性，即"富于幽默感的人大都存有善意，常在微笑中"②，由此，可以延伸为民间审美的趣味——"俗趣"与"谐趣"，是为"游戏文章"的审美表征。

俗趣，就是俗文化的趣味，即底层群众津津乐道的生活趣味，具有真实性、趣味性、日常性、口语性等特点。汪曾祺对"俗趣"的描写，体现了他的民间立场与平民意识，他对这种民间生活趣味没有抨击，反而在小

---

① 汪曾祺．汪曾祺全集 9·谈艺卷［M］．北京：人民文学出版社，2019：450.
② 汪曾祺．汪曾祺全集 10·谈艺卷［M］．北京：人民文学出版社，2019：251.

说创作中运用自如，继而强化了民间生活的真实性，予人以亲切之感。当然，汪曾祺并没有肯定民间文化中有害于社会和谐的低俗、恶俗、庸俗的趣味，他肯定的是不为主流文学所表达，却在民间文学中经常表述的体现人之本真的积极行为或意识活动。汪曾祺有一篇"小有名气"的散文《夏天》，在当代网络文化语境中可称得上是"网红散文"，读来让人发笑，正是由"雅趣"入文，却俗化而出，非但不觉鄙陋，反而妙趣横生，畅快淋漓。

> 凡花大都是五瓣，栀子花却是六瓣。山歌云："栀子花开六瓣头。"栀子花粗粗大大，色白，近蒂处微绿，极香，香气简直有点叫人受不了，我的家乡人说是："碰鼻子香"。栀子花粗粗大大，又香得掸都掸不开，于是为文雅人不取，以为品格不高。栀子花说："去你妈的，我就是要这样香，香得痛痛快快，你们他妈的管得着吗！"①

由此可见，作为现代文人，汪曾祺的性情里有着狂肆的一面，当其撇开高雅，代栀子花而立言，先是规规矩矩地描述栀子花的性状，巧妙地联想到山歌所唱，紧接着聊起家乡人对栀子花香的俗称，后又将口语化的语言代入散文描写中，这本就是"化俗为雅"的实践，坦荡荡地写出了"俗趣"。俗趣最大的特点就是语义的直接，一俗到底的直白，即文学语言的"去雅化"，更切近民间语言的特性，直接将日常生活语言移入文学创作，在散文写作中看似不合文学语境，却体现着难能可贵的真诚，使文学语言具有了陌生化效果，越发俗得可爱。当然，"俗趣"并不单是放狠话，语言的庸俗化，而是以情感真实性与语境合理性为前提，这样才有"俗趣"的产生。根本上说，"俗趣"书写还是传统的，而不是现代或后现代的。汪曾祺写的不是喜剧，为人所笑的"俗趣"更多是直言了别人没发现，不敢说或者说不好的民间趣味，这种"俗趣"很日常，很平淡，很轻快，往

---

① 汪曾祺. 汪曾祺全集 6·散文卷 [M]. 北京：人民文学出版社，2019：236.

往只是一笑而过，没有什么影射社会现实的深意，完全呈现出的是民间生活其乐融融的状态，也未见得半点文人的高蹈。

"俗趣"书写是由汪曾祺的生活态度、民间立场、游戏精神共同决定的，是纯粹民间审美意识的彰显，如果没有民间审美意识就不会发现民间生活中的趣味。然而，俗趣不同于谐趣之处，正在于语言表达的口头性，讲述方式的直白性，叙事内容的浅薄性。对文本叙事而言，"俗趣"是民间人物思想、语言、行为之"俗"与小说语言之"俗"化合而成的文学趣味，对民间人物的思想意识理解愈深，"俗趣"的描写越是鲜活。《羊舍一夕》第四小节，汪曾祺对"丁贵甲"兴趣爱好的描述既体现了农村少年的心理和思想特征，也使俗化的小说语言与人物的口头语言顺乎自然地匹配，人物显得生动立体，活灵活现，读起来不自觉地发笑，尤感其真。

> 小伙子一天无忧无虑，不大有心眼。什么也不盘算。……整天就知道干活、玩。也喜欢看电影。他把所有的电影分成两大类：一类是打仗的，一类是找媳妇的。凡是打仗的，就都"好！"凡是找媳妇的，就"唛噫，不看不看！"①

其中"一类是打仗的，一类是找媳妇的"②，体现了小说语言的俗化，这是农村少年丁贵甲对电影的分类方式，不是叙事者的分类方式。丁贵甲根据影片内容进行电影类型的划分，所以，语言的能指功能与所指功能是统一的，具有民间文学语言的特点。如果叙事者依据非俗化的官方语言进行划分，这两类电影应该指的是"动作片"和"爱情片"，所以，这里传达出的"俗趣"，是俗化小说语言与民间人物生活趣味的统一。再如，《王全》是汪曾祺以张家口沙岭子的劳动生活为背景而创作的小说。《王全》中的"王全"不是儿童，但是具有儿童的心理特点："王全是个老光棍，

---

① 汪曾祺. 汪曾祺全集 2·小说卷［M］. 北京：人民文学出版社，2019：13.
② 汪曾祺. 汪曾祺全集 2·小说卷［M］. 北京：人民文学出版社，2019：13.

已经四十六岁了，有许多地方还跟个孩子似的。也许因为如此，大家说他傻。"① ——可以说，王全是个"准儿童"。所以，王全的性格和行为也具有儿童的特点，汪曾祺的叙事中表现了王全的真性情，是非分明，敢作敢当，同时也固执己见，说话直接，不善于人际关系的处理，这些特点都合乎儿童的单纯与真实。小说的结尾，讲到王全拿着"我"写对子的大抓笔在马圈粉墙上写下"王全喂马"四个大字——"谁都看得出来，这四个字包含很多意思，这是一个人一辈子的誓约。"② 王全没什么文化，也没有孩子，他对马念叨的那些话，真实地反映出劳动人民对牲畜超越职业的情感，二者之间似乎内蕴着天然的亲近感，他将马视为伙伴，甚至是"孩子"。

> "人家孩子回来，也不吃，也不喝，就是卧着，这是使狠了，累乏了！告他们，不能这样！"
> "人家孩子快下了，别叫他驾辕了！"
> "人家孩子"怎样怎样了……③

由引文可知，看起来高大粗壮的王全，说起牲口来，别样的温柔，丝毫见不到在生产队待人接物时的彪悍架势，更难以想象这样温和的王全竟然还会动手打人。这叫什么呢？也算是"俗趣"的一种，暖洋洋的俗趣。"趣"在何处？"趣"在马根本听不懂他说什么，但却体现了王全情感的真实，这种趣让人发笑，更让人感动。王全的言语中透出了同情和关爱，没有人类中心主义的弊病，像是心疼自己受苦受累的孩子。现代人对待牲畜的态度往往是居高临下的，一副"高级动物"的俯视姿态，更何况王全还是个马倌。夜深之后，王全还在无声忙碌，"用满怀慈爱的、喜悦的眼色，

---

① 汪曾祺. 汪曾祺全集 2·小说卷 [M]. 北京：人民文学出版社，2019：27.
② 汪曾祺. 汪曾祺全集 2·小说卷 [M]. 北京：人民文学出版社，2019：37.
③ 汪曾祺. 汪曾祺全集 2·小说卷 [M]. 北京：人民文学出版社，2019：38.

看看这些贵重的牲口"①，作者的描写细致客观，也传达出叙事者对王全待马态度的肯定。

总之，"俗趣"的精神要义在于汪曾祺用自己的"童心"照亮了民间人物的"童心"，所以才能写出民间人物具有的朴拙而真实的民间趣味，然而这种"照亮"，正是以平等为前提的民间审美意识。汪曾祺对"俗趣"的描写是发现，也是生成，只有肯定了民间人物之童心的价值意义，才能体味到童心使然的民间趣味在日常生活中的难能可贵，由此也为建构审美化民间，潜移默化地注入了乐观主义精神。

然而，谐趣与俗趣不同，是比较高级的幽默，摄入更多理性的自觉，是创作主体的审美态度、文化底蕴与人生洞见化合而成的生命智慧，是主题思想与叙事表达之间的趣味游戏，往往寓意深刻，具有回味无穷的审美效果。周作人形象地将"谐趣"解释为"找出人生的缺陷，如绣花针扑哧的一下，叫声好痛，却也不至于刺出血来"②。乍一看，全是恶贯满盈的流氓气，但仔细琢磨似乎又有点意思，内里藏匿着严肃深刻的真知灼见。谐趣的语义很难界定，张宏梁认为，谐趣与机趣的重合度最高，但也存在实质性差异：

> 显示出一定机智、含义耐人寻味、生动形象的幽默妙语所闪耀出来的审美情趣，既可称作"机趣"，也可称为"谐趣"。……论机趣侧重联系显出一定机智、含义耐人寻味的幽默妙语；论谐趣侧重联系讽刺和滑稽。③

此外，张宏梁还认为"谐趣"的产生，需要审美主体具备相当的智力、胆力及变通力，是高情商者叙事能力的体现。谐趣与诙谐关系紧密，诙谐更侧重表现手法，而谐趣可视为诙谐的审美效果。诙谐与民间文化有

---

① 汪曾祺. 汪曾祺全集 2·小说卷 [M]. 北京：人民文学出版社，2019：38.
② 周作人. 谈虎集 [M]. 石家庄：河北教育出版社，2002：252.
③ 张宏梁. 论谐趣 [J]. 扬州师范学院学报（社会科学版），1993（4）：103.

着深厚的渊源，民间笑话中亦能见到诙谐的审美形态。巴赫金理论中也存在对民间文化中"诙谐"的描述，他认为民间诙谐文化意在打破阶级划分、追求平等与自由，是民间集体的狂欢，强调个性之花的盛开，是对官方文化的反叛、戏谑与嘲讽，同时又传递出人类对快乐精神的永恒追求。诙谐的目的是"以机智隐蔽的方式实现我们以严肃方式达不到的效果"①。在中国古代文化中，正统文学鲜见诙谐的文字及幽默的表达，民间文学中却记载着大量的民间笑话。新中国成立之后，王利器《历代笑话集》中收录魏至清的笑话多达1850则，其中尤以明代数量居多，占总数一半有余，这与明代市民文化的繁荣不无关联。②

汪曾祺基于对民间文化中叛逆、自由、乐观精神的汲取，加之自身性情的温和与和谐的审美理想，使《异秉》《陈小手》《八千岁》《百蝶图》等小说具有了个性化的标签，对民间小人物全然是温和地批判，未见得锋刃的尖锐，叙述方式体现为有节制的狂欢，深谙轻快幽默与讽刺意味，发人深省，意蕴无限，本质上遵循的是中国传统的叙事方式，其中所体现的"谐趣"，也是民间文化内部的诙谐意趣。例如，《八千岁》中开米店的八千岁虽然很有钱，也很精明，却整日穿着满是补丁的旧式衣服，没谁能从他那儿占点儿便宜，汪曾祺用大量笔墨言说八千岁吝啬的脾性，让人发笑，然而随着叙事的展开，八千岁没能抵过八舅太爷的敲诈勒索，白白折了九百块钱，眼瞅着八舅太爷拿着他的钱大肆宴请，却也在忍气吞声的同时，最终似乎明白一些道理。小说结尾，八千岁不仅换上新装，连儿子递来的草炉火烧也不吃了，拍桌叫道"给我一碗三鲜面！"③ 这样的叙事看似平淡，没有刻意打趣的语言，却将八千岁无助无辜又无奈的样子描写得活灵活现。《百蝶图》的结尾，小陈妈妈不同意小陈娶王小玉，原因与常人不同，王小玉好看聪明能干，但她宁愿要个平庸的儿媳，然而王小玉太出

① 李红梅. 论"诙谐"的审美价值与当下意义——巴赫金民间诙谐文化理论研究 [J]. 绥化学院学报，2009 (2)：143.

② 张宏梁. 论谐趣 [J]. 扬州师范学院学报（社会科学版），1993 (4)：102.

③ 汪曾祺. 汪曾祺全集2·小说卷 [M]. 北京：人民文学出版社，2019：312.

色了。小陈最终没能娶小玉。小陈妈妈有时觉得自己做错了，但内心还是坚持说服自己没错。她自己也不明白为何有这么恶毒的感情。这是怎样的心理呢？是普遍存在的吗？是嫉妒还是担心？汪曾祺留下空白，意在让读者自行揣摩与体会。《异秉》中的谐趣意味更为浓郁，王二之所以生意红火，是因为他有"大小解分得清"的异禀。这种"异禀"显然是荒唐的，但还是有人信以为真。小说的结尾：陈相公不见了，陶先生在厕所里发现了陈相公，紧接着是汪曾祺的神来之笔"本来，这时候都不是他们俩解大手的时候"①。由此可见，读者在阅读体验中的"笑"并不是"含泪的笑"，而是源于民间叙事中的谐趣，是浅浅的幽默。再如，最为人称道的"谐趣"，当属《故里三陈·陈小手》的结尾，团长掏出枪，将骑在马上的陈小手打下了马，原因是陈小手给他夫人接的生，就不可避免地"摸来摸去"，然而团长却认为"我的女人，怎么能让他摸来摸去！"② 汪曾祺顺着人物情绪，最后写道"团长觉得怪委屈"③，小说因之有了谐趣的意绪。汪曾祺没有强调团长的领导权威，而是将陈小手丧命原因归结于封建男权的思想。所以，这也是在民间文化空间内部彰显的"谐趣"。小说的主旨是用现代人的思想批判落后的封建思想，团长的行为是可笑的，而陈小手惨死的结局，却让人深感无奈。

整体上看，汪曾祺对民间人物的温和批判与平淡叙事直接相关，但根本上还是与和谐的审美理想相呼应。民间人物的缺点并没有对民间生活整体造成负面影响，更没有打破民间生活整体的和谐状态。所以，用幽默方式诠释不同程度的荒谬之感，也就自然生成了不同意味的"谐趣"。

如果说民间诙谐是具有传统叙事特点的"软幽默"，那么作家诙谐则是具有现代主义精神的"硬幽默"。汪曾祺以 20 世纪 60 年代至 70 年代为背景的小说（例如，"当代野人"系列）中也有"谐趣"，但是讽刺意味更明显，与民间叙事截然不同。汪曾祺之所以收起了对批判对象的节制，

---

① 汪曾祺．汪曾祺全集 2·小说卷［M］．北京：人民文学出版社，2019：89．
② 汪曾祺．汪曾祺全集 2·小说卷［M］．北京：人民文学出版社，2019：365．
③ 汪曾祺．汪曾祺全集 2·小说卷［M］．北京：人民文学出版社，2019：365．

脱离了温情脉脉的传统叙事方式，言说内容和叙事方式都具有现代主义特征，这是因为这些作品表达出"世界是颠倒的，生活是荒谬的"① 主题。面对社会混乱状态和人类心灵的扭曲，作品叙事中见不到任何含蓄积极的民间谐趣，而是接近巴赫金所指的作家诙谐，即"一个纯讽刺作家只知道否定性诙谐，而把自己置于嘲笑的现象之外，以自身与之对立，从而也就破坏了从和谐方面看待世界的观察方式的整体性"②。民间生活的失衡导致文化语境的质变，汪曾祺笔下的诙谐也就不再是民间叙事中的诙谐。而"当代野人"系列的标题本身就具有鲜明的讽刺意味。比如，庹世荣成为甲派的革命战士，偶然间成了"英雄"，汪曾祺描述庹世荣的"英雄气"，用了内里藏针的幽默，"庹世荣的形象高大起来，他自己觉得俨然是黄继光、董存瑞式的英雄，进进出出，趾高气扬"③。再如，耿四喜每天晚上坐着，给站着的黑帮讲马列主义，因为熟读了马列主义经典，大家都佩服他。汪曾祺的荒诞笔法出现在小说结尾：耿四喜死了，"开追悼会时，火葬场把蒙着他的白布单盖横了，露出他的两只像某种兽物的蹄子的脚，颜色发黄"④。这样的描述，与卡夫卡的《变形记》异曲同工，"耿四喜"的原形竟然是兽，荒诞意味呼之欲出。《不朽》中除了赵福山，其他人都隐去了名字，剧团成员发言人的称呼用 A、B、C、D 替代。小说的叙事内容像是在现实生活中演了一出荒诞剧，围绕赵福山的工作和生活，一个接一个发言，似乎是情理之中的顺畅，却让人摸不着头脑，整篇小说显得谐而无趣。

总之，以 20 世纪 60 年代至 70 年代为背景的小说是汪曾祺晚年的绝唱，生命历程中起起伏伏的生命体验，使他对人性本质看得更为清晰。如果说，20 世纪 80 年代"高邮系列"故事的讲述，遵循的是民间生活逻辑，表现了人与人、人与社会、人与自然之间的和谐状态，作家的幽默是不带

① 吴迎君. 汪曾祺的现代主义面孔［J］. 当代文坛，2006（6）：62.
② 张昱坤. 巴赫金诙谐文化理论研究［J］. 太原大学学报，2014（3）：75.
③ 汪曾祺. 汪曾祺全集 3·小说卷［M］. 北京：人民文学出版社，2019：300.
④ 汪曾祺. 汪曾祺全集 3·小说卷［M］. 北京：人民文学出版社，2019：318.

刺的，与民间诙谐的审美效果一致，体现为"谐而有趣"的审美效果，那么晚年部分小说中的幽默就衍变成了作家诙谐，理性批判意识占了上风，它的极端体现就是荒诞形态，一旦刺出血来，便具有了"谐而无趣"的审美效果。

三、民间审美规则的超越："局限"与"自由"

民间文化既是汪曾祺的审美对象，也是其创作精神之源，更是他赖以坚守的文化阵地。民间审美在汪曾祺每一个文学创作阶段中皆有涉及，并随着时代对文艺的"松绑"，汪曾祺最终实现了对民间审美规则的超越。纵观 20 世纪中国现当代文化史，民间文化以各种异化形态出现，但汪曾祺始终遵循不同时期民间审美的游戏规则，在瞬息万变的时代中坚守着现代文人的个性立场。

汪曾祺小说文体呈现出的"游戏体征"与其小说创作观及文人趣味直接相关。然而，在更深层次的意义上，作为现代文人的汪曾祺，其小说创作始终具有鲜明的主体性，尤其是 20 世纪 80 年代之后的小说创作，饱含"游于艺"的创作精神，这与汪曾祺的儒家思想密不可分，他将文艺创作置于现当代文化发展背景之中，又可判断这种"游"的精神是彻底的，也是超越的，与西方文论中的"游戏精神"具有本质相通性，达到人生意义上的自由之境。

"游戏"或"游"作为一种文化现象，其内在精神与文艺创作渊源颇深，而中西方哲学理论中都对其文化内涵进行了具体阐释与演进。中国古代文化中对"游"的阐述不胜枚举，早在先秦时期，孔子便提出"游于艺"的创作追求，强调了"游"是突破技术理性的自由之境，认为"游"起到对人的心灵及人格的完善作用，从艺术境界上升到了人生境界；也有庄子对"逍遥游"精神境界的肯定，认为"游"是虚空的印证，与道相统一，是绝对的精神自由。如洪琼所言"孔子所言说的'游'有道德意义，而庄子的'逍遥游'则是一种不言道德而自然合乎道德的超道德的自由境界"①。孔子的"游于艺"在最高旨归上仍具有一定的政治目的性，而庄子的"逍遥游"则完全脱离社会目的性，对应"无"的弥散性与无限性，逍遥于自然。西方的"游戏说"却承载着更多具体的、与文艺创作相关的言论，最早将文艺与游戏之关系进行阐述的是康德，他认为审美态度就是游戏态度，艺术家在审美过程中摆脱了一切的功利目的性，实现了个体的自由，审美活动的初衷与目的本身便具备了游戏性质与游戏精神。席勒也受其影响，认为作为个体的人本身就有两种冲动：感性冲动与理性冲动，而在这之间需要游戏冲动进行平衡与调整，最终才能实现内容与形式的统一，人性得以健全，"在人的各种状态下，正是游戏，只有游戏，才能使人达到完美并同时发展人的双重天性"②。无论是孔子还是庄子，康德还是席勒都强调人的主体性，之于艺术创作本身，则是创作主体"游"或"游戏"态度及目的起到了重要作用。然而，这种文艺创作的前提是具有开放的社会环境与时代语境，才可以最大限度地为创作主体的个性发挥提供客观条件，20世纪80年代之后的小说创作，汪曾祺才得以尽享"游戏"之趣，而这在极"左"思潮主导的创作环境中是难以实现的。

在极"左"思潮的文化语境中，汪曾祺始终走在时代的刀刃上。不合时宜的诗歌创作使之成为"右派"，别开生面地创作了"戴着镣铐跳舞"的戏曲文本，编辑民间文艺杂志的经历深塑着文学修养，而在小说创作方面，他也在积极地向新社会靠拢，在20世纪60年代初尝试进行兼顾创作个性与政治基调的文学创作，包括《羊舍一夕》《看水》《王全》，然而这种以民间审美立场介入主流文化的文艺创作，在其1963年10月开始接受"样板戏"创作任务之后被迫中断。

作为横跨现当代的文学家，一方面，汪曾祺从1949年3月报名"四野"南下团，从试图主动丰富新社会的创作素材开始，逐渐受到当时的政

---

① 洪琼. 中西"游"和"游戏说"之比较［J］. 湖北大学学报（哲学社会科学版），2004（9）：12.

② 席勒. 美育书简［M］. 徐恒醇，译，北京：中国文联出版公司，1984：89.

治语境所影响；另一方面，从 1950 年到老舍领导下的北京市文联任《民间文艺》的编辑开始直至"文革"结束，个性创作"搁笔"的岁月却成为汪曾祺民间审美观不断丰盈与强化的潜伏期。从形式上看，汪曾祺在"文革"期间与政治话语关联密切，成为样板戏的主笔。然而通过分析汪曾祺主笔的《沙家浜》，却发现其在精神意趣上与政治文化始终保持距离，难以违逆本心，个性创作跃跃欲试，却只能在异化的民间审美规则中承担分内工作，坚定地认为"向民歌学习是很重要的。我甚至觉得一个戏剧作者不学习民歌，是写不出好唱词的"①。当极"左"思潮主导的创作时期结束之后，涵化了数年的民间文化却成为其突破自我、创作个性得以释放的载体与精神利器。

汪曾祺的子女曾在回忆录《老头儿汪曾祺：我们眼中的父亲》中写道：

> 他一直想写小说，但搁笔多年……在京剧团，除了了解爸爸过去的一两个人，他的同事都不知道汪曾祺曾是个作家。
>
> 爸爸自己不写反映"大好形势"的小说，还不让别人写。爸爸去世之后，一次我们和林斤澜叔叔聊天时，谈起他在"文革"之前写过一些反映北京郊区农民生活的小说很有特点。他说："你爸爸当时就有不同看法，让我别再写了，多看看多想想再说。现在看，他是怕我常写这样的东西，思想创作上进'套'。"这就是爸爸的真实一面！②

1942 年毛泽东发表《在延安文艺座谈会上的讲话》之后，民间文化逐步成为中国社会主义文化建设的重要内容，讲话提出"中国的革命的文学家艺术家，有出息的文学家艺术家，必须到群众中去，必须长期地无条件地全心全意地到工农兵群众中去，到火热的斗争中去，到唯一的最广大最

---

① 汪曾祺. 汪曾祺全集 9·谈艺卷［M］. 北京：人民文学出版社，2019：351.
② 汪朗，汪明，汪朝. 老头儿汪曾祺：我们眼中的父亲［M］. 北京：中国人民大学出版社，2000：129.

丰富的源泉中去，观察、体验、研究、分析一切人，一切阶级，一切群众，一切生动的生活形式和斗争形式，一切文学和艺术的原始材料，然后才有可能进入创作过程"①。基于此，周扬总结道："'文艺座谈会'讲话以后，学习民间语言，民间形式的努力，产生了很多优秀的结果。"②

在时代局限性的影响下，民间文化成为社会主义艺术创作的肥沃土壤，但是汪曾祺并没有立即追随潮流，反而是"把时代的限制变成了时代的馈赠，极大增强了自己的功力"③。从事民间文艺编辑工作的汪曾祺，通过审阅大量的民间文学稿件，深化了对民间文艺的认识，这一时期小说创作的"停滞"，既表现出了文人的局促与怯弱，也实现了当时文化视域下民间审美规则的超越。

老舍，是汪曾祺于1950年到北京文联任编辑时的直接领导，彼时的老舍刚从国外回国，因其在艺术领域做出了巨大贡献，被北京市政府授予"人民艺术家"的称号，创作了《龙须沟》《正阳门下》等一系列反映新社会劳动人民生活的文学作品。老舍曾在《创作的自由》一文中直言："有人说，创作必须自由，不受任何干涉。这似乎是说作家宜有绝对的自由，否则有碍创作。可是世界上从古至今有没有绝对的自由呢？没有。"④反观20世纪50年代的汪曾祺，也曾因现代主义的诗歌创作被定性为"右派"，然而他却将到张家口沙岭子农业科学研究所劳动的经历看作难能可贵的生命体验，"如果不是戴帽子下放劳动，就不会和群众这样接近。我们住在一个大炕上，虱子可以自由自在地从最西边的人身上爬到最东边的人身上。这一点也不夸张。这样可以真正了解群众，了解生活"⑤。这是一种身处逆境之中的乐观主义态度。一方面，是汪曾祺自身与政治的关系较浅有关，他虽然也尝试介入、歌颂社会主义新社会，但始终不遂愿；另一

---

① 毛泽东. 毛泽东选集（第三卷）[M]. 北京：人民出版社，1991：861.
② 周扬. 论赵树理的创作 [M] // 钱理群. 二十世纪中国小说理论资料（第四卷）. 北京：北京大学出版社，1997：398.
③ 翟文铖. 文化视域中的汪曾祺研究 [M]. 北京：北京大学出版社，2020：101.
④ 老舍. 老舍全集（第14卷）[M]. 北京：人民文学出版社，2013：665.
⑤ 汪曾祺. 汪曾祺全集9·谈艺卷 [M]. 北京：人民文学出版社，2019：276.

方面，与汪曾祺的儒士性情有关，在对"右派经历"的理解上，汪曾祺淡化了起因，专注于经历本身，自发形成的"精神胜利法"无疑发挥了重要作用。正是如此，他才实现了对时代语境中民间审美规则的超越，劳动生活充满美感：为保护树木过冬而涂白剂的劳动是愉快的、茼蒿花周围飞舞的粉蝶是好看的、给果树喷波尔多液是充满诗意的。①

汪曾祺与浩然并没有太多的直接交往，纵观中国当代文学发展史，他们的创作却出现了"热度"的错位，这与作家文学创作的目的有关。从徐强的《人间送小温——汪曾祺年谱》中可知，汪曾祺本人与浩然的交往不是太多，1964年9月汪曾祺曾因《艳阳天》的京剧改编事宜与浩然接洽，1965年10月汪曾祺改编了浩然的同名小说《雪花飘》。作为典型的农民作家，浩然的文化积累与生活经验比较单一，其创作的《艳阳天》具有鲜明的政治导向性，只是由于缺少多元的文化基因与精神养分，导致其创作旨归受时代影响较大。浩然自发性地遵守着异化的民间规律进行艺术创作，《金光大道》是为"农民"立传的作品，讲述的是农民生活的变化，浩然这种自发遵循"文艺为政治服务"创作观的创作方式，与他对文艺功能的理解有关："'由于新生活的感召，艺术的诱惑，革命责任心的促使，我选择了文学这条开满鲜花，又遍布荆棘的人生道路'。这样的理想选择的前提，决定了我为什么写，写什么和怎样写这些根本性的问题。"② 由此可见，浩然与当时的文艺创作路线在创作目的上具有一致性，才使得浩然的创作生命在"文革"结束前后出现了巨大变化。"文革"之后，浩然也创作了具有反思性的文学作品，然而却没有突破"文革"时期形成的创作心理定式。而汪曾祺的创作状态，与浩然截然相反，其原因是复杂的：一是二人的创作目的不同，浩然本着时代语境中"为政治服务"的创作观，汪曾祺文艺创作的目的则指向了人本身，指向了"有益于世道人心"③。二是二人虽然都是以"底层民众的日常生活"为言说对象，但汪曾祺的小说语

---

① 汪曾祺. 汪曾祺全集4·散文卷［M］. 北京：人民文学出版社，2019：143-145.

② 张雅秋. 论浩然的小说创作［J］. 北京社会科学，2002（4）：57.

③ 汪曾祺. 汪曾祺全集10·谈艺卷［M］. 北京：人民文学出版社，2019：25.

言具有更深厚的文化性。汪曾祺认为，"语言文化的来源，一个是中国的古典作品，还有一个是民间文化，民歌、民间故事，特别是民歌"①。也就是说，汪曾祺的小说在语言与内容上保持一致，语言的文化性也决定了其小说蕴含着更多艺术符号与历史气象。所以，尽管在"文革"时期，汪曾祺没有太多个性化的文学创作，但是样板戏的创作经历深化了他对民间文艺的认识，并为"文革"之后的小说创作奠定基础。这时期的"不写"（小说）与"写"（戏曲）虽然都受制于政治诉求，创作思维双重受阻，但是为"文革"之后彻底的创作解放埋下了伏笔，民间文化不仅成为言说对象，更是内化在了语言的表达之中，构成文学语言本体的文化基因。

1979年7月26日，《人民日报》发表社论《文艺为人民服务，为社会主义服务》，文中提出"文艺为人民服务，为社会主义服务"的宣言，替代了"文艺为政治服务"的方针。20世纪80年代，中国的文艺创作进入了崭新的时期，文坛开始复苏，大量的反思文学、伤痕文学作品涌现，成为这一时期的创作核心，甚至过去被视为"毒草"的文艺作品也得以集中出版。这一时期，作家创作思维得以自由驰骋，呈现出百花齐放、融中纳西的文学与文化生态，而汪曾祺与刘绍棠却将视野转向了家乡，创作了以苏北乡镇与京郊乡村为背景的叙事文本，他们成为新时期乡土文学创作的作家代表。

通过比较他们的文学创作可以见出，汪曾祺与刘绍棠在小说的叙事题材、主题、人物方面具有相似性，但二人在叙事风格、审美格调、文化旨趣等方面却截然不同。赖瑞云在《独创与局限：刘绍棠创作道路的刍议》中指出刘绍棠的小说创作的独创与局限皆是源于其"一口井"的创作观，其创作追求上的单一性与固定化致使其创作风格独树一帜，也导致其创作思维受到了局限。刘绍棠不止一次地强调"一口井"的文学创作观念，认为"一个作家能有几口泉，就很富有了。我不主张云游四方，泛泛而交，因而不离热土，眷恋乡亲，在自己的生身之地打'深

---

① 汪曾祺. 汪曾祺全集10·谈艺卷［M］. 北京：人民文学出版社，2019：87.

井'，无非是不愿舍近求远"①。汪曾祺也曾直言所谓"乡土文学"给刘绍棠带来的影响，"我准备奉劝绍棠，不要老提这东西……因为他写'乡土文学'把他框住了"②。然而，汪曾祺在聚焦故乡高邮进行文学创作时，虽然遵循着现实主义传统，但是其创作理想却具有很强的包容性，始终秉持着"融奇崛于平淡，纳外来于传统，不今不古，不中不西"③的创作格局，强烈的文化打通意识，使汪曾祺小说语言与内旨更具包容性与文化气韵，这是决定其小说文本能够与不同时代的读者进行对话与交流的根本原因。

对单一文化的追求，以固定模式重复书写，不求深入挖掘与延伸，是导致刘绍棠的小说创作受到局限的本质原因，这样的创作导向并不符合读者对 20 世纪 80 年代之后民间文化书写与多元文化接受的精神诉求。如果要进一步追问刘绍棠"一口井"文学创作观念形成的原因，至少可以从作家立场与作家经历两个方面进行分析。一方面，刘绍棠始终秉持站在农民立场进行民间叙事的创作方式，继承了孙犁对真善美的追求，淡化苦难，予人希冀，而汪曾祺则是用审美的方式观照民间，其小说文本中流溢出来的闲适、清新源于现代文人对抒情传统的传承，延续了京派的雅趣与格调，民间文化传统并不构成汪曾祺文化人格的全部；另一方面，在 20 世纪 50 年代至"文革"结束之间的经历，二人有相似之处，但由于立场与性情的不同，导致他们在 20 世纪 80 年代之后的文学创作上呈现出不同的创作旨归。汪曾祺在 1958 年夏被划为"右派"，到张家口的农科所劳动，但在 1960 年就摘了"右派"帽子，直至 1961 年年底回京进入北京市京剧团任职业编剧，并逐渐进入样板戏创作的核心，"文革"结束之后才开始了自由创作。针对自己的右派经历，汪曾祺表现出一种豁达态度，"我当了一

① 刘绍棠. 乡土文学与民族风格 [M] //孟繁华. 当代作家谈创作. 北京：中央广播电视大学出版社，1984：41.
② 林斤澜. 小说说小 [M]. 沈阳：春风文艺出版社，1985：268.
③ 汪曾祺. 汪曾祺全集 5·散文卷 [M]. 北京：人民文学出版社，2019：109.

回右派，真是三生有幸，要不然我这一生就更加平淡了"①。现实的局限并没有成为创作的桎梏，反而在对文艺"松绑"之后，汪曾祺实现了彻底的自由，"《异禀》《受戒》《大淖记事》等几篇东西就是在长期捆绑的情况下写出来的。从这几篇小说里可以感觉出我的鸢飞鱼跃似的快乐"②。这其中的快乐既包括了人性的解放，也包括了社会的解放。刘绍棠在 1957 年被划为右派，"文革"开始之后回到家乡，非但没有人加害于他，反而齐心协力保护他，家乡群众的朴实与善良，成为他重新振作的力量。"文革"结束之后，刘绍棠更多的是以感恩之心在进行文学创作，对农民的歌颂油然而生，所以缺少反思性与批判意识也事出有因，理性已经完全消融在长期与农民群体共同生活的情感之中。

总之，在 20 世纪 50 年代之后，面对异化的民间审美规则，汪曾祺的现代文人立场始终左右着他的选择，时代的局限并没有使汪曾祺创作力衰竭，反而深化了创作才情，虽然民间文化自始至终贯穿其文艺创作，却没有成为他唯一的文化底色。所以才使得汪曾祺在 20 世纪 80 年代之后得以实现对民间审美规则的超越，践行了真正的民间精神，实现了彻底的自由。

---

① 汪曾祺. 汪曾祺全集 5·散文卷［M］. 北京：人民文学出版社，2019：284.
② 汪曾祺. 汪曾祺全集 9·谈艺卷［M］. 北京：人民文学出版社，2019：486.

第四章

民间之文的对话：汪曾祺"戏曲—小说"创作沟通

汪曾祺在北京京剧院工作了三十余年，他认为小说创作真正彰显了他的生命价值，而写剧本只是为了"混饭吃"，这实在是过谦的说辞。汪曾祺的确以小说和散文创作闻名于世，但是广为传唱的《沙家浜·智斗》足以说明他高超的戏剧创作才能，"人一走，茶就凉"的经典唱词更是成为常被提及的生活谚语，流传至今。

汪曾祺创作的京剧、昆曲、歌舞剧、小品和电影剧本，收录在人民文学出版社于 2019 年 1 月出版的《汪曾祺全集》中，共有 19 部（包括内容同中有异的同名剧本），其中 17 部是以中国传统戏剧——戏曲的方式呈现。除了戏剧剧本创作，汪曾祺还写下了诸多和戏曲有关的评论性文章，虽然不成理论体系，但都结合具体的戏剧创作，亦能体现其对戏曲理论与实践的真知灼见。有评论者曾说，汪曾祺的小说创作是受到戏曲影响的。这个观点得到了汪曾祺本人的认同，他认为"中国戏曲与文学——小说，有割不断的血缘关系"①。

自古以来，戏曲都是民间文艺的重要组成部分，而小说也不同于古代诗词文赋的地位，难登大雅之堂，它们都被置于文化边缘，鲁迅曾指出：小说和戏曲，中国向来是看作邪宗的。事实上，正是这样的"邪宗"，丰富着古代底层人民的精神文化生活。汪曾祺作为现代文人，沟通着古代与现代，连洽着高雅与通俗，他对戏曲艺术的理解也影响着小说的创作。一定程度上说，戏曲与小说在起源、传播、题材与表达上共有的民间文化属

---

① 汪曾祺. 汪曾祺全集 10·谈艺卷 [M]. 北京：人民文学出版社，2019：21.

性延展了汪曾祺的文学创作思维，赋予了作品民间色彩。

第一节　汪曾祺"戏曲—小说"创作属性

汪曾祺的戏曲创作受到其小说创作观的影响，小说创作又吸收了传统戏曲的精华，通过两种文体的相互借鉴与沟通，为当代戏曲创作提供了思路，也拓宽了当代小说的创作思维。作为现代文人介入俗文学的创作，汪曾祺始终没有偏离戏曲与小说的民间属性，他通过塑造审美化的民间，点亮了戏曲与小说的民间文化内质。这是汪曾祺化俗为雅、推陈出新的文学实践，既是对民间文化传统的继承与发扬，又具有现代性的拓荒意识。

明末清初是戏曲与小说繁荣发展的时期，部分理论家持"小说是无声戏"的论断。事实上，两种体裁在叙事方式上确有相似之处，甚至在不同时期有相同的名称。比如，唐代文言小说与明清戏曲都称作"传奇"，然而这种现象的出现绝非巧合，"新奇"是戏曲与小说共同的叙事理想与艺术追求。汪曾祺戏剧创作不仅有旧戏改编，也有小说改编，比如《京剧剧本·范进中举》《京剧剧本·小翠》《京剧剧本·雪花飘》等都是由小说改编而来，原创小品《讲用》也有与之相应的同名小说。

纵观中国古代文学发展史，沈新林指出，"从魏晋笔记小说到唐代传奇、变文，再到宋元话本小说、文言小说，它们都为后代的戏曲创作提供了丰富的题材"①。然而，区别于诗文和史传，古代戏曲与小说尤其强调艺术虚构与人物塑造，它们都具备虚构的故事、鲜明的人物、曲折的情节等特点，这也是戏曲与小说能够进行相互改编的本质原因。

明代谢肇淛在《五杂俎》中提道"凡为小说及杂剧、戏文、须是虚实

---

① 沈新林. 同源而异派——中国古代小说戏曲比较研究［M］. 南京：凤凰出版社，2007：76.

相伴，方为游戏三昧之笔"①，意在说明小说与戏曲都有的虚构性特征，叙事方式遵循艺术创作规律。正如明代通俗小说家冯梦龙《警世通言·叙》所言"事真而理不赝，即事赝而理亦真"②，表明艺术真实不同于生活真实，虚实相生才是艺术创作的本质特征。清代文学批评家金圣叹《读第五才子书法》指出，"别一部书，看过一遍即休；独有《水浒传》，只是看不厌，无非为他把一百八个人性格，都写出来"③。由此可见，人物形象是小说塑造的核心，这一观念与汪曾祺小说创作观相契合，汪曾祺认为小说的气氛、思想、情节等都围绕人物塑造渐次展开，是人物推动了情节发展，完成小说叙事。而古代戏曲也着力塑造人物形象，不同的是，编剧塑造的人物形象只是简单轮廓，融合了表演、音乐、美术等舞台表现元素的合力作用之后，才能将戏曲的人物形象全面呈现。正是基于对人物塑造的强调，才有了戏曲行当的表演体制，演员对角色的个性化诠释，甚至会发展为流派。

一、中国传统戏曲与小说的民间性

中国戏曲和小说具有鲜明的民间属性，长期被排斥在主流文化之外，一方面，它们的社会评价较低，是与中国文学正宗诗歌、散文相对立的俗文学；另一方面，戏曲和小说在民间诞生、传播、对话、成熟，相比诗歌和散文，它们有着更为亲密的血缘关系，在起源、创作、体制、审美特征、文化内涵等方面有诸多相似之处，与民众的审美心理相适应，是民众喜闻乐见的文学样式。文化趣味的高低是区分文化阶层的表征，也是文人士大夫近庙堂远民间的原因，只有提升民间文化的主体地位，戏曲与小说的文化影响力才会随之扩大。明代后期市民阶层崛起，小说与戏曲得以繁荣发展，与之相关的小说批评与戏曲理论也相继成熟。

---

① 蔡景康.《五杂俎》研究［J］. 厦门大学学报（哲学社会科学版），1996（2）：100.

② 黄霖，韩同文. 中国历代小说论著选上［M］. 南昌：江西人民出版社，1982：222.

③ 黄霖，韩同文. 中国历代小说论著选上［M］. 南昌：江西人民出版社，1982：285.

　　"劳动说"是文艺起源的重要学说，得到了学术界的普遍认同，文艺源自民间，俗文学更是"文学的不登大雅之堂之母"。人民群众的劳动生活是文学艺术赖以生长的土壤，小说正是起源于劳动人民休息时讲的故事。据考证，早期的民间小说以说唱形式传播，鲜有文字记载，直到宋元话本小说的出现，民间小说才逐渐成为民间文化的主流，而戏曲则是劳动之后对劳动过程的模仿。《书经·舜典》中记载"击石拊石，百兽率舞"，反映的是原始社会劳动人民对动物的群体性模仿，被视为戏剧表演的原始形态。《吕氏春秋·古乐》中记载"葛天氏之乐"，描述为"三人操牛尾，投足以歌八阕"，表达了原始社会的劳动人民对农作物丰收的美好愿望。正如施旭升所言："作为一种审美文化的戏曲，体现出'镜像'与'修辞'的双重功能。……体现出一种装饰性与体验性并重的鲜明特色。"① 所谓的"镜像"正是指人们通过对世俗生活进行审美化的选择、提炼、加工，形成了可供演出的戏剧内容，传递出人们的生活状态和时代声音，表达了底层民众的愿望。而"小说"一词最早出现在《庄子·杂篇·外物》，"饰小说以干县令，其于大达亦远矣"②。意思是美化小说用以提升其文学地位，与大道理相比，相差还是太远了。《汉书·艺文志·诸子略》中的记载也印证了小说地位之低的事实，书中明确指出小说作者是道听途说的民间群众，"小说家者流，盖出于稗官，街谈巷语，道听途说者之所造也"③。即便如此，中国古代小说的概念并非一成不变，大致经历了"琐碎的言论、芜杂的笔记、完整的故事和以人物描写为主的故事等几个阶段"④，不同时期的人们对"小说"有不同理解，小说囊括的文本类型模糊，这也从侧面反映出小说具有流动性和杂糅性的民间文化特征。而"戏曲"的概念最早出自宋末元初学者刘埙《水运村稿》卷四《词人吴用章传》"至咸淳，永嘉戏曲出，泼少年化之，而后淫哇盛、正音歇，然州里

---

① 施旭升. 戏曲：作为古典民族民间的审美文化［J］. 戏剧文学，2004（6）：25.
② 曹基础. 庄子浅注［M］. 北京：中华书局，1982：410.
③ 黄霖，韩同文. 中国历代小说论著选［M］. 南昌：江西人民出版社，1982：3.
④ 谈凤梁. 中国古代小说简史［M］. 南京：江苏教育出版社，1996：6.

遗老犹歌用章词不置也，其苦心盖无负矣"①。这里出现的永嘉戏曲发展为后来的南戏，《南词叙录》中记录永嘉杂剧的初期形态"即村坊小曲而为之，本无宫调，亦罕节奏，徒取其畸农市女顺口可歌而已"②，"村坊小曲""畸农市女顺口可歌"充分体现了戏曲的民间性。

由此可见，民间文化中的平民精神是由现世生活中生发而来，直接感悟生命与生活是平民通向自由的方式，民间性自然是小说与戏曲的本质属性。

二、汪曾祺戏曲的小说性与现代性

同是小说家与戏剧家的汪曾祺，对小说与戏曲创作理论有着独特的理解，基于对民间文化传统的认识，他意在提升戏曲的文学性，也可以理解为戏曲的小说性。然而，这种小说性又不单指传统小说创作技法的文化属性，而是立足于当代戏曲发展与现实生活之间的关系，强调传统戏曲的程式化传统与布莱希特"陌生化"理论的相似性，使戏剧创作具有了更多现代性思考。席建彬总结道："关于戏剧的现代化诉求更多得益于小说观念向戏剧的注入与衍化，戏剧在观念上和小说之间的内在通联构成了戏剧创作的先入机制。"③。汪曾祺希望戏剧成为注入现代思想的新文学，"用现代的方法创作，使人对当代生活中的问题进行思索"④。由此，中外戏剧理论的互通互鉴，为当代戏曲的现代表达拓宽了思路。

有趣的是，汪曾祺在许多"说戏"散文中提到的剧作家，也具有小说家身份，他欣赏的徐渭、李渔也是戏曲理论家，蒲松龄对汪曾祺的影响更甚，汪曾祺的小说系列《聊斋新义》就改编自蒲松龄的《聊斋志异》。除了中国古代戏曲家，汪曾祺还曾多次提及契诃夫作品对其文学创作的深远

---

① 李秀伟. 戏曲概念的确立及意义流变考 [J]. 南大戏剧论丛，2012（2）：83.

② 王季思. 我国戏曲的起源和发展 [J]. 学术研究，1962（4）：88.

③ 席建彬. 从小说到戏剧：叙事消解中的诗意跨越——汪曾祺戏剧创作论 [J]. 中国文学研究，2010（1）：117.

④ 汪曾祺. 汪曾祺全集9·谈艺卷 [M]. 北京：人民文学出版社，2019：119.

影响，《契诃夫全集》是其书架上唯一的作家全集，而契诃夫同样具有小说家与戏剧家的双重身份。王尧在《重读汪曾祺兼论当代文学相关问题》中特别提出，过去对汪曾祺小说文体的研究多侧重小说、散文、诗的融合，散文化小说、诗化小说已被学界认定为是汪曾祺小说的固化特征，自然将汪曾祺小说归入京派小说的序列，但也要留心汪曾祺将戏曲当作小说的看法。汪曾祺在《中国小说与戏曲的血缘关系》中曾言及中国戏曲与小说的文化渊源及内在关联，他指出，"西方古典戏剧的结构像山，中国戏曲的结构像水。这种滔滔不绝的结构自明代至近代一直没有改变。这样的结构更近乎是叙事诗式的，或者更直截了当地说是小说式的"①。也就是说，汪曾祺肯定其小说创作具有似水的特征，内里隐藏着自在的、流动性的生活气息，并主张小说与戏曲创作都要按照生活本身的形式结构创作。

需要注意的是，戏曲长于抒情但并不等于没有戏剧冲突，即纵观整部戏曲是有明显戏剧性的，但是不见得每一折都有戏剧冲突，例如《牡丹亭·游园》《长生殿·闻铃·哭象》《琵琶记·吃糠》都是强调表达主人公情感的抒发，大段独白直接表达人物情感。针对戏曲的这一特点，戏剧理论家谭霈生认为"在中国古典戏曲剧本中，到处可以看到被戏剧化了的抒情成分。它有助于塑造人物性格，有助于展示人物的内心世界，有助于增强剧情的感情色彩，有助于使剧本产生更大的感染力量"②。也就是说，中国戏曲看似松散的结构，实则内含张力，内心活动与外在动作的暗合与交替，是中国戏曲戏剧性的呈现方式。汪曾祺创作的戏曲文本中，亦能发现精妙绝伦的心理描写，实为现代小说所擅长。例如，汪曾祺创作的历史正剧《王昭君》的《第五场·入宫》，在非烟和彩舞二人道明了戚夫人和李夫人的深宫结局之后，王昭君通过大段唱词表达自身艰难处境和失望情绪，她注视着李夫人的画像，唱道："玉阶下仿佛有重重陷阱，绣帷中仿佛有刀剑森森。入门来与人间断绝音问，这深宫是一座铁铸愁城！"③ 这段

---

① 汪曾祺. 汪曾祺全集 10·谈艺卷［M］. 北京：人民文学出版社，2019：18.
② 谭霈生. 论戏剧性［M］. 北京：北京大学出版社，2009：243.
③ 汪曾祺. 汪曾祺全集 7·戏剧卷［M］. 北京：人民文学出版社，2019：55.

内心独白式的唱词，为王昭君后来自愿远行、出塞和亲的事件做了铺垫，只有当其意识到宫廷生活的腐朽颓败，才能唱出"我岂肯终日里调珠弄粉，离炙热远繁华一片冰心"① 的清醒和壮志。

事实上，汪曾祺的戏曲与小说创作是互通的，虽然二者都属于俗文化的文学样式，但汪曾祺却具有明显的文人立场，化俗为雅是其小说与戏曲共同的创作旨归。传统戏曲的民间属性决定了其创作主体的集体性与匿名性，其中唱词不通、对白庸俗、思想落后等也是构成京剧危机的原因。作为既有民间情怀又有文人品格的作家，汪曾祺主张通过提高文学性（小说性）雅化传统戏曲，使京剧成为现代艺术，认为"决定一个剧种的兴衰的，首先是它的文学性，而不是唱做念打"②。但是，汪曾祺对戏曲文学性的"过分"强调也曾引发学术界的质疑。林仲指出戏曲艺术作为综合艺术，决定其兴衰的原因并不单是文学性的高低，唱、念、做、打（表演性）同样不可忽视，"决定一个剧种兴衰的根本原因，主要看这个剧种是否适应时代的需要，是否反映了人民群众的生活、思想情感和愿望，并为他们所喜闻乐见"③。林仲就艺术接受的角度分析剧种兴衰的原因，而汪曾祺是从戏曲剧作本体出发，提出文学性之于戏曲艺术的重要意义，两者并不矛盾。

总之，汪曾祺从小说家到戏剧家的跨越，不仅是小说与戏曲都基于"故事"本体的相似性，就好比，仅仅是叙事体与代言体之间的简单转换，作者也必须具有对戏曲综合性的深刻理解。沈新林指出，戏曲作家相比小说家，要娴于音律、具有舞台实践经验，同时还要掌握一定的戏曲创作理论。比如在《"花儿"的格律——兼论新诗向民歌学习的一些问题》一文中，汪曾祺就着重分析了"花儿"音律的特点，并在最后提出希望加强对诗与民歌的格律研究。除此之外，汪曾祺观戏写戏也演戏，在西南联大时

---

① 汪曾祺. 汪曾祺全集 7·戏剧卷［M］. 北京：人民文学出版社，2019：56.
② 汪曾祺. 汪曾祺全集 9·谈艺卷［M］. 北京：人民文学出版社，2019：119.
③ 林仲. 文学成就的高低决定京剧的兴衰吗？——与汪曾祺同志商榷［J］. 戏曲艺术，1980（4）：34.

期就加入戏剧社团"山海云剧社"，参与了《北京人》《家》《雷雨》等戏剧表演；在张家口生活工作期间，他也曾与当地农民同台搭戏，表演精彩，引人入胜。因此，汪曾祺的戏曲创作理论虽然不成体系，但针对戏曲文化与舞台效果的分析提出的观点，对当代戏曲文化建设具有一定的启发意义。

第二节 俗化到雅化：汪曾祺小说观对戏曲改编的影响

20世纪50年代初，北京市文联主办的《说说唱唱》创刊，主要以刊发戏曲作品为主，也有民间故事和通俗小说的刊载，李伯钊、赵树理任主编，汪曾祺任编辑部主任；同年秋天，《北京文艺》创刊，老舍任主编，汪曾祺为集稿人。通过每日阅读大量来稿，汪曾祺深入了解了北京底层民众的生活状态，结识了赵树理、老舍等基于民间立场进行文学创作的前辈，"汪曾祺在后来的写作里，是有些受到赵树理、老舍的辐射的。至少他们的底层体验的实绩，对其视野的开阔无不影响"①。能借鉴大量的阅读经验和名家指点，无论是学理上还是直觉上都强化了汪曾祺对民间文化的认识，创作心理动势也驱使着他将民间文化与戏曲艺术自觉勾连。为纪念吴敬梓逝世200周年，汪曾祺改编了《儒林外史》中的《范进中举》，其中，民间人物的鲜活显现，民间情境的生动描绘，让这篇讽刺封建科举制度的小说在新时代焕发新的活力，不仅在北京市戏曲会演中摘得头奖，也为汪曾祺1958年从沙岭子"摘帽"回京任北京市京剧院编剧奠定了基础。

戏曲在历史发展过程中，民间色彩或显或隐，或深或浅，但始终不曾离开戏曲艺术本体。在特殊时期国家权力和意识形态主导下，以启蒙和教化为目的的戏曲改革可能会丧失细腻感性的文学表达，但优秀的戏曲文学仍凭借生动活泼的民间话语，具有了熠熠生辉的艺术光芒。兼顾民间性与

---

① 孙郁. 革命时代的士大夫：汪曾祺闲录［M］. 北京：生活·读书·新知三联书店，2014：116.

文学性的戏曲创作，是实现雅俗共赏的舞台接受效果的基础，既能够为民间大众所喜爱，具有广泛的传播性与传承性，又能够给予人们文学滋养和审美熏陶。基于现代文人的创作立场，汪曾祺强调提升戏曲的文学性，这就意味着戏曲的雅化，如其所言"决定一个剧种的兴衰的，首先是它的文学性，而不是唱念做打"①。然而，程式化戏曲表演使人们对故事内容知无不尽，尤其是戏曲与商业文化结合之后，受众更乐于欣赏演员的表演，倾向于对其扮相、身段、唱腔等的关注，汪曾祺对此持否定态度，他认为社会主义文艺的关键在于提高质量，"表演对于文学太负心了！"② 建议让有文化修养的人管理艺术。

在汪曾祺的戏曲文本中，可见其对戏曲文学性提升所做的若干思考和努力，即如何在剧作中兼顾民间性和文学性，保留戏曲艺术抒情性状的同时，融入现代思想，通过"戏剧暗流"与"直观抒情"并行的叙事结构，强化作品内在的戏剧张力。汪曾祺的民间本位与文人创作的双重立场，使其戏曲创作既保留了民间文化的属性，又具备了文人创作的特点——化俗为雅的实践。因此，也使戏曲艺术"关注当下""回归民间"的发展有了可行性。

汪曾祺在《从戏剧文学的角度看京剧的危机》中明确指出，京剧之所以存在发展危机，主要原因是无法适应时代变化，历史观陈旧、语言粗糙、人物性格简单、结构松散等文学表达上的问题难以满足知识青年的审美需求，唯有改革京剧，才能求得发展。在之后的论述中，他又提出了挽救京剧的途径，"在文学史上有一条规律，凡是一种文学形式衰退了的时候，挽救它的只有两种东西，一是民间的东西，一是外来的东西"③。由此可见，汪曾祺的民间立场非常清晰，就以戏曲为代表的本土性民族艺术而言，返回民间，以故为新，才是戏曲艺术的立身之本。

在具体实践中，如何强化戏曲的文学性？汪曾祺借鉴了小说创作的技

---

① 汪曾祺. 汪曾祺全集 9·谈艺卷［M］. 北京：人民文学出版社，2019：119.
② 汪曾祺. 汪曾祺全集 10·谈艺卷［M］. 北京：人民文学出版社，2019：21.
③ 汪曾祺. 汪曾祺全集 9·谈艺卷［M］. 北京：人民文学出版社，2019：123.

法。戏曲的文学化也是汪曾祺从小说家到剧作家的跨越。戏曲和小说是不同的艺术门类，之所以能够使戏曲文学化具有可操作性，得益于汪曾祺找到了小说和戏曲在本体上的相似之处。首先，戏曲似水的结构与现代小说叙事平缓的流动性特征相吻合；其次，他不赞同创作戏剧性太强的小说，否则不如直接写戏剧，小说就应该是生活化的，中国戏曲的戏剧冲突并不明显，小说擅长营造情绪、氛围、刻画人物心理的技法和戏曲的艺术表现相一致；最后，戏曲通过细节刻画表现情感真实，这也是小说所擅长的。总之，汪曾祺认为"戏曲和文学不是要离婚，而是要复婚"①。究竟两种艺术类型的联手能否为现代戏曲注入新的生命力？为实现戏曲"雅俗共赏""曲高和众""可阅读亦可观看"的审美理想，汪曾祺坚持民间立场的文人表达，主要通过塑造民间人物形象、提炼民间生活语言、描绘民间生活细节等方式，强化了戏曲的民间性与文学性之间的关系。

在本书论述中，笔者未将汪曾祺戏曲的舞台接受列入讨论范围，其原因在于戏曲文学剧本与戏曲表演剧本之间存在着本质的区别。汪曾祺以"提高戏曲的文学性"作为第一要务，他的文学家立场要明显高过剧作家的视野，从艺术表现来看，其戏曲剧作的确提升了戏曲文学的艺术水准，但也并非全然不顾舞台接受效果，有论者称汪曾祺的戏剧"宜读不宜演"，笔者不敢苟同，由此带来的系列问题另文再叙。

一、塑造民间人物形象

陈思和曾提出三大文化空间，即庙堂、广场、民间，主导这三个空间的人物身份是官员、知识分子、民间人物。中国古代主流文学对民间人物的观照极少，从历史传记到唐传奇、宋元话本、明清小说，即便在叙事文本中出现了民间人物，也多是一笔带过，批判多于颂扬。

然而，无论是小说还是戏剧，民间人物都是汪曾祺主要的描写对象，且多是给予了肯定，正是由于汪曾祺对"抒情的人道主义"的理解和追

---

① 汪曾祺. 汪曾祺全集 10·谈艺卷［M］. 北京：人民文学出版社，2019：21.

求，即"用充满温情的眼睛看人，去发现普通人身上的诗意和美"①。他始终与民间人物处于平视状态，没有歧视和鄙夷，反而在与官场人物、知识分子的对比中，自然地强调民间人物置身事外的从容淡定，彰显其更具普世智慧的一面。还原到戏曲创作的时代语境，毛泽东《在延安文艺座谈会的讲话》明确指出，知识分子对农民、工人的态度应该有所转变，农民是工人阶级的同盟者，工农兵都应该是文艺作品表现的对象。这一时期出现的文艺作品，多是出现了"一边倒"现象，但是汪曾祺却坚守民间本位与艺术本位，文艺政策只是在外部起到了倡导和催化作用，并没有直接影响到他的戏曲创作。汪曾祺戏曲中的民间人物并没有被盲目歌颂而丧失人物情感的真实性，反而凸显了他们远离世俗、乐于助人的淳朴与可爱。例如，在《京剧剧本·范进中举》中，汪曾祺增添了带有明显农民符号的新角色"关清"和"顾白"。首先，作者采用双关语的方式命名了关清、顾白两个范进的邻居，暗喻了民间人物在文化空间中的"清白"。与之相对应，可以从他对伪善儒生贾（假）知书、费（非）学礼、卜（不）修文的命名中见出他对封建科举制度的批判。其次，通过关清、顾白和范进之间的对话可知，其所塑造的民间人物具有与人为善、真诚朴实的特点。具体表现为，当关清和顾白见范进晕倒，赶忙上前问候，关清带来了米，告诉胡氏，范进吃上两碗米就会好，而顾白则惦念着范进家的鸡多日没有进食，带来的碎谷子让胡氏喂鸡；范进向关清、顾白借盘缠去省城考试，二位邻居即使自身不富裕但还是热心答应。再次，门官、店家、艄翁、樵夫等几个民间人物的出现不仅强化了汪曾祺的民间立场，只言片语的问候，更是温暖了范进郁郁不得志的心情。最后，《京剧剧本·范进中举》的结尾可谓是全剧的点睛之笔，关清和顾白齐声说："什么乱七八糟的！"让这一场闹剧的讽刺性外化开来，让人恍然大悟：终究是旁观者清，民间人物远离庙堂的同时，也最大限度地远离了落后的封建制度。

再如，浩然小说《雪花飘》，从小说文本到戏剧文本，汪曾祺改编颇

---

① 汪曾祺. 汪曾祺全集9·谈艺卷［M］. 北京：人民文学出版社，2019：273.

多，甚至故事主线也被大范围调整。浩然小说中的陈老太太承担着替街坊邻居接电话的工作，她温和善良、乐于助人的性格更多的是通过环境和心理描写凸显出来的，小说叙事平淡，意在强化突出民间小人物的职业精神的目的，在一定程度上被作品感性温馨的气氛遮蔽了。汪曾祺的京剧改编则将人物的心理活动外化为矛盾冲突，实现了"情节集中了，主题明确了，人物突出了"① 的叙事效果，观众也能更直观地感受到陈大爷不顾恶劣天气和他人的嘲讽，尽职尽责寻人的民间小人物形象，从而指向了建设社会主义新风尚的主题。汪曾祺将原作中"陈老太太在雨雪天连续找八家送出电话"的故事改为"陈大妈陪着康老头的女儿去医院，陈大爷挨家挨户找人"的故事。其中，陈老头、小红、小红妈等群众人物是汪曾祺添加的，此外，还增加了陈大爷和康老头之间的戏份，二人之间的误会产生、冲突激化、矛盾化解等颇具戏剧性的情节改变了小说《雪花飘》较为平缓的故事走向，强化了小说的主题。陈大爷退休之后看起了电话，从事服务人民群众的基础工作，他直言"想不到，晚年生活别有一番新天地，为人民那不怕它寒风透体雪钻衣"②。然而，除夕当晚，工厂出了事故，急于找技师回厂修理，原作中陈老太太叫了六户人家的门都没有找到技师，由此想到天气冷不忍心把邻居们喊起来，但是看到街口一片漆黑，"立刻联想到停了的机器，想到工厂里那些焦灼的工人同志，好像所有的留着汗水的面庞都朝着她，所有期待的目光都看着她"③。而在汪曾祺京剧版《雪花飘》中也出现了相同的场景，通过巧妙设计了陈大爷和康老头的冲突，让陈大爷讲出了心里话。陈大爷敲门吵了康老头休息，康老头出言不逊，认为陈大爷是为了三分钱到处瞎撞。陈大爷一气之下，唱道："我看到工人同志一张一张流汗的脸，我看到党政领导一分一秒算时间。无数双眼睛朝我看，看着我穿街过巷把信传。"④ 原作中陈老太太遵循着尽职尽责的职业

---

① 汪曾祺. 汪曾祺全集9·谈艺卷［M］. 北京：人民文学出版社，2019：83.
② 汪曾祺. 汪曾祺全集7·戏剧卷［M］. 北京：人民文学出版社，2019：254.
③ 浩然. 北京街头［M］. 北京：北京出版社，1963：72.
④ 汪曾祺. 汪曾祺全集7·戏剧卷［M］. 北京：人民文学出版社，2019：258.

观，没有出现任何外部冲突激化她寻找技师的信念，而汪曾祺的剧作中，康老头小肚鸡肠说的不中听的话不仅没有让陈大爷放弃寻找技师，反而愈加坚定了他一定要找到人的决心"愚公有志能移山，下决心，排万难，热血奔腾气力添。我就是把内外九城都踏遍，一定要找到他——百折不还"①。

传统戏剧脱胎于演义小说，具有简单化、脸谱化的特征。汪曾祺认为，若要提高京剧的文学水平，一定要在人物塑造上下功夫。他肯定了京剧《四进士》中宋世杰的人物形象塑造是具有层次感的，并且认为"他的性格不是简单的……这样的性格在中国戏曲里少见。不可无一，不可有二。他是'这一个'。"② 事实上，即便是到了 20 世纪 60 年代，汪曾祺因卓越的戏剧才华被"控制使用"，也仍是小心翼翼地守住自己的创作底线进行剧本创作，尽可能在兼顾政治功能的同时不违背艺术创作规律，所以才能在"戴着镣铐跳舞"的文艺创作背景之下，创造出生动形象的"阿庆嫂"。《沙家浜·智斗》中阿庆嫂大段流水"垒起七星灶"，险些被"拿掉"，理由是"江湖口儿太多"，但这些却被汪曾祺暗中保留下来。③ "阿庆嫂"不仅具有聪明机警的个性特征，而且身份是复杂的，既是茶馆老板娘、胡传魁的救命恩人，也是忠诚的党的地下工作者，阿庆嫂人物本身就是周旋于不同身份的表演主体。然而，在 20 世纪 60 年代语境中的戏剧创作，多是表达两党派之间非常明显的直接对抗，其根由在于"三突出"意识的强调。汪曾祺的成功之处，却是用其创作才华玩起了民间"游戏"，他认识到民间人物游离于政治语境之外，人物塑造本身富有张力，强调阿庆嫂的民间智慧，也与民间戏曲的游戏意味相契合。对比经典剧目《游龙戏凤》，抛开其思想主题具有的封建色彩，故事讲述的就是一对男女的爱情故事，没有权力与身份的参与，正是纯粹的民间趣味让这部戏具有了超越时代的审美意义，即叙事内容触及人之常情，强调人之常情，"戏化"

---

① 浩然．北京街头［M］．北京：北京出版社，1963：72.

② 汪曾祺．汪曾祺全集 9·谈艺卷［M］．北京：人民文学出版社，2019：91.

③ 陆建华．汪曾祺的春夏秋冬［M］．郑州：河南人民出版社，2005：137.

色彩让人欣然乐道。现如今，昔日的政治氛围早已冷却，而京剧《沙家浜》作为没有舍弃民间本位的戏曲文本，正是有了民间人物阿庆嫂的成功塑造，才提升了作品的审美格调；正是"群众喜闻乐见的民间'一女三男'喜剧情节模式"① 作为民间隐形结构藏匿于叙事结构之中，才使作品拥有了超越时代的审美张力与艺术魅力。

　　总之，汪曾祺在戏曲创作中塑造了许多的民间人物，无论是主角还是配角，都在剧情中发挥了极其重要的作用，或许不是推动剧情发展的关键人物，但都通过人物性格的呈现彰显了民间本色。《京剧剧本·范进中举》中"关清""顾白"是汪曾祺合乎封建社会语境塑造的人物形象，而对这两个民间人物毫不刻意的肯定又呼应了 20 世纪 50 年代文艺创作"大众化"的政策。《雪花飘》中"陈大爷"作为新时期民间人物的代表，虽然角色本身和小说原作中的"陈老太太"的形象设置有部分重合，但通过对比可知，"陈大爷"的民间色彩和小人物的积极性表现得更为集中。《沙家浜》是特殊时期的创作，必然有着作品自身的史学意义，但汪曾祺游走在政治话语的边缘，深知民间性格更具活力与潜力，革命战争语境下的民间人物"阿庆嫂"的成功塑造，足以显示出他的智慧和才情。

二、提炼民间生活语言

　　民族语言是民族文化精神的输出形态，戏曲是民族艺术的典范，更是能从语言中见到传统文化意蕴的艺术门类。汪曾祺曾撰写数篇文章阐述自己的小说语言观，他认为文学语言不只是表情达意的工具，也是艺术。"语言是小说的本体，不是附加的，可有可无的。……写小说就是写语言。"② 他欣赏川剧的语言，认为川剧的文学性较高，语言借鉴了地域方言，保留了许多原生态的词汇和语调。事实上，戏曲剧本和小说文本都是反映社会生活、塑造人物的叙事艺术，是语言的艺术。传统京剧的语言是

---

① 陈思和 . 中国当代文学史教程［M］. 上海：复旦大学出版社，1999：13.
② 汪曾祺 . 汪曾祺全集 9·谈艺卷［M］. 北京：人民文学出版社，2019：435.

粗糙的，人们更多关注故事情节和演员唱腔，自然会忽视戏曲文学的语言美，汪曾祺的跨文体文学创作自觉将小说语言的创作技法运用到戏曲创作实践中。有学者评论称："汪曾祺的京剧语言写作，事实上已经是在进行一种现代白话文和古代文言文相互融会、化文生韵的语言实验。"① 通过化雅为俗的戏曲语言改革，汪曾祺意在保留民间俗语和日常对话鲜活性的同时，进行审美化再创造。

《京剧剧本·范进中举》中民间人物"关清""顾白"的成功塑造已在上文分析中提过，《第二场　岳训》中二人戏谑式的表达十分打趣儿，汪曾祺站在民间人物的立场"贴着人物写"，描述了关清、顾白所见的官场实相，为官的实质并非为百姓谋利，只见得到老爷秀才们庸俗的官僚做派。汪曾祺的修辞表达甚为巧妙，看似是游戏意味的一唱一和，实则是将民间话语符号重新筛选组织，直观呈现，并列的句式是对戏曲唱词音乐化的尝试，内容上突出了讽刺性特征。

> 关清　　学道大人劝你去应乡试，这乡试考上了，不就是举人老爷了？
>
> 　　这可了不得啊！这么说你明年就要做官啦，得意啦？
>
> 顾白　　买田啦？置地啦？
>
> 关清　　砌屋啦？盖楼啦？
>
> 顾白　　穿绸啦？吃油啦？
>
> 关清　　骑马啦？坐轿啦？
>
> 顾白　　明锣啦？喝道啦？
>
> 关清　　刻石碑，修祖坟啦？
>
> 顾白　　拿板子，打穷人啦？②

---

① 周志强. 汉语形象中的现代文人自我：汪曾祺后期小说语言研究［M］. 北京：北京大学出版社，2009：31.

② 汪曾祺. 汪曾祺全集 7·戏剧卷［M］. 北京：人民文学出版社，2019：5.

再如，戏中的胡屠夫是范进的丈人，是推进剧情发展的关键人物，剧中他掴掌范进，让范进从中举的狂喜中清醒过来。胡屠夫在戏剧情境中的语言紧密，契合他的屠夫身份和市侩心理，"人要富，猪要肥。人要捧，猪要吹。人不富，是穷鬼。猪不肥，腌火腿"①，也暗示着他后来对范进态度的戏剧性转变。当得知范进中举发疯之后，众人力劝胡屠夫掴掌范进，胡屠夫左右为难，唱词是"天上的星宿是打不得的，我听斋公们说：打了天生的星宿，阎王就要拿去打一百铁棍，发在十八层地狱，永世不得翻身。我可不敢做这样的事。"② 这种迷信的说辞，在具体语境中被安排得合情合理，考取功名其实是世间平常事，是知识分子走向仕途的通关凭证，而在胡屠夫看来却有些神往的意味，联想神灵也是原始思维的特征之一，深层次表达了民间心理与原始思维的相通性，表露出民间人物对庙堂文化的仰视态度。

此外，对范进中举之后心理变化的描写，也是汪曾祺京剧改编的重点和亮点。范进意外得知自己中举并幻想着日后飞黄腾达，甚至能够成为主考官，汪曾祺用贴近人物心理的癫狂式语言，将人物似喜实悲的情绪淋漓尽致地表述："你与我考，你与我考，你写了还要写，抄了还要抄，考了你三年六月零九朝，活活考死你个小杂毛！"③ 在《老头儿汪曾祺：我们眼中的父亲》中汪曾祺的儿子汪朗回忆儿时翻看《范进中举》剧本，提及对"活活考死你个小杂毛"的描写印象深刻。由此可见，汪曾祺善于组织口语化语言的优势，在戏曲剧本的人物对话书写中有着最为得意的发挥，予人深刻印象。

根据清代蒲松龄《聊斋志异·小翠》改编而来的讽刺喜剧《小翠》，是汪曾祺与薛厚恩合作完成的。故事内容改动不大，但在语言锤炼与表达上颇见功力。"小翠"有着机警善良、古灵精怪的少女性格，在剧中的妙语连珠强化了这出戏讽刺喜剧性的特点。例如"你要是去了，岂不成了杏

---

① 汪曾祺. 汪曾祺全集 7·戏剧卷［M］. 北京：人民文学出版社，2019：21.
② 汪曾祺. 汪曾祺全集 7·戏剧卷［M］. 北京：人民文学出版社，2019：35.
③ 汪曾祺. 汪曾祺全集 7·戏剧卷［M］. 北京：人民文学出版社，2019：35.

儿熬倭瓜，跟他顺了色了吗？”① “你岂不成了屠头萝卜缨！”② 而当皇帝问小翠如何惩处犯罪之人，小翠唱词是“罚俸三月，御花园内哄蚂蚱！”③ 这些唱词的特点，充分印证了汪曾祺“要使唱词性格化，首先要使唱词口语化”④ 的观点。看似是随性使用的民间俗语却十分逗趣儿，极具舞台表现力。总之，作者在营造鲜活通俗喜剧感的同时也塑造了人物，凸显了小翠俏皮灵动的纯然天性。

现代史学家钱穆将“文学”分为两种：一种是写的文学，一种是说、唱的文学。前者流行于上层社会，后者流传于全社会。而在文学史记载中，说、唱的文学被忽略了，原因是唱重在声不在词。文字的表意功能没有在戏曲中完全发挥出来，故事性并不等于文学性，戏曲艺术尤其是京剧更多是靠演员表演彰显艺术精神，是“角儿的艺术”。汪曾祺对这种戏曲观念不以为然，意在提高戏曲文学性的汪曾祺在《浅处见才——谈写唱词》中提出了强化戏曲文学性的具体措施，他认为京剧的板腔体唱词不好写，建议青年剧作者通过感受情绪的节奏，用韵文思维即有节奏的语言思维写唱词，此外，还可以吸收新的格律，借鉴自由诗体的文体特征，突破板腔体的限制。京剧唱词语义浅显，对它的要求是好唱、好听、好懂，但这并非对文学性没有要求。汪曾祺做到了浅处藏巧变，“变”就是妙用才情与技法，也是其文学创作的特色之处：一切浅语尽显才华，大巧若拙实为大美。

由此可见，汪曾祺的戏曲与小说的语言观是打通的，正如他所言“我觉得戏曲作者要在生活里去学习语言，像小说家一样”⑤。即写小说要“贴着人物写”，写戏曲也要“写一人即肖一人之口吻”。再者，汪曾祺小说语言最大的特点是情景交融的描绘，语言抒情化的具体方法即“写景就是写

① 汪曾祺. 汪曾祺全集 7·戏剧卷［M］. 北京：人民文学出版社，2019：151.
② 汪曾祺. 汪曾祺全集 7·戏剧卷［M］. 北京：人民文学出版社，2019：126.
③ 汪曾祺. 汪曾祺全集 7·戏剧卷［M］. 北京：人民文学出版社，2019：128.
④ 汪曾祺. 汪曾祺全集 9·谈艺卷［M］. 北京：人民文学出版社，2019：457.
⑤ 汪曾祺. 汪曾祺全集 9·谈艺卷［M］. 北京：人民文学出版社，2019：457.

人"，不仅要在戏曲表演中感受意境美，戏曲语言中同样要有戏曲文学意境美的体现。

生活中处处含景，景色中处处融情。情景交融的艺术表现，以韵化白的修辞手法，是实现京剧语言化俗为雅的具体策略。新编历史剧《擂鼓战金山》的《第二场　遣探》，哈迷蚩自告奋勇去嘉兴探听军情，唱词是："大雁南飞我向南，五湖烟水任往还，扁舟又向嘉兴去，烟雨楼前听管弦。"① 汪曾祺对景致描绘的目的在于写人物心理状态，"烟水""扁舟""烟雨"等抒情意象烘托出了江南风韵，一段潇洒唱词，感受得到哈迷蚩此行志在必得的信心。中国古典文化是乐感文化，通过对自由境界的直接感悟，借景抒怀，表达人物或欢愉，或平静，或焦灼，或愤慨的心情，继而将人物的情绪转移到景物上，由此达到天人合一的境界，显现自然生命的盎然生机。

汪曾祺戏曲文学中的舞台提示词也是富有诗意化的语言，舞台提示词包括了舞台背景、灯光、音响、道具等的具体说明，意在强化舞台表演效果，为观众带来直观的视觉冲击。《擂鼓战金山》的《第七场　功败》舞台背景的描绘是："黄天荡口。石岸上开着一树石榴花，花外可见战船的桅杆。江上无风，桅杆上的旗帜全都静静地垂着。"② 汪曾祺用抒情化散文的语言描绘舞台背景，生动绚丽的画面如在目前。紧接着，梁红玉的唱词接上了舞台意境："秧出水蚕三眠榴花照眼，小蜻蜓自在飞它不识烽烟。"③由此可见，人物语言与艺术情境交融贯通，是汪曾祺独特的艺术表达，在受限的艺术创作语境中，用民间景致和自然风物铺垫情感，体现出剧作编排的巧思。

总之，文人参与的戏曲创作，不仅使戏曲文学保留原先为演出提供脚本的功能，还使剧作本身具有了可读性，其原因在于剧本文学性的提升，且情景交融的表达也印证了这一特点。而人物语言精练生动，既丰富了人

---

① 汪曾祺．汪曾祺全集 8：戏剧卷［M］．北京：人民文学出版社，2019：134.
② 汪曾祺．汪曾祺全集 8：戏剧卷［M］．北京：人民文学出版社，2019：157.
③ 汪曾祺．汪曾祺全集 8：戏剧卷［M］．北京：人民文学出版社，2019：157.

物的性格特征，又推动了剧情的发展，民间俗语的巧妙运用、民间景致的诗意描绘，使剧作的民间文化意味愈加浓郁，强化了戏曲文学中民间性与文学性之间的叙事张力。

三、点染民间真实情感

文学作品以真情实感打动读者，情感真实体现在作家对生活细节的描述中，这在汪曾祺的小说中尤为显著。《大淖记事》中巧云给十一子喂尿碱汤之前，不知道为什么，自己先尝了一口。汪曾祺写到这个细节时，潸然泪下。只有与人物同呼吸共命运，才能写出打动人心的细节。

传统京剧对生活细节的描绘较少，也是造成其故事粗糙的原因之一。汪曾祺曾撰文指出过这一问题，他认为细节直接来源于生活，故事情节可以虚构，但是突出人物情感关系的生动细节却难以虚构，"细节，或者也可叫作闲文，然而传神阿堵，正在这些闲中着色之处。善写闲文，斯为作手"①。只有善于观察生活、感受生活的作家才能直接从生活中提取细节，运用到文学创作之中。契诃夫也是一位有双重身份的作家，既是剧作家又是小说家，汪曾祺的文学创作观念深受契诃夫影响，"我会用平和安静的普通生活作为题材，照它原来的面目写出来"②。事实上，生活本身没有多少情节，时间像水一样向前流淌，是若干的细节串联起了民间生活。通过人物行动和神态的细节刻画，暗示出人物的心理与情感状态，继而彰显戏曲作品内在的戏剧性，这才是细节描写的最终目的。

1983年，汪曾祺根据旧戏《一匹布》（又名《张古董借妻》）改编的京剧讲述了贪婪狡诈的张古董，将妻子沈赛花借与李天龙换取钱财，却意外成全了沈赛花和李天龙的荒诞故事。汪曾祺秉持现实主义的创作观念，新添入甲、乙两个局外人，他们和观众立场保持一致，不时地将观众"间离"出戏，评议剧情发展，参与文本叙事。汪曾祺用现代主义的技巧，更

---

① 汪曾祺. 汪曾祺全集9·谈艺卷 [M]. 北京：人民文学出版社，2019：330.
② 董建雄. 论契诃夫对汪曾祺小说创作的影响 [J]. 青海师专学报（教育科学），2004（6）：43.

直接地影射了唯利是图、不惜违背传统道德观念的扭曲人性。旧戏《一匹布》分为四折，分别是《借妻》《回门》《月城》《堂断》，汪曾祺改编的京剧没有分场次，一气呵成的创作，读来意犹未尽。他保留了旧戏的基本框架和故事，融入诸多民间生活细节，突出了张古董虚伪自私的性格特点，从人性与情感角度为沈赛花和李天龙顺理成章的结合做了情节设计。旧戏中李天龙先出场，直接与张古董在酒馆见面，商量借妻事宜。汪曾祺的改编中，甲、乙二人"报幕"后，先是张古董和沈赛花家常式的戏谑对话，暗示出二人穷困的生活状态。物质生活的贫困意味着"物"的缺失，通过底层民间夫妻的日常交流，能够见出二人拮据的生活。张古董略施诡计"套"出了沈赛花的一匹布，拿去卖钱，二人对话是：

> 沈赛花　　现在是用钱的时候，干脆，连根儿烂得了。
>
> 张古董　　对，还能多卖俩钱儿。
>
> 沈赛花　　卖了钱，别胡糟蹋，买点米，买点面，买一斤盐，打四两香油，买点煤球，买点劈柴。
>
> 张古董　　哎，哎。
>
> 沈赛花　　别忘了……
>
> 张古董　　什么呀？
>
> 沈赛花　　给我带一块豌豆黄来。
>
> 张古董　　我还给你买块山楂糕哪！①

　　其中，"米""面""盐""香油""煤球""劈柴""豌豆黄""山楂糕"，都是民间生活常见的物品，这里的运用生动而丰富。渲染生活气氛，营造作品内在情感真实性，也是汪曾祺小说创作的常见手法。旧戏中的沈赛花是活脱脱的泼妇形象，语言低俗，例如："放你娘的屁！要老娘接客，那就是开眼乌龟！""放你娘的屁，既要把老婆借与人，何不把你妈借与

---

① 汪曾祺. 汪曾祺全集 8·戏剧卷［M］. 北京：人民文学出版社，2019：211.

人?"沈赛花对张古董的换妻举动虽然气愤，但只是恶语相骂，思想上却没有发生自觉性转变。而经过汪曾祺的改编，沈赛花有了现代意识，她无奈地被丈夫推到道德边缘，却没有就此罢休，内心反而生出敢爱敢恨的反封建意识。一方面，汪曾祺正向肯定了沈赛花和李天龙不畏封建伦理观念，追求爱情的愿望和行动；另一方面，他还通过"否定之否定"的侧面描写，灵活地设置细节，揭露张古董里外丑陋的本相，向观众传递他和沈赛花不匹配的事实。旧戏中，沈赛花和李天龙的结合完全是被动的，在张古董借妻之前，二人没有任何情感关系，汪曾祺的巧妙在于将沈、李二人的关系设计为"青梅竹马"并加入清新纯美的回忆性唱词，让二人"有情人终成眷属"显得顺理成章。由此可见，汪曾祺打破旧道德的实质是回到了情感本身，这就是民间生活最真切的人性，一点点人世间的温爱，让普通人摆脱了伦理道德的束缚，首先，通过驴夫的念白——"就凭你那个长相，骑我的驴？我都替我那驴觉得怪委屈!"① 让观众去想象张古董丑陋的形象；其次，差役也道出了沈赛花和李天龙般配的相貌，继而否定了张古董；最后，王老户儿子脱口而出张古董是个长得寒碜的小老头。不同的民间人物发出共同的声音，印证了张古董丑陋的事实。总之，汪曾祺的戏曲创作既有宏观上的整体把握，运用一正一反的方式深化主题，又通过细致入微的细节刻画，强化了作品的情感真实性。

笔者认为，《大劈棺》不仅是汪曾祺戏曲文学的收山之作，也是巅峰之作。通篇不仅文采飞扬，结构布局亦是"苦心经营的随意"，哲思中透露着野趣。需要注意的是，《大劈棺》曾在 20 世纪 50 年代初被禁止演出，尽管 1957 年为贯彻"双百方针"，《大劈棺》被"解禁"，但是在之后的二十年里依然没有人敢去尝试改动和演出这部经典剧目，有评论者指出"该剧几十年间的近乎销声匿迹，乃是当代中国戏曲界思想保守、沉寂的一个缩影"②。然而，汪曾祺在 20 世纪 80 年代末对这部传统戏进行了"小改而大动"，一方面，对《大劈棺》彻底"解禁"，象征着人性彻底"解

---

① 汪曾祺. 汪曾祺全集 8·戏剧卷［M］. 北京：人民文学出版社，2019：224.
② 徐阿兵. 论汪曾祺戏曲创作的发生与推进［J］. 天津社会科学，2018（6）：128.

欲"，即民间文化为精神根底的人性自由，得到了人道主义的理解与诠释；另一方面，如孙郁所言"戏曲的生命是民风的深厚和风俗画的美丽。汪曾祺对民歌的敏感和对野外风景的欣赏，丰富了他的作品"①。汪曾祺写的《大劈棺》唱词承袭了民歌节奏的内在规律，不仅突破了京剧唱词固定死板的局限，在内容上也彰显了民间生命力的狂放与野性。如果没有对民歌意趣的通晓与领悟，《大劈棺》的现代思想外化明显，也就没有那么精彩了。《第二场　撕扇》中田氏出场后就用大段唱词抱怨她和庄周的婚姻生活，随后是轿夫的过场，其唱词暗示了田氏的心理活动，蕴含讽刺性意味。"轿夫"是民间的传统职业，有其悠久的文化经验，在民间嫁娶仪式当中，轿夫承担着特殊的象征意义。汪曾祺这一细节设计并非节外生枝，看似恣意的连接，暗含民间荤文化的趣味，调和了田氏的苦闷心理，是喜剧性的反拨。

　　　　轿夫（唱）
　　　　一顶花轿红嘟嘟，
　　　　丹凤朝阳缀流苏。
　　　　抬过多少黄花女，
　　　　抬过多少二婚的小寡妇。
　　　　一顶花轿红嘟嘟，
　　　　大姑娘上轿都要哭。
　　　　昨日犹是娘边女，
　　　　待晓堂前拜舅姑。
　　　　一顶花轿红嘟嘟，
　　　　大姑娘上轿都要哭。
　　　　姑娘姑娘哭什么？

---

① 孙郁. 革命时代的士大夫——汪曾祺闲录［M］. 北京：生活·读书·新知三联书店，2014：192.

不知他那东西有多粗。①

由此可见，汪曾祺剧作中民间性与文学性的关系，不仅仅体现在民间话语内容的表述，也包括民间文艺形式的借鉴与引用，借以延伸戏曲创作的形式空间。民歌具有复沓的节奏，又饱含民间原色的质朴，是典型的"有意味的形式"。轿夫的唱词是直白的，也是隐喻的，是生活化的，也是富有哲思的，些许无奈与惆怅的情感基调为后文发展做了铺垫。再如，《第三场　幻化》庄周去世，春云买棺材未带丝毫悲伤，像是买一件日常物品，而她与棺材匠生动的对话，还流露出汪曾祺对民间饮食文化的偏爱。春云兴致勃勃地让伙计们抬走棺材，"闲人闪开，刚出锅的热棺木来咯！"② 言语中透露出的喜悦像是买走了刚出炉的食物，既有喜剧气氛的渲染，也暗示后文戏剧性的跳转。连同棺材一同购买的还有童男童女，童男花了二百五，童女花了一百八，庄周将童男"二百五"点化成真人，扮作书童，这里无中生有的想象流溢着民间故事的神秘和情趣。

卢卡契说过，真正的现实主义和人道主义结合在一起，这种结合的原则正是基于对人的完整性的关心。③ 汪曾祺通过提高人物语言和文学修辞的艺术水准，站在哲学高度回应了其所处时代的弊病，经他改编的剧作取材于不同的历史时期，却都以美好愿望的达成束尾，合乎读者和观众的审美期待。他的创作既是现世的，又是普世的，他的改编取材于旧作，却焕发着新意，正是对时代的呼应。总之，汪曾祺立足于现实主义的民间立场，巧用西方现代主义的创作手法，通过塑造民间人物形象，提炼民间生活语言，点染民间真实情感的方式，诠释了民间本位的人道主义理想。

---

① 汪曾祺. 汪曾祺全集 10·戏剧卷［M］. 北京：人民文学出版社，2019：334.

② 汪曾祺. 汪曾祺全集 10·戏剧卷［M］. 北京：人民文学出版社，2019：339.

③ 陶水平. 卢卡契"伟大的现实主义"文学观述评［J］. 江西师范大学学报（哲学社会科学版），1993（4）：107.

第三节 入情到入理：戏曲传统对汪曾祺小说创作的影响

汪曾祺的戏剧观与其对民间文化的认识有着密切关系。作为现代文人介入传统戏曲创作，他使出浑身解数，带着才情和理念试图和京剧闹一阵别扭，可惜终究没有闹过京剧传统，但立足于民间本位，意在提高文学性的主张着实拓宽了京剧改革的思路。戏曲和小说同属俗文学范畴，两种体裁既有区别又有沟通，汪曾祺在创作中补其所短，取其所长。无论是在戏曲史上还是在小说史上，两种体裁的创作都因为具有了汪氏风格，独树一帜，颇具神采。

纵观汪曾祺的戏剧创作分期，可以发现戏剧题材和思想都呼应着时代更迭，即便是传统戏或历史剧改编，汪曾祺也在底本选择上具有自身独特的考量和标准。文辞的修饰，结构的调整，主题思想的再定位，既要关切时代又要体现作家主体性，汪曾祺的戏曲相比小说创作，所受的局限更多（文艺政策指导下的创作），具体实践中更是"苦心经营"，呈现效果也更显"随意"。然而，民间文化在其中发挥了极其重要的作用，源于民间生活的程式化传统、与生活体验本身相一致的戏剧暗流、对现实生活的现代性思考等当代戏曲文化风貌，都或多或少地影响着汪曾祺的小说创作。

如果说小说对戏剧的影响是具体的，主要体现在对人物塑造、语言修辞、情感表达上，通过细化与雅化叙事内容提高剧作的文学性，那么戏剧对小说的影响则更多地体现在文体意识、叙事结构和现代精神等更为理性的叙事方式与义理层面。汪曾祺找到适合诠释中国传统文化的形式，沟通了戏曲和小说的创作，有研究者评论说汪曾祺戏剧和小说一样，有淡化情节的倾向，笔者认为这是流于文本表面的感性体验所得出的结论，并没有揭示汪曾祺戏剧与小说之间的深刻关联。

汪曾祺认为，"西方古典戏剧的结构像山，中国戏曲的结构像水"①，也有评论家认为汪曾祺的小说结构有"水"的特征。实际上，这既是在论结构，也是在评语言，结构规范着语言，语言呼应着结构，"水"的特性既是指文章结构的文气贯通，也是指语言风格的平缓温润。似"水"的结构，印证了中国戏曲与汪曾祺小说的内在一致性，构成了两种体裁创作的互文性特征，也概括了汪曾祺小说的文体风格。"程式化传统"是中国戏曲区别于西方戏剧最大的特点，一定程度上讲，程式化传统既是生活细节的提炼，又是生活经验的模态，它决定了戏曲结构的稳定性和整体性，这样的"生活流—程式化"的象征性表达也影响了汪曾祺小说文体意识的形成，浑然一体、无迹可求的美源于汪曾祺小说创作与生活经验的内在对应，究其根源正是对民间生活本身的提炼与美化。

有学者认为，"如果只用一个词来概括汪曾祺剧作的情节结构，我以为是'连贯'"②，并不是说汪曾祺戏曲没有戏剧性，而是说这种戏剧性不是以外化的戏剧冲突和曲折情节取胜，更多地表现为内在戏剧性。通过对比发现，戏剧冲突在中国戏曲与契诃夫小说的呈现方式有相似之处，汪曾祺评价契诃夫小说"从戏剧化的结构发展为散文化的结构"，并非说契诃夫的戏剧没有戏剧冲突，而是说这种戏剧冲突被散文化结构在形式层遮蔽了，内化其里，形成复调结构，即"戏剧潜流"与"直观抒情"达成对话。这样的特点也影响了汪曾祺小说的复调特征：看似波澜不惊平铺直叙，实则波涛汹涌情感充沛。汪曾祺文学创作历程对应着现当代文学创作的流变，在特殊的政治语境中，民间文化"自由—自在"精神与审美主体的创作自由相契合，这种带有野趣和叛逆的民间文化精神只能规避到文本深层，在抒情语言的佑护下发出微弱却亮丽的光芒。戏曲创作中的对话是显现而完整的，小说中的对话却是隐匿而未完成的，其根源在于戏曲对主题与义理的表现更为集中，而小说则显得意味深长。

---

① 汪曾祺. 汪曾祺全集 10·谈艺卷［M］. 北京：人民文学出版社，2019：18.
② 徐阿兵. 汪曾祺接受史的另一面——以"宜读不宜演为中心"［J］. 当代作家评论，2018（4）：58.

布莱希特观摩了中国传统戏曲之后，提出了戏剧的"间离效果"，意在打破第四堵墙，他倡导演员表演和观众观演过程中理性意识的参与，演员表演时要用"我是在表演"替代"我就是演员"的表演理念，与此同时，他也希望观众能够跳出剧情，对剧作进行审视与批判。事实上，"间离效果"并不是布莱希特无中生有的理论概念，而是戏曲艺术的本质特征，汪曾祺深知间离效果的作用，并将其应用于小说创作之中。在小说创作中，汪曾祺先是淡然描述，而后一语中的打破常规，随之戛然而止，给人无限遐想与理性思考，这是"汪氏小说"惯用手法。王国维提出了"有我之境"和"无我之境"，而汪曾祺的小说正是从"无我之境"走向"有我之境"，此中"有我"是暗示而非明示，他保留了作品"无我之境"的流畅性，小说的间离之妙，远非戏曲直接点破玄机所能诠释。汪曾祺戏曲底本多选自古典文本，经其改编有了焕然一新的现代意识，这就说明汪曾祺绝不是只懂得雕琢语言文字、不谙世事的文人，其所追求的"和谐"也并非"不深刻"，而是"否定之否定"后的至理，他对人生的理解超越了现世生活与政治格局，直指普通人的生存状态。民间文化是汪曾祺的自觉选择，是传递其生活理念的载体和美感体验的寄托，他尊重民间生活自身的逻辑和生命本来的样子，与西方现代哲学推崇的存在主义观念、人道主义理想有异曲同工之妙。

一、"程式化传统"与物象书写

程式化传统是古典戏曲区别于西方戏剧最显著的特征之一。戏曲的程式化，指的是约定俗成的戏曲表现手法，它规范和制约着戏曲艺术的形式美感和表演技术，是前人艺术创作的经验累积和提炼选择的结果，是固定性和相对性的统一。戏曲程式包含的内容很多，角色行当离不开生、旦、净、末、丑，规定着所有戏曲剧目中的人物；舞台布景固定为一桌二椅，却象征着山前山后、屋里屋外等；演员表演会用许多程式化动作传递信息，例如起霸，被认定为武将出征前的标志性动作等。程式化是对日常生活加以抽象化和艺术化的结果，是以一总多，化实为虚，追求无限的写意性探索，体现着中国艺术思维的具象性和整体性特征。

汪曾祺小说中并没有出现戏曲中的程式化特征，似"水"的生活经验具有独一无二性，但程式化传统的具象性与整体性原则却统摄着汪曾祺的小说创作。程式化手法既是象征表达，也是诗化手段，它产生的深层原因是中国古典美学化虚为实、化繁为简的美学理想，从而指向了更广阔的审美空间，目的是实现具象性与整体性的统一。《作为抒情诗的散文化小说》一文中，汪曾祺阐释了"诗""散文""小说"之间的打通关系，肯定其小说创作有着明显的散文化倾向，小说气质又满载着诗性意蕴。这种散文化的小说，仿佛印象派绘画的视觉图景，营构出的模糊感正是遵循着"言不尽意"的美学主张，由实而虚，虚而弥散，散而归一，形成了汪曾祺小说独特的文体风貌，呈现出"形散而神不散"的文体表征。

传神而不刻意的物象书写，是汪曾祺小说的特色，也是营构虚实相生的文学意境的具体手法，可谓"发之于物我并生的性情，落实于市井人生，更酿造出在天地景物风致中看人生、赏玩人情世故的审美意绪"①。这是经由汪曾祺艺术选择的物象空间所带来的审美效果。汪曾祺戏曲与小说中都出现了对具体物象的描写，意在营造真实气氛，也通过物象词汇的叠加活跃了语言节奏感，给人似水般的生活质感。"汪曾祺的大爱则是收缩于物象之内，一举手以投足之间，不任意泛滥，如溪流潺潺，不事挥霍。"② 这是唐湜对汪曾祺20世纪40年代小说的评论，而其中能够容纳大爱的"物象"一词不得不引起重视和追问。"物象"更贴近客观自然物本身，物象书写具有还原事物本身意图，愈加凸显民间生活的朴实与纯粹，与此同时，也给读者留下更多的审美想象空间。由此可见，"物的形象成为联结对象事物和作为感知主体的人之间的中介"③。汪曾祺认为，物象书写的语言是"超越理智，诉诸直觉的语言"④，这与伯格森的艺术直觉说的

① 肖鹰．中国美学通史（明代卷）［M］．南京：江苏人民出版社，2014：327.
② 唐湜．新意度集［M］．北京：生活・读书・新知三联书店，1990：125.
③ 刘成纪．物象美学——自然的再发现［M］．郑州：郑州大学出版社，2002：154.
④ 汪曾祺．汪曾祺全集9・谈艺卷［M］．北京：人民文学出版社，2019：360.

观念是一致的，即美是物本身的属性，不以人的主观意志为转移，汪曾祺物象书写的实质就是直觉性地把握民间事物本体的方式。他在 20 世纪 40 年代的小说中已通过"物象书写"的方式揭示了高邮民间文化的物质性特征，并通过物象的描摹延展到乡土社会空间的审美想象，从而有利于实现读者的审美体验——由实到虚、由有限到无限的整体性审美体验。这种创作手法，在 20 世纪 40 年代汪曾祺小说创作中已趋于成熟，并成为汪曾祺民间文化写作的一种相对固定的程式化手法。

需要注意的是，汪曾祺对民间物象的选择并不随意，他选择的是能够代表乡土文化的实体符号，具有地域性、民间性及文化性特征，其目的是烘托民间气氛，塑造审美化民间，并通向了"文化记忆场"① 的建构，而"文化记忆场"融合了作家独特的生活经验和审美理想，是现实性与虚构性的统一。夏志清赞赏张爱玲用"物象思维"进行的文学创作，"上起清末，下讫中日战争：这世界里面的房屋、家具、服装等等，都整齐而完备。她的视觉的想象，有时候可以达到济慈（Keats）那样华丽的程度"②。而汪曾祺"物象思维"的运用则不可避免地指向了象征民间文化的"物"，由此导向更具民间文化风貌的体式，即"风俗画体"的文体建构。例如，《鸡鸭名家》是汪曾祺 20 世纪 40 年代的小说代表作，文中详尽地描述了桥头茶馆的"盛况"。"茶馆"在汪曾祺小说中多次出现，茶馆里人物的流动性很强，集中体现了高邮的民俗民情，是民间文化生活的象征，洋溢着底层民间人物的生命活力。这里的"桥头茶馆"是放鸭高手陆长庚的常来之地，文雅之地会聚着闲散之人，雅俗并存，唯茶馆文化独有。汪曾祺将

---

① "文化记忆场"的概念，便是在"文化记忆"与"集体记忆"的理论基础之上对诺哈"记忆场"的拓展，它既强调空间性，也强调时间性。更重要的是，"文化记忆场"还具有文化建构和身份认同的作用，其内容包括了代表性建筑物、历史、遗迹、民俗、祭祀、仪式、美术作品等，即能够唤起一个民族对其文化深层次的记忆的事物。秦雅萌．"物象之内"：论 40 年代汪曾祺的故乡书写［J］．中国现代文学丛刊，2018（5）：240．

② 夏志清．张爱玲的短篇小说［M］//刘绍铭，梁秉钧，许子东．再读张爱玲．济南：山东画报出版社，2004：357．

"茶馆"里卖的东西如数家珍般地罗列，年代感与民间性和盘托出，桥头茶馆中的物象图景也成为最典型的高邮文化景观。

> 桥头有个茶馆，为的鲜货行客人，蛋行客人，陆陈粮行客人，区里，县里，党部里来的人谈话讲生意而设的，卖清茶，代卖烟纸，洋杂，针线，香烛，鸡蛋糕，麻酥饼，七厘散，紫金锭，菜种，草鞋，契纸，小绿颖毛笔，金不换黑墨，何通记纸牌。①

再如，《羊舍一夕》是汪曾祺以在张家口沙岭子工作生活为背景创作的短篇小说。"十七年"文学中，这篇小说的美学品质实属上乘，汪曾祺没有跟随政治为主导的创作风气，而是围绕几个少年的人际关系及现实生活，以人物小传与人物对话的方式叙事，传递他们对未来生活的美好愿望。对"农场"的描绘是第一部分的最后一段，实实在在的静物描写，将农场的布局与器物的摆放清晰描绘，恰如电影语言中的"空镜头"，不见明确的叙事对象，却能感受到由羊舍空间延展开来的农场氛围。对农具仓库、羊圈、果园的描述与后文几个少年的具体工作环境相呼应，颇有"静故了群动，空故纳万境"之感。

> 屋里有一盏自造的煤油灯——老九用墨水瓶子改造的，一个炉子。外边还有一间空屋，是个农具仓库，放着硫铵、石灰、DDT、铁桶、木叉、喷雾器……外屋门插着。门外，右边是羊圈，里面卧着四百只羊；前边是果园，什么都没有了，只剩下一点葱，还有一堆没有窨好的蔓菁。②

由此可见，汪曾祺小说的"程式化手法"即惯于描写与乡土社会关系紧密的器物、食物、民俗工艺品，或者是通过什物的白描营造民间生活氛

---

① 汪曾祺. 汪曾祺全集 1·小说卷 [M]. 北京：人民文学出版社，2019：187.
② 汪曾祺. 汪曾祺全集 1·小说卷 [M]. 北京：人民文学出版社，2019：2.

围，传递丰富的历史文化信息，或者是对固定空间内物与物之间关系的精细描写，传递民间生活秩序的自然和谐之美。汪曾祺独特的物象思维，既连接着现实民间，又关系着理想民间，以平实朴素的方式写平实朴素之物，"将'写风俗'推进为'以风俗画的笔法写风俗'，从而创建了一种具有独特艺术价值的'风俗体'小说"①。

沿着戏曲"程式化传统"的思路，跨越体裁界限，转而进入从具象性通向整体性的话语表达方式，即小说的"物象书写"，再指向更广阔深远的"风俗画体"的文体建构，汪曾祺审美理想的根底正在于中国传统艺术的写意精神。文学作品中的"物象"较之"意象"，更切近民间生活的自在之物本身，悬置人的理性与情感，彰显最为自然的生活情趣。正可谓"夫诗有别材，非关书也；诗有别趣，非关理也。然非多读书，多穷理，则不能及其至"②。民间文化形态存在于民间生活，汪曾祺笔下的"物"就是民间文化形态的构成元素，物之情趣是物自由本质的彰显，物自身打开的世界与汪曾祺的审美意识相碰撞，便是兴之所及，妙悟即真，由此进入了审美化民间。

二、"戏剧潜流"与冲淡书写

凡是戏剧，都有其成为戏剧的根本属性，即戏剧性，"戏剧性"不能狭隘地理解为叙事情节设计上的偶然与巧合，也不仅指故事和人物的传奇性及性格化对话。人们之所以习惯将"戏剧性"粗浅地理解为外部戏剧冲突，是因为20世纪初期以来西方现代话剧的引进，强调显在"矛盾""冲突"的戏剧观深入人心。中国戏曲虽以抒情性见长，但并不是没有戏剧性，只是这种戏剧性更多体现为内心冲突，而不是外部冲突。王国维用"歌舞演故事"概括中国戏曲的审美特性，强调中国戏曲并不是以故事情节作为表达戏剧性的要素，更多是以歌舞表演博得观众的认同。也就是

① 杨红莉. 民间生活的审美言说：汪曾祺小说文体论［M］. 北京：北京大学出版社，2008：191.

② 严羽，郭绍虞. 沧浪诗话校释［M］. 北京：人民文学出版社，1961：26.

说，中国戏曲的"戏剧性"是以内在的戏剧冲突为特征，非但不与"抒情性"对立，反而通过大量唱段和程式化动作"直接地抒画人物的心理、感情、情绪的构思"①，这恰与歌唱、舞蹈这类表现性艺术的表达方式相匹配。这种"内在的戏剧冲突"与西方现代主义文学的叙事风格不谋而合，提到西方现代主义文学对汪曾祺的影响就绕不过阿索林，"他的小说的戏剧性是觉察不出的戏剧性，他的'意识流'是明澈的，覆盖着清凉的阴影，不是芜杂的，纷乱的"②。阿索林是汪曾祺欣赏的作家，汪曾祺的文学创作不可避免地受其小说叙事风格的影响。

汪曾祺认为"中国戏曲的结构像水"，其小说也具有"水"的特质，这是对两种体裁感性形态特征的经验表述。孙郁评价说："汪曾祺的好处，在于以小品之语写民间故事，用戏曲的思维勾勒小说，又能在民俗与学问里漫步，不经意间写出人间诸多颜色。"③ 汪曾祺在《〈西方人看中国戏剧〉读后》中引用并肯定了俞大纲教授的话"人际关系以及人与自己性格的协调，便是京剧剧本的冲突性"④。汪曾祺的小说创作，正是通过民间生活气氛和民间传统文化的描写，诠释出人物的性格特征，从而有了人与环境、人与文化、人与人之间的冲突。传统戏曲影响了汪曾祺的小说创作，契诃夫戏剧对内在冲突的成熟运用，与汪曾祺对待生活的审美观念相契合，所以汪曾祺不仅是从传统文化上找到了小说戏剧性的表达方式，更是在小说实践中自然运用了契诃夫的"戏剧潜流"⑤ 来表现民间生活的实相，如鲁迅评价《红楼梦》时所言"盖叙述皆存本真，闻见悉所亲历，正因写实，转成新鲜"⑥。

---

① 汪曾祺. 汪曾祺全集 10·谈艺卷［M］. 北京：人民文学出版社，2019：19.
② 汪曾祺. 汪曾祺全集 9·谈艺卷［M］. 北京：人民文学出版社，2019：316.
③ 孙郁. 当代文坛的汪迷们［J］. 小说评论，2014（5）：26.
④ 汪曾祺. 汪曾祺全集 9·谈艺卷［M］. 北京：人民文学出版社，2019：477.
⑤ "契诃夫在戏剧作品里就常常把重大的突发性的事件隐退到幕后，而把日常的平淡、琐碎的生活场景推到幕前，在表面平静的生活后面隐藏着强烈的戏剧冲突，从而形成了一种独特的'戏剧潜流'。"李辰民. 走进契诃夫的文学世界［M］. 香港：香港天马图书有限公司，2003：29.
⑥ 陈平原. 小说史：理论与实践［M］. 北京：北京大学出版社，1993：215.

尽管汪曾祺的小说都是短篇，但没有将矛盾冲突强化集中，他认为写小说就是写生活，如果小说戏剧性太强，那不如直接写戏。这与明清以来，中国小说逐渐从注重传奇性向关注现实性、日常性的转变保持一致。汪曾祺的散文化小说冲淡了社会冲突、环境冲突、命运冲突等外在性冲突，使得小说叙事风格似水流般自然轻缓。实际上，强烈的戏剧冲突会在文字之外的回味中反场。故而，汪曾祺小说就有了语言表达从实到虚，情感体验却从弱到强的空灵意味。举例来说，女子嫁人，娘家送灯是民间风俗，寓意祈求多子。《珠子灯》前三分之一篇幅写的是"珠子灯"的民俗风物志，看似与小说人物和情节并无直接关联，而在文学意蕴的表达上却体现着汪曾祺的老练与智慧，晶莹华丽的"珠子灯"与人物悲剧命运构成反讽的修辞语用。"珠子灯"既有实用价值又有民俗文化性，是民间文化的物质形态，汪曾祺将民间文化语境中的"灯"与"人"相互关联，"娘家送灯—过节点灯—夫亡灯暗—珠子散落"与孙淑芸悲剧命运发展同步，意在建构民间文化统一体。整体上看，"珠子灯"民俗风物志的描述并非与后文断层，实则已作为"戏剧潜流"进入小说叙事，从喜到悲，是内在性戏剧冲突自然发挥作用，其本质是亡夫女子固守贞操观念的封建礼教施加的负面效果，导致了孙淑芸命运的悲剧性。

> 她就这么躺着，也不看书，也很少说话，屋里一点声音没有。她躺着，听着天上的风筝响，斑鸠在远远的树上叫着双声，"鹁鸪鸪——咕，鹁鸪鸪——咕"，听着麻雀在檐前打闹，听着一个大蜻蜓振动着透明的翅膀，听着老鼠咬啮着木器，还不时听到一串滴滴答答的声音，那是珠子灯的某一处流苏散了线，珠子落在地上了。[①]

由上文可知，汪曾祺通过声音的描写，对比屋内的冷清与屋外的热闹，空灵之感应运而生。"屋里一点声音没有"，屋外却出现了多种声响，

---

① 汪曾祺. 汪曾祺全集 2·小说卷 [M]. 北京：人民文学出版社，2019：247.

斑鸠的叫声、麻雀的打闹声、蜻蜓振翅声、老鼠咬木声，最后又回到了屋内珠子灯的珠子散落的声音，象征着希望的破灭。孙淑芸病重卧榻，只能通过自然声响回应自己生命的律动，她是被落后的民间文化吞噬的生命个体，小说的戏剧冲突正是被压抑的生命个体与压抑人性的落后文化之间的冲突，即小说的"戏剧潜流"就是民间文化本身，文本语言之内的是"珠子灯"的民俗风物志，之外的是民间文化落后的一面。再如，《晚饭花》围绕李小龙和王玉英的家，描绘了朴素安逸的民间生活环境，渲染出李小龙对王玉英淡淡的倾慕之情。黄昏中，李小龙看到的王玉英是美好的，"红花、绿叶、黑黑的脸、明亮的眼睛、白的牙，这是李小龙天天看的一张画"①。直到王玉英嫁了钱老五，李小龙的黄昏也跟着消失了，物是人非，只有晚饭花依然盛开，汪曾祺将笔墨用来描述可见的环境和生活，反而冲淡了李小龙激烈的心理变化，其实潜在的戏剧张力已经开始发酵，小说的结尾很干脆：

> 李小龙觉得王玉英不该出嫁，不该嫁给钱老五。他很气愤。
> 这世界上再也没有原来的王玉英了。②

实际上，能够拎出故事主线、情节变化发展的小说，归根到底都是戏剧性在支撑。汪曾祺小说的特色就在于"戏剧潜流"的巧设与冲淡平实的语言相得益彰。《晚饭花》的结尾才言及李小龙内心的真实想法，两行文字言简意赅，十分有力。从而可知，戏剧冲突从来没有消失，只是被汪曾祺藏到读者的审美想象之中，最后的点染是智者的点拨，也是美感的深化。再如，《三姊妹出嫁》的审美基调喜庆绚丽，三姊妹的父亲和三姊妹的丈夫都是勤劳朴实的劳动人民，他们没有太多学识，却安居乐业。小说结构简单，语言轻快，依次叙述了秦老吉三个女儿的婚姻状况，三个女婿的职业分别是皮匠、剃头匠、会做"样糖"的手艺人。作品之所以贯通完

---

① 汪曾祺. 汪曾祺全集2·小说卷［M］. 北京：人民文学出版社，2019：248.
② 汪曾祺. 汪曾祺全集2·小说卷［M］. 北京：人民文学出版社，2019：249.

整，在于汪曾祺自始至终围绕秦老吉的欢喜与担忧的心理变化讲述故事，这种变化很轻很淡，却流溢出朴拙的审美情趣。对承载着民族文化印记的楠木担子，小说开始就有细致入微地描述：

> 扁担不是直的，是弯的，像一个罗锅桥。这副担子是楠木的，雕着花，细巧玲珑，很好看。这好像是《东京梦华录》时期的东西，李嵩笔下画出来的玩意儿。秦老吉老远地来了，他挑的不像是混沌担子，倒好像挑着一件什么文物。①

小说结尾又回到了这副担子：

> 秦老吉心满意足，毫无遗憾。他只是有点发愁：他一朝撒手，谁来传下他的这副馄饨担子呢？
> 笃——笃笃，秦老吉还是挑着担子卖馄饨。
> 真格的，谁来继承他的这副古典的，南宋时期的，楠木的馄饨担子呢？②

女儿的婚姻美满是老父亲最欣慰的事情，但小说绝不只是讲述一个民间生活里温爱自足的故事。民族文化的承传，民间手工艺的延续，更能引发人们的现代性思考，由此也深化了小说的文化意蕴。美满幸福的生活中亦有忧，秦老吉的"忧"就是小说的"戏剧潜流"。汪曾祺多次提及其创作目的"我所追求的不是深刻，而是和谐"。而这篇小说中，"和谐"指的是"三姊妹出嫁"故事层的和谐，是冲淡书写的审美效果，"不是深刻"其实是超越现世生活的深刻，指向文化传承的普世意义。

"晚饭花"系列包括《珠子灯》《晚饭花》《三姊妹出嫁》三篇小说，汪曾祺将吴其濬《植物名实图考》中对"晚饭花"的描述作为小说的引

---

① 汪曾祺.汪曾祺全集 2·小说卷［M］.北京：人民文学出版社，2019：250.
② 汪曾祺.汪曾祺全集 2·小说卷［M］.北京：人民文学出版社，2019：254.

言，即"晚饭花就是野茉莉。因为是在黄昏时开花，晚饭前后开的最为闹哄，故又名晚饭花"①。"晚饭花"的文学意象既与小说内容相关，又具有隐喻和象征功能。广义上，笔者甚至认为"晚饭花"能诠释汪曾祺小说的行文风格："晚饭前"平铺直叙中暗藏玄机，不露痕迹，读者甚至被小说的语言美分散了注意力；"晚饭花开"即用顺乎自然的语言煞笔，待读者的思绪从小说内容回到现实生活，作品的现代意味或文学意蕴也随之晕散开来，刹那间，恍然大悟又或一声叹息。孙郁评价汪曾祺小说的叙事特点，"不用力为文，故举重若轻，谈笑间悲喜立显，宁静中轰鸣皆出"②。即一整日的悄然，都是为黄昏前后晚饭花开做铺垫。总之，汪曾祺用日常化的语言描述那些平淡民间生活，花开时一语道破生活的"真"，绝不是刻意设计的结局，只是延续了一点点情感的震撼或是淡淡的忧伤，但"戏剧潜流"涌现时的力量却表明了汪曾祺对生活最为直觉的把握，通悟生活之道，用的不是宗教的方式，而是艺术的方式。

三、"间离效果"与反思书写

布莱希特观看梅兰芳表演得到启发，提出"间离效果"的戏剧学概念并在《论实验戏剧》中对"陌生化"（间离效果）做了阐释："对一个事件或一个人物进行陌生化，首先很简单，把事情或者人物那些不言自明的，为人熟知的和一目了然的东西剥去，使人对之产生惊讶和好奇心。"③也就是说，将人们司空见惯、习以为常的生活现象进行陌生化处理，审美主体会不自觉地结合前置经验和理性意识，间离（超越）戏剧故事和表演，在更高层面上把握事物的本质。中国戏曲的演员和角色、观众和演员之间关系都是疏离的，虚拟的角色行当生、旦、净、丑，是将现实生活中人物的概念化和符号化的结果，程式化的动作也明确了戏曲行动的非现实

---

① 汪曾祺. 汪曾祺全集 2·小说卷［M］. 北京：人民文学出版社，2019：245.
② 孙郁. 当代文坛的汪迷们［J］. 小说评论，2014（5）：26.
③ 贝托尔特·布莱希特. 戏剧小工具篇［M］. 丁扬忠，译. 北京：北京师范大学出版社，2015：106.

性，戏曲遵循的是化实为虚的艺术原则，由此带来的"间离效果"演员和观众都明白，舞台上的一切并不是现实生活，演员明确"我是在表演"，观众则确定"我是在看表演"。布莱希特欣赏戏曲艺术对朦胧感的追求，他认为这种臻于完美的艺术形式为其戏剧观形成提供了契机和思路。布莱希特与传统的"亚里士多德式"戏剧追求的戏剧效果截然不同，传统戏剧希望观众通过观看演出引起共鸣，使情感得以陶冶和净化，布莱希特则更希望受众不要沉湎于戏剧故事，引发受众理性的认知与思考才是戏剧的理想追求。朱光潜认为艺术欣赏应该有"审美距离"，在戏曲中表现为中国化的"间离效果"，就戏曲艺术的审美效果而言，汪曾祺称为"若即若离，入情入理"。

汪曾祺的戏曲创作就实现了"若即若离，入情入理"的审美效果，既传递了审美趣味，又引发了哲学思考。其中，审美趣味关系到情感的触动，是通过提高戏曲的文学性实现的，在本章第二节中已有说明，不再赘述；哲学思考关系到智慧的增益，是通过三种"间离"的戏剧手法实现的。第一种"间离"手法，指塑造显在的剧中人与潜在的批评家合二为一的人物形象。《中国戏曲有没有间离效果》一文中，汪曾祺提及戏曲中"丑角"的特殊性，他对"丑角"在传统戏曲中承担的价值功能给予肯定，"丑角"的间离效果非常突出，既承担叙事功能，又"是一个旁观者，他就是时常要跳到生活之外，对人情世态加以批评的"①。如《京剧剧本·范进中举》中的关清、顾白正是汪曾祺塑造的丑角，他们参与文学叙事，是乐于助人的农民，又是置身官场之外、通晓事理的自然人，剧本以关清、顾白的台词结尾，"什么乱七八糟的！"既顺延了叙事内容，又暗喻了封建科举制度的荒唐，讽刺喜剧的审美效果得到最大限度的彰显。再如，《一匹布》的结局，张古董为一己之私将沈赛花借出，无情无义有悖人伦，驴夫官将沈赛花判给李天龙，是基于二人青梅竹马的诗意过往，张古董说道："你问问台下那么多男人，就都那么有诗意？缺乏诗意怎么着啦！缺

---

① 　汪曾祺．汪曾祺全集9·谈艺卷［M］．北京：人民文学出版社，2019：153.

乏诗意就该把媳妇给别人?"① 由此可见，驴夫官断案的依据与汪曾祺的情感理想是一致的，此处由张古董点破，强化了舞台喜剧效果，衍变为一出典型的"抒情闹剧"②；第二种"间离"手法，是塑造引导受众进行理性思考的剧中人，他们通常是不参与叙事的表演者兼评论者。京剧《一匹布》中的检场人甲和乙，就是连接着观众与剧情的中间人，在一定程度上代受众发声，从两人之间的对话与两人对剧情发展的判断中，观众能直观领悟到戏剧传递出理趣与哲思。针对张古董借妻的剧情，甲乙二人的评论性台词"无利不起早，有奶便是娘，开设租妻铺，字号缺德堂"③。民间语言的通俗并不代表义理的平庸，二十五个字揭示了张古董的伪善面目，更是能引发社会性反思，国民劣根性的本质正是为了一己私利而丧失道德的底线；第三种"间离手法"是副末的添加，在京剧《一捧雪》的前言部分，汪曾祺直言旧戏除了审美作用之外，还包括认识作用，"为了减弱感情色彩，促使观众思索，所以加了一个副末"④。副末的添加绝不仅是为了说教，要是融情于理，用的是审美化的民间语言，甚至有些游戏趣味，生动押韵。比如，"一张巧嘴两张脸，十个清客九个浑。世上哪有'一捧雪'，人间不乏狗汤勤。"⑤ 前两句的数字游戏，与《沙家浜·智斗》中阿庆嫂的经典唱段有异曲同工之妙。

汪曾祺小说创作深受传统戏曲的影响，亦在多处体现了戏曲思维。所以，小说文本自然会流溢中国化的"间离效果"，达到汪曾祺所谓的"若即若离，入情入理"审美特征，即"用一种揶揄的、幽默的，甚至是玩世不恭的态度来观察某些不正常的、被扭曲了的生活，为了提高戏曲的诗意和哲理性"⑥。小说中的诗意性和哲理性的强化，也正在于小说中"丑角"的妙用与叙事者的现身，同样本着"揶揄的、幽默的、玩世不恭的态度"，

① 汪曾祺. 汪曾祺全集 8·戏剧卷 [M]. 北京：人民文学出版社，2019：241.
② 魏子晨. 假如组建一个汪曾祺京剧团呢? [J]. 上海戏剧，1989（3）：36.
③ 汪曾祺. 汪曾祺全集 8·戏剧卷 [M]. 北京：人民文学出版社，2019：215.
④ 汪曾祺. 汪曾祺全集 8·戏剧卷 [M]. 北京：人民文学出版社，2019：290.
⑤ 汪曾祺. 汪曾祺全集 8·戏剧卷 [M]. 北京：人民文学出版社，2019：301.
⑥ 汪曾祺. 汪曾祺全集 9·谈艺卷 [M]. 北京：人民文学出版社，2019：154.

其目的是破坏身临其境的现实感，改变传统叙事模式，增添理趣和现代意味。汪曾祺小说中敢于"说真话"的人都是具有民间立场的人，由此，小说的现代思想也自然契合人道主义理想。

此外，汪曾祺表现政治文化的方式十分巧妙，虽然他不善于书写反映社会巨变的大事件，但他也从来没有脱离政治语境进行文学创作，即"汪曾祺与政治的关系，是小说文本与现实语境的关系，而不是在文本中表现作为现实语境的政治"①。例如，黄裳对汪曾祺小说《黄油烙饼》的评价很高，他认为这篇小说既有撼动人心的效果，又有"夫子自道"的成分。汪曾祺将自己的情感立场和政治态度融入小说叙事，用的是虚化苦楚、渲染真情的笔法，将隐忍的"苦楚"与温爱的"亲情"对比，使得作品具有了"撼动人心"的效果，从而引发读者对特定语境政治文化的反思。《黄油烙饼》中七岁的萧胜疑惑地问爸爸："干部为啥吃黄油烙饼？"像极了安徒生童话《皇帝的新装》里孩子说的话："可是他什么也没穿啊！"意会其中，妙不可言。童言无忌，引人深思。再如，小说《郝有才趣事》中的郝有才是没什么特点的普通人，汪曾祺用大量笔墨去书写其生活琐碎之事证实他的普通，直到做了一件微不足道的好事，却被要求小题大做，而郝有才不知如何做讲用报告，场面尴尬，最后只得说一句"毛主席教导我们说：瓶了就是瓶了！"② 对比"郝有才"和《京剧剧本·范进中举》中的关清、顾白的人物塑造，其人物命名也有着双关语的意味，"有才"实则"没才"，"没才"反而有"大才"，在紧张的政治语境中不明事理地讲实话，实则是一种讽刺性幽默，但也不得不引发人们的反思。小说中的郝有才正是承担戏曲中"丑角"的叙事功能，绝假存真的本性反而使其具有了为人乐道的可爱，而一众人等的大笑，表面上是笑郝有才的实诚，实则更是笑时局的荒诞与虚假。再如，《寂寞与温暖》中，叙事者跳出故事情节，现身说理，强化了现实的荒诞。

---

① 王尧. 重读汪曾祺兼论当代文学相关问题［J］. 文艺争鸣，2017（12）：19.
② 汪曾祺. 汪曾祺全集2·小说卷［M］. 北京：人民文学出版社，2019：32.

　　也许什么都不为，就因为她在这个农业科学研究所。研究所，是知识分子成堆的地方，怎么也得抓出一两个右派，才能完成"指标"。经过领导上研究，认为派她当右派最合适。①

　　这段话既是叙事的需要，又是叙事者与作者的重合，沈沅的经历与汪曾祺自身的经历如出一辙，所以有研究者推断，沈沅就是汪曾祺自己，"夫子自道"之意不言自明。汪曾祺的直言不讳，义气陈词，是被压抑的苦闷情绪在艺术表达中的释放。

　　除了对特殊语境中对政治文化的反思，汪曾祺小说中也有对传统文化、民族心理、生存意义的思考。例如，《花瓶》的结尾，叙事者直言迷信和宿命观念潜伏在中国人思想里，研究迷信故事有助于人们了解民族心理，从义理和文化的角度阐释小说思想，采用的是汪戏曲"副末"的表现手法。再例如，《钓鱼的先生》的文末，"你好，王淡人先生！"叙事者参与文本叙事，与王淡人展开平等对话，起到了间离效果。此外，采用和老朋友打招呼的口吻，既表达了对王淡人的尊敬，又对王淡人不计酬报医治穷人的人道主义精神给予肯定。而戏曲《大劈棺》中的庄子与小说《卖蚯蚓的人》中"我"在文学叙事中发挥了同样作用，既承担叙事功能，又通过唱词（语言）直接表达观点，既没有暗示也无象征，间离效果最是明显。《卖蚯蚓的人》将"我""叙事者""作者"重合，回应了评论家对汪曾祺小说"缺乏思想意义"的结论。

　　我是个写小说的人，对于人，我只能想了解、欣赏，并对他进行描绘，我不想对任何人作出判断。像我的一位老师一样，对于这个世界，我所倾心的是现象。我不善于作抽象的思维。我对人，更多地注意的是他的审美意义。你们可以称我是一个生活现象的美食家。②

---

① 汪曾祺. 汪曾祺全集 2·小说卷［M］. 北京：人民文学出版社，2019：129.
② 汪曾祺. 汪曾祺全集 2·小说卷［M］. 北京：人民文学出版社，2019：324.

　　"无意义之意义"才是审美的本质意义，汪曾祺通过小说人物之口为自己辩护，意在说明文学不应该具有直接功利性的目的，既不是载道的工具，也不是政治传声筒。作为予人温暖的艺术家，汪曾祺看到的都是民间小人物的美好，"正是这些人物具有的善良、勤劳、仁爱、自尊的品性以及对生活和美的事物的强烈热爱，使得这些人物充满了诗意，并以这种诗意感染了读者。"①

　　总而言之，汪曾祺在戏曲和小说创作中强化"间离效果"的目的，都是为了与观众（读者）形成对话，意在通过对话激发读者对现实的思考。与西方阐释学的观点来解读，即意义在对话中生成。有了理性的参与，自然深化了作品的主题。

---

　　①　张舟子. 论汪曾祺笔下的中国人形象［J］. 中州学刊，2018（07）：139.

第五章

民间之美的升华：汪曾祺小说"民间—民族"范式书写

汪曾祺坚持着民间本位的创作立场，以人道主义为精神根底，通过审美化民间的塑造，实现了小说"民间—民族"的范式书写。就其创作而言，倡导"语言本体论"的汪曾祺，以其驾驭现代汉语的书写能力，使作家的创作个性与民族历史的文化共性有机结合，以独特的视角发掘并展现了中国民间文化中的民族文化传统。可以说，民间文化已不仅是其创作对象，也不仅是其审美理想的精神构成，在更深远的意义上，汪曾祺找到了将民间文化推向民族文学的路径。

一切高雅艺术都源于民间，就像是所有大人都曾有过童年。从未丧失过童心的汪曾祺，也从未舍弃民间本位的小说创作，相反，他将民间文化的包容性、真实性、审美性等特征发挥到了极致，并找到了与文人传统沟通的结点。本章节通过比较沈从文、老舍、赵树理与汪曾祺的"民间立场"的差异，探讨汪曾祺"审美化民间"具有永恒之美的根本原因；从汪曾祺与高邮地域文化关系的角度介入，分析汪曾祺小说抒情风格的形成底因；通过分析汪曾祺小说中具有的民间文学质素，归纳汪曾祺是如何通过文学的语言艺术实现了民族文学形式的书写。

民间文化是底层文化，是人之本然的文化，也是相对稳定的文化类型。民间文化是民间生活，所谓"不离日用常行内，直到先天未画前。"汪曾祺从民众的日常生活出发，一方面，平视民间，移情民间，用一种发自本心的乐世精神，建构审美化的民间，升华了民间之美，通向了哲学意义上的美之永恒；另一方面，他在边缘的民间文化中发现了主流的民族传统，并将这种民族传统融入其小说语言之中，"语言必然影响思维，语言决定一切"①。基于语言本体观，汪曾祺小说具有了别具一格的叙事格局与文体风貌。

第一节　民间本位与人道主义精神

汪曾祺自称"中国式的抒情的人道主义者"，其民间本位意识与人道主义紧密相关。可以说，强烈的民间本位意识是实现其人道主义精神的原点，人道主义精神是其民间本位意识的升华。也可以说，民间本位意识是汪曾祺人道主义精神的内涵，而人道主义精神是其民间意识的外延。

"人道主义"一词源于西方文艺复兴，《新不列颠百科全书》将之定义为"一种把人和人价值置于首位的观念，常被视为文艺复兴的主题。"② 京派文学作家是"人道主义"中国化的实践者，作品中对人道主义的强调与阐释，表明其对西方进步价值观的认同。作为京派文学的传承人，汪曾祺小说中的人道主义是对京派文学精神的继承与发扬，而不同于其他京派作家的是，汪曾祺的民间审美意识使人道主义精神具有了鲜活的生命质感与民间色彩，并且与中国传统文化的精神脉络自然归合。汪曾祺的"人道主义精神"是基于民间审美意识的中国化实践，最大限度地使人道主义精神从启蒙民间走向了对话民间，并且在这一西方现代思想的激发下，使中国传统文化中的"大传统"与"小传统"交融互渗，成功实现了现代转化，因而具有了广泛而普遍的现实意义。

五四新文化运动中，周作人率先从资产阶级人道主义立场出发，在《人的文学》中呼吁"我们希望从文学上起首，提倡一点人道主义思想。"③ 之后，他又在《平民文学》中提出建设新文学的主张，其中包含

---

① 汪曾祺.汪曾祺全集 11·诗歌、杂著卷［M］.北京：人民文学出版社，2019：387.

② 文学武，黄昌勇.论京派小说的人道情怀［J］.同济大学学报（社会科学版），2001（01）：16.

③ 钟叔河.周作人文类编（本色卷）［M］.长沙：湖南文艺出版社，1998：33.

了"人的文学"实践方法的具体阐释，即"平民文学应该以普遍的文体，写普遍的思想与事实"①。由此可见，周作人的"人道主义"更多是以"启蒙"为目的的人道主义，是作为民间社会之外的知识分子立场的人道主义，他将西方现代意义上的"人道主义"引入中国现实境遇，却没有进一步与传统文化交融，实现本土转化，这与其民间体验的缺失有关，纯粹的知识分子立场，致使周作人对民间群众的同情远远大于共情，但不能否认其对民间的关注具有先锋意义。废名、沈从文、李健吾、萧乾、汪曾祺等不同时期的京派作家具有不同的文化积累和人生经历，但总体而言，京派文学作家致力于反映底层民众的苦难境况，表现中国乡土文化中自由淳朴的精神，这是在民族文化传统维度上彰显人道主义精神之必经道路。

　　然而，汪曾祺的民间立场是独特的，既不同于沈从文，也与老舍、赵树理相异。汪曾祺的民间立场，少了沈从文的哀愁忧思，也没有老舍的沉重深刻，相对而言，他与赵树理更近一些，但由于他的文化积累更深厚、审美意识更强，所以有了赵树理所不具备的文人意绪与艺术格调，其小说比赵树理小说的生命力更强盛，美则久矣。就小说的文本形态而言，汪曾祺的"审美化民间"与废名、沈从文一脉相承，但出发点却与赵树理心有戚戚，而在对"民间—民族"文化本体的挖掘与传承上，又直接受到老舍的影响。最终，汪曾祺的民间审美立场经过了长达几十年的沉淀，得以化繁为简，而在其生命历程中出现过的沈从文、老舍、赵树理等人都从不同的角度对汪曾祺的民间立场的形成注入了思想及文化资源。基于此，笔者认为汪曾祺"抒情的人道主义"中存在的这三人的民间文化因子——乡土社会、曲艺民俗、大众风格，大体指向了文本内容、叙事艺术与读者接受。

　　需要注意的是，汪曾祺的民间立场是浑然一体的，并不能机械地划分，贯穿其一生的民间体验和温和性情是形成民间审美意识的前提，对不同作家的文化接受也始终以此为基点。但是，汪曾祺恰恰选择了沈从文、

① 周作人. 人的文学 [M] //李春雨，杨志. 中国现代文学资料与研究. 北京：北京师范大学出版集团，2008：91.

老舍和赵树理文学观念里与"人道主义精神"最为切近的民间文化要素，所以其民间立场才具有主观性与超越性并存的特点，并与存在主义的人道主义不谋而合，即"人始终处在自身之外，人靠把自己投出并消失在自身之外而使人存在"①。汪曾祺笔下的"审美化民间"正是自然和谐的民间审美世界，是此在的，也是超越的。《受戒》《大淖记事》等"风俗画体"小说皆有此意，既有"有我之境"之况味，也有"无我之境"之韵味，这也在一定程度上印证了他对存在主义选择的必然性。

沈从文对人性美的歌颂，体现着他的人道主义情怀和文学理想，即"追求一种优美、健康、自然又不悖乎人性的人生形式"②。汪曾祺在《自报家门》中提及《沈从文小说选》对他的深远影响，主要体现在文学兴趣的产生与创作风格的形成，与此同时，他写下了大量与沈从文有关的文学作品，肯定了沈从文的为人与为文的态度。他们在文学观念上的相通之处，具体体现在：对淳朴民间生活的亲近，对主流意识形态的疏离，对自然风情与民风民俗的真实记录。虽然二人都具有民间立场与人道主义情怀，擅于用诗性化的语言表达和谐美，人性美，风俗美，但是细究起来，还是能够感受到二人的不同。汪曾祺笔下的民间是"世俗民间"，描绘的生活是"市井生活"，具有旺盛的人间烟火气息，他笔下的民间人物既有天然人性，也有世俗趣味，这些人物更接地气。而以"乡下人"自称的沈从文，更多的是在与城市文化中人性扭曲、道德沦丧的对比中，肯定边地生活的自然淳朴与人性自由，沈从文对湘西文化的青睐，多少有点避世意识，他对现实生活境遇持有悲观和否定情绪，正是"以自然人性为标尺，审视都市人性的扭曲与异化。"③ 由此可见，沈从文的民间立场并不彻底，他具有"崇拜自然"的倾向，认为完美的生命形式是魔性与神性的和谐共存，湘西人的"野蛮"有两面性，既是一种纯粹原始生命力的召唤，同时

---

① 让-保罗·萨特. 存在主义是一种人道主义［M］. 上海：上海译文出版社，1988：30.

② 沈从文. 沈从文文集·第5卷［M］. 成都：四川人民出版社，1983：231.

③ 刘爽. 论沈从文的人性论文学观［D］. 济南：山东师范大学，2015：7.

也缺乏理性的道德意识，只有保持前者的天然才有"真"的实现，只有超越生命的原始野性才能把握神性，从而具备"善"，继而在二者的协调统一中实现美的诉求。"湘西世界"更倾向于幻美梦境，与现实生活相距甚远。相对来说，汪曾祺"风俗画体"小说中的"民间文化形态"既是天然自在的，也是世俗平逸的，高邮生活没有湘西世界的缥缈与遁世。汪曾祺言简意赅地给"小说"下定义，他认为写小说就是"跟一个可以谈得来的朋友很亲切地谈一点你所知道的生活"①。由此可见，汪曾祺写作的目的单纯，其野心和格局没有沈从文宏大，性情也没有沈从文的倔强与顽强。20世纪 50 年代中期，从昆明来到上海的汪曾祺，由于不适应城市生活，产生过自杀的念头，沈从文得知后将他痛骂"你手中有一支笔，怕什么！"② 事实上，文人的懦弱与胆怯，也在一定程度上限定了他的创作取向，可以说，乐世安世的生活态度，导致汪曾祺的小说表达只是偶有锋芒与嘲讽，绝大多数小说饱含温情，具有抚慰人心的功效，不尖锐也不深刻，情感意绪流淌开来。

通过对比，可得知沈从文与汪曾祺的民间立场之差异。沈从文于 1931 年创作的《边城》，时年 29 岁，汪曾祺于 1980 年创作了《受戒》，时年 60 岁，虽然在艺术形态上相仿，都是文学史上的杰作，但是二人的创作心态截然不同，沈从文创作《边城》时年轻气盛，理性意识更强一些，虽然是抒情形式，内里却攒着一股劲儿；汪曾祺《受戒》却将怀恋情愫徐徐铺展，描绘这幅风俗画的创作过程，也是多年紧绷心绪的缓释过程，跌宕起伏之后尽显轻快与清新，诗性智性呼之欲出，数十年的生命体验是文章气之恒然的关键，这也是汪曾祺小说常读常新的根本原因。

由于汪曾祺对民间生活的热爱是浸入式的，他涵化了民间生活赋予他的快乐，他的民间立场是完全的、彻底的，而"审美化民间"的塑造也是由衷的、主动的、积极的。20 世纪 50 年代末，汪曾祺在农科所工作期间，

---

① 汪曾祺. 汪曾祺全集 11·诗歌、杂著卷［M］. 北京：人民文学出版社，2019：367.

② 汪曾祺. 汪曾祺全集 5·散文卷［M］. 北京：人民文学出版社，2019：118.

处境困苦且被动，但仍对绘制《马铃薯图谱》的工作欣然乐道，绘之食之，非但不觉苦涩反而窃喜地认为自己是吃马铃薯种类最多的人。由此可见，汪曾祺即便是在无趣寂寥的生存现状里也要自发地寻觅快乐，这种生活态度直接决定了汪曾祺对民间的审美态度。即便是离开了故乡高邮，到了昆明、张家口，甚至是20世纪80年代的北京，汪曾祺仍能发现民间生活内部的乐趣与真诚。然而这一点，沈从文并不具备。汪曾祺把儒家"仁者爱人"的理想世俗化了，所以他的人道主义精神掷地有声，并不纯然是理想与追求，他认为只要保持对生活的热爱，就不至于丧失对生活的信心，因此他引导读者认同美在民间，亦在人境的价值观。

如果说沈从文对乡土社会的抒情书写，直接影响了汪曾祺的创作对象与审美理想，那么老舍对汪曾祺的影响，则更加具体地体现在文学实践的细节之中。20世纪50年代，老舍先生是他的上级领导，他对汪曾祺为人为文的影响不容忽视，一篇以老舍投湖事件为原型创作的小说《八月骄阳》，足以见得老舍在汪曾祺心目中的分量。汪曾祺和老舍对绘画与戏曲鉴赏都有自身独到的见解，对民俗艺术尤为关注。出身市民阶层、熟悉市民生活的老舍，具有明确的民间立场，喧闹的胡同小巷，破落的民居旧宅，贫苦的底层民众都被他纳入眼帘，施以同情与慰藉，通过对老派市民、新派市民、正派市民及底层贫民等北京市民生活状态的真实描绘，老舍全景式地勾勒出时代变革中北京城市文化图景。由于老舍是成长于北京市民群体中的知识分子，所以面对日渐衰落的北京文化，他的态度既有情深义重，也有审视批判，与汪曾祺之于高邮的态度不尽相同。汪曾祺笔下的高邮尽是欢腾与欣喜，他着力表现民间文化的积极性，而老舍作品的主题要沉重得多，蕴藏着"恨铁不成钢"的复杂情感，这是他们民间立场的差异所在。其根本原因在于老舍的知识分子属性要明显一些，而汪曾祺更倾向文人艺术家的审美思维，所以老舍能敏锐地捕捉到北京市民的劣根性，汪曾祺却做不到。

笔者认为，老舍的文艺创作带给汪曾祺最大的启示，便是如何平衡俗文学创作中文学性与通俗性的关系，这属于文学创作的内部问题。汪曾祺曾在致黄裳的信中提到，老舍先生酒后坦言京剧《范进中举》没戏。① 老舍为何说"戏剧无戏"？笔者认为，老舍指的是汪曾祺的戏剧语言雅致灵巧但不够通俗，文人气太重，可能会导致演出效果不乐观。事实上，《范进中举》的剧场效果还不错，甚至成为演出的开场大戏。然而，老舍也是以小说家的身份进入戏剧创作领域，也有戏曲改编的经验。生于满人家庭的老舍，与戏曲、曲艺等俗文化形式有着天然的亲近感，这为其后来的文艺创作趋向通俗化奠定了基础。通过比较汪曾祺 20 世纪 80 年代之后的小说和 20 世纪 40 年代的小说，可以发现二者风格的差异很大，后期小说的华彩之处正在于作品通俗性极大提升的同时，仍保留了文人雅意与艺术情趣，地域风情以恰当的方式融入了文本之中，从而使汪曾祺的"高邮味儿"如同老舍的"京味儿"，成为作家创作风格的象征。

对比老舍和汪曾祺的短篇小说创作，可得知二人都遵循着现实主义的创作轨迹，写的都是各自熟悉的人和事。然而，他们虽然都以市井小民为叙事对象，但是，老舍注重故事性和传奇色彩，延续了传统小说的叙事特点，而汪曾祺则"融奇崛于平淡"，走的是现代小说的路径。老舍之所以被冠以"人民艺术家"的称号，是因为他始终以易于读者及观众接受为第一要务，巧妙借鉴说书艺术的叙事方式，拥有出色的"讲故事"本领、幽默的世俗情趣、别具特色的方言形象。基于此，汪曾祺有选择性地继承了老舍小说的艺术特色，并将之融入"风俗画体"小说创作之中。不同的是，老舍的短篇小说俗化特征明显，文学性更多体现在语言修辞上，由于作家心绪是悲凉的，才有"一半恨一半笑的去看世界"② 的创作观，而汪曾祺则是以雅致取胜，创作态度是欣然的，才有"我所追求的是和谐，不是深刻"③ 的创作理想，民间审美的立场使得汪曾祺小说的"化俗为雅"更为自觉。

---

① 徐阿兵．汪曾祺接受史的另一面——以"宜读不宜演"为中心［J］．当代作家评论，2018（04）：54.

② 李阳．论老舍短篇小说的市井特征［J］．保定学院学报，2014（04）：101.

③ 汪曾祺．汪曾祺全集 9·谈艺卷［M］．北京：人民文学出版社，2019：397.

总之，老舍和汪曾祺都是民间本位的作家，具有广泛的读者群体，但他们对人道主义的阐释却有不同的倾向性。老舍侧重于人道主义的革命张力，表现的是时代更迭中文化传统与现实境况的冲突；而汪曾祺的人道主义则具有"去意识形态性"特征，更致力于解决人如何通过审美的方式平衡自身与现实生活的矛盾。

20 世纪 50 年代，赵树理与汪曾祺供职于《说说唱唱》编辑部。汪曾祺的散文《赵树理同志二三事——〈早茶笔记〉之四》《才子赵树理》描绘了赵树理在生活和工作中的状态。1943 年凭借《小二黑结婚》，赵树理一举成名，之后又创作了《李有才板话》《李家庄变迁》等具有"大众风格"的小说，同是民间立场且为底层群众喜闻乐见，但赵树理与老舍、汪曾祺小说的文本形态及审美表现却存在明显差异。赵树理的成功受时代因素的影响，他的确极为出色地平衡了政治意识形态与农民群体之间的关系，其作品文本兼具了审美功能与政治功能。然而，对汪曾祺影响最大的应是赵树理小说的大众风格，包括民间语言的运用以及民族形式的启发。

然而，汪曾祺并没有完全复制赵树理的语言特征，只是有意地吸收民间口语的文化资源。而赵树理对农民语言是"全盘采纳"，方便读者无障碍接受，这与他的写作目的相关。所以，从口头语言到书面语言的转化，赵树理不及老舍，也不如汪曾祺。秉持"语言本体论"创作观的汪曾祺，其小说的民间性是本体属性，也属于语言本体范畴，所以语言的文化性必然包括了民间文化性。总之，不同时代的作家，基于各自的文化积累、创作观念及文学体制的影响，对文学创作中"民间—民族"文化的呈现方式各不相同。

汪曾祺正是在吸收沈从文、老舍、赵树理小说创作中的民间文化因子的基础上，赋予小说"民间—民族"性的特征。笔者认为，小说民间性与民族性之间的关系，有两种理解方式：其一，民族性包含了民间性；其二，民族性是民间性的提炼与升华。小说的民族性的体现，必然存在作者对民族文化传统的深入挖掘过程，而民族文化传统就包括了"大传统"与"小传统"。汪曾祺小说"民间—民族"的范式书写正是以民间为本位，小说语言的文化性可以具体理解为"民间—民族"性，即，他保留小说本体民间性的同时，也关注到民族文化传统的深厚意蕴，并在审美创作力的作用下，沟通了"大传统"与"小传统"，做到了彼此互渗，凝聚了多元的文化张力。所以，汪曾祺的小说语言没有赵树理小说语言口语化的特征，而是饱含了自魏晋以来的文人雅致，他的化俗为雅虽是自觉的，却没有丢弃"俗"。究其根底，正在于民间立场的支撑与协调，使其作品具有"雅俗共赏"的审美效果。

可以说，赵树理是彻底的民间立场，甚至有些极端，他过分强调中国民间文化传统，甚至忽视了五四以来的新文化传统，对民间曲艺的娴熟运用及农民日常口语的提炼，使他的文本有机融入了鲜活的泥土气息，进一步说，称其为农民立场的创作可能更为确切，但他要实现的目的却不仅仅是"老百姓喜欢看"，还包括"政治上起作用"，所以赵树理的出发点是民间立场，却不止于民间，其目的在于沟通民间与庙堂之间的关系。如果说老舍的"人道主义"隐匿着"革命张力"，汪曾祺具有鲜明的"审美意义"，那么赵树理的"人道主义"则被赋予了政治话语，追溯其源，应该是对 20 世纪 20 年代"革命文学"的民间立场的延续。需要注意的是，赵树理并没有政治上的"主题先行"意识，而是秉持着"自下而上"的创作原则，始终以农民思维方式表现新时期政策实施下的农民生活，他着力描写的并不是新时期国家政策对农民的改造，并没有突显国家权力的主体能动性，而是叙述农民如何适应新政策下的生活，所以他的创作理想并未离开人道主义。

总之，汪曾祺追求的是民间本位的"人道主义精神"。在审美意识的统摄下，他融合了儒家精神与老庄理想，既汲取了儒家"仁者爱人"的情感，肯定了儒家文化富有人情味的思想，又认同庄禅哲学对人格独立与自由的追求。所以，汪曾祺认为"我的人道主义不带任何理论色彩，很朴素，就是对人的关心，对人的尊重和理解。"[1] 而在具体的小说创作中，语

---

[1] 汪曾祺. 汪曾祺全集 9·谈艺卷［M］. 北京：人民文学出版社，2019：273.

言的文化性是以语言的民族文化性为主体，而不仅指民间文化性，这就使汪曾祺小说中内蕴着的民族文化传统或隐或显地支撑着"审美化民间"的塑造。

第二节　抒情传统与民族审美心理

无论是"文如其人"还是"风格即人"，中西方文论都肯定了文学作品的格调与作家性情的相对一致性。然而，作家性情的形成受到社会因素和遗传因素两方面的影响，其中既有集体无意识中所包孕着的民族审美心理的共性特征，也有作家审美心理的个性特点，后者多受制于个体成长中的家庭氛围及社会环境的变化，而个体与生俱来的遗传因素，绝大程度上是由其所属的种族群体世代繁衍所拥有的物质基础决定的，这种物质基础的形成与族群长期生活的地理位置、自然环境、气候特点等关系紧密，而这种物质基础稳定性地内化于种族血统之中，衍变为民族精神的文化表征。

法国艺术史学家丹纳在《艺术哲学》中提出："'种族'是艺术的'内部主源'，而环境则是艺术的'外部压力'。而时代则是内部主源在'外部压力'下发生作用的'倾向'。"① 抒情传统是中华民族的文化传统，其成因与古代中国所处的地理环境及气候条件直接相关。一方面，华夏大地位于北半球文明带的最东端，距离其他古典文明中心较远，整体而言，较为封闭独立；另一方面，西高东低的地势使长江—黄河中下部平原适宜农耕，加之季风气候为农业生产提供了降雨条件。地理位置相对封闭独立和农业生产活动自给自足，"使中国文化的气质具有了典型的内向型特征，中国文化的风格相应成为和谐型的，中国文化的内核也由此成为伦理型的。"② 基于此，中国人的性格便具有了内敛、含蓄、平和、追求稳定，善

---

① 丹纳. 艺术哲学 ［M］. 曹园英，译. 西安：陕西人民出版社，2007：2.
② 梁一儒，宫承波. 中国人审美心理研究 ［M］. 济南：山东人民出版社，2002：5.

于自省而非对抗的特点，具体体现在文学创作上，便有了强于表达内心情感与志向的创作初衷，可谓"情动于中，而形于言"。据已有资料显示，古典文论中对抒情传统的记载颇多，《尚书·舜典》云"诗言志，歌咏言，声依永，律和声。"《诗大序》记有"诗者，志之所之也。在心为志，发言为诗。"陆机《文赋》则概括为"诗缘情而绮靡"。事实上，中国抒情文学传统可追至《诗经》《楚辞》等先秦文学，强调心之所感，发志言情。此外，之所以将抒情传统更多地视为中国文化传统的主要线索，也是相对叙事传统更为发达的西方文学而言，古希腊文化较早出现了史诗巨制，这在一定程度上妨碍人们对中国叙事传统的整体认知。但是，这并不能说中国没有叙事文学传统，抒情传统与叙事传统绝不是非此即彼的存在，而是你中有我，我中有你。不同的文学体裁，只是倾向不同，甚至同一体裁中也存在叙事与抒情并存的现象，比如，《诗经》中不乏叙事诗的存在；屈原的《离骚》是中国古代最长的抒情诗，也是世界文学史上的瑰宝。

　　汪曾祺小说的文体打通，也意味着雅俗文学类型的"融合"。中国文学传统的雅俗之分，意味着文学趣味的划分，象征着阶级的区隔。将诗词文赋归为文学的主流，是为"大传统"，而以叙事见长的小说与戏曲却长期处于边缘的民间，是为俗文学。一定程度上，汪曾祺"民间审美观"决定其提出当代文学创作需要"回到现实主义，回到民族传统"，这与他的文学创作风格取向相吻合，即"现实主义"和"民族传统"的有机结合，使其小说具有"抒情现实主义"风格。就其小说内容而言，他在小说创作中塑造"审美化民间"，何尝不是叙事传统与抒情传统的结合？所以，汪曾祺所说的"民族传统"也不能简单理解为"抒情传统"，而是"寓叙事传统的抒情传统"，这也恰恰与其"融奇崛于平淡"的审美风格具有内在一致性。在本书的第二章第二节中，笔者详尽论述了其小说的叙事类型，其中就包含了以叙事为中心的传奇轶事。但不可否认的是，汪曾祺的个人气质与文化选择，都更侧重中国传统的抒情一脉，淡化叙事的结构经营，使其作品抒情风格更突显，故而是抒情文学的典型代表。

　　汪曾祺对抒情传统的继承，除集体无意识中隐匿着的民族文化精神之共性之外，更重要的是受自然生态环境与社会文化语境两方面的影响。高邮，淮扬文化的中心，它不仅是汪曾祺言说的审美对象，故乡所赋予的"高邮情结"更成为汪曾祺文化人格的核心，是其文化精神的命脉。在以昆明、张家口、北京为背景的小说创作中，也能发现高邮的文化因子，其中比较典型的便是水的韵致。可以说，高邮地域文化本身就具有抒情意绪，这里的和谐生活，一派温馨，可归入富庶的江南文化范畴。而江南文化却是中国抒情传统的地域文化代表。《我的家乡在高邮》是一首由汪曾祺改编的高邮民歌，先是描绘出高邮的自然环境，高邮湖、垂杨柳、黑水牛，再由此联系到高邮的农作物连枝藕和芋头，继而是长得秀气的女子和风流才子秦少游，最后说到春季里花团锦簇和五月的红石榴，通过若干意象的勾勒与连接，整体上把握了高邮水乡的自然与人文环境，可以用和谐、灵动、婉约、清丽等词汇形容高邮文化的特征。由此可见，高邮地域文化与中国抒情传统具有一致性，童年的自然人文环境更是强化了汪曾祺性情中的民族审美心理，为其小说的"民间—民族"范式书写提供了深厚的文化基础。

　　需要特别注意的是，汪曾祺的文学作品中塑造了大量理想的女性形象，这源于他尊重女性、理解女性的态度。首先，汪曾祺以审美的态度关照女性，其小说中的女性个体，有的在思想上有主见，勇于突破世俗观念、追求理想生活；有的是性情上合乎江南女孩的温婉恬静俏皮。相关内容在第二章第三节有所论述。其次，汪曾祺文学作品以抒情见长，无论是抒情传统还是儒家文化，其本身就蕴含着审美意识。基于此，他对抒情格调的倾向是有意识与无意识的结合。此外，沈从文的确影响了汪曾祺的文学观，二者的抒情其表是一脉相传，抒情其里却有明显差异。其中原因在于二人所处地域文化的差异，即楚文化与吴文化孕育出的作家，其精神诉求截然不同。沈从文和汪曾祺文学作品的确有很多相似之处，学者们在讨论汪曾祺作品风格时，必然会联系到沈从文及其所属的京派文学作家，却鲜有学者论述二者抒情风貌之下的文化差异，通过对比，会发现汪曾祺塑造的"审美化民间"更具民族文化书写的典型性，此外，儒家文化是民族传统文化的核心，汪曾祺曾说在情感上受儒家文化的影响多一些，然而儒家文化对和谐的文化诉求，也是侧重女性意识的文化类型，与吴文化的精神取向相契合。而楚文化则具有天然的原始性与抗争性，所以，即便沈从文的作品中也是流溢抒情格调，但沈从文的创作心理却依然存在与和谐相悖的精神取向。从当代文学接受意义上来说，汪曾祺小说"民间—民族"范式书写相较沈从文，更具积极的生命活力和现实意义，既合乎当代中国对社会主义核心价值观的诉求及愿望，也与民族传统文化中的儒家思想倡导的和谐圆融的社会理想相一致。所以，汪曾祺所塑造的"审美化民间"情感真实，不争不烈的文化形态，更契合民族审美心理。

总之，在汪曾祺的小说创作中，始终存在这样一条文化线索支撑着他的文化选择，潜在地决定了他的作品风格：民族审美心理—吴文化—汪曾祺的文化人格—儒家文化—抒情风貌。汪曾祺以地域文化与儒家文化为纽带，连接起了民族审美心理与抒情传统之间的关系。需要注意的是，笔者强调汪曾祺的女性气质与抒情文风的同时，并没有忽视其作品中叛逆、张扬、具有酒神精神的创作个性。然而，那些以20世纪60年代至70年代为背景的文学创作中体现的激烈情感，更多的是源自其所处时代的社会语境与文人性情发生冲突之后的叛逆与反抗。

此外，"抒情的人道主义"正是民族审美心理的核心，也是汪曾祺创作初衷与审美理想的统一，尽管不同小说中"人道主义"呈现方式并不相同，却都有"主和谐，重人情"的旨趣："我作品所传导的感情无非是三种，一种属于忧伤，比方《职业》；第二种属于欢乐，比方《受戒》，体现了一种内在的对生活的快乐；再有一种是对生活中存在的有些不合理的现象发出比较温和的嘲讽。"① 由此可见，无论是忧伤，快乐，还是温和嘲讽，都集合了汪曾祺对世界万物的审美态度与同情之感。这种"人道主义"在作品中的体现，更倾向于伦理道德上的情感慰藉，而不是经逻辑判断提炼的哲学观念，所以汪曾祺见之于物的表达，就会呈现出情真意浅的

---

① 汪曾祺. 汪曾祺全集 11·诗歌、杂著卷［M］. 北京：人民文学出版社，2019：371.

特点，侧重主体情感的抒发，符合文人的艺术气质，而非知识分子的理想
抱负。

需要注意的是，抒情传统与叙事传统不能简单理解为文学表现手法，
而是文本整体呈现的文化风貌与艺术格调。抒情是艺术家的感物方式，作
者在创作实践中无意识地使用感性思维，目击其物的基础上，将其转化为
具体的感性情态，侧重创作主体用情感的而非理性的把握生活世界。高友
工先生概括的更为全面精准："'抒情'可以是一种文学和艺术类型，一种
情怀，也可以是一种表征体系、知识系统，甚至可以是一种由情感、历史
驱动的意识形态。"① 即抒情传统在文本中是以整体效果的方式出现，非逻
辑判断而主直觉感悟，是作家之情通过文学审美世界传递给读者，继而产
生情感共鸣。相较而言，抒情主心重情，叙事主事重思，所以汪曾祺小说
中抒情传统的体现，与其文人性情和感物方式相契合。

汪曾祺 20 世纪 80 年代凭借《受戒》《大淖记事》等抒情小说复出文
坛，在反思文学和伤痕文学大行其道之时，为文坛送来一股清新的诗意文
风，让人们将目光转向日常生活中的美，这种建构审美空间的诗性叙事方
式不仅具有文学史价值和时代意义，而且不是局限于"乡土文学"与"现
代抒情小说"的文学本体价值，而是拓展到更广阔的文化领域与日常生
活。"日常生活审美化"是见于字迹的文学呈现，如今已成为人们向往的
生活状态。汪曾祺通过"日常生活审美化"的书写让人感受到日常的质朴
与温情，使"审美化生活"成为最广泛大众的理想的生活状态。经历了时
代变革的汪曾祺，看世界的方式是审美的，也是平和的，"说老实话，不
是十年'文化大革命'的惨痛教训，不是经过三中全会的拨乱反正，我是
不会产生对于人道主义的追求，不会用充满温情的眼睛看人，去发掘普通
人身上的美和诗意的。"② 他用诗意的抒情笔法勾勒新中国成立前的高邮审
美世界，却发挥着治愈着当代人精神孤独的抚慰作用，需要注意的是，汪

① 王德威，陈国球，陈晓明. 再论"启蒙"，"革命"——与"抒情"——北京大学
座谈会［J］. 文艺争鸣，2018（10）：92.

② 汪曾祺. 汪曾祺全集 9·谈艺卷［M］. 北京：人民文学出版社，2019：273.

曾祺用的是"抒情现实主义"方式，而不是建构另一个异域或幻想世界，所以，当代读者的精神皈依也是现世朴实的，而不是导向虚无主义与唯美主义的。

黄子平在《汪曾祺的意义》中指出，汪曾祺接续的是鲁迅开辟的现代小说中的抒情一脉，"'现代抒情小说'以童年回忆为视角，着意挖掘乡土平民生活中的'人情美'，却又将'国民性批判'和'重铸民族美德'一类大题目蕴藏在民风民俗的艺术表现之中，藉民生百态的精细刻画寄托深沉的人生况味。"① 汪曾祺的创作，传递出小说主题不直接涉及社会历史文化的深刻性，而用抒情方式和诗化手法塑造审美化民间，提供给人们对抗苦闷生活的良药，指向"人如何生活"的生命立场，这恰恰接续了西南联大精神传统，即"在日常生活中始终保持着诗意的光辉，珍惜生命真实的乐趣——求知的乐趣、日常生活细枝末节的乐趣，以诗心对抗环境。"② 也正是在西南联大就读期间，汪曾祺找到了如何将"抒情传统"转化为"现代抒情"的方式，中国现代抒情小说的内涵既包含了古典抒情传统的现代化，也包括了西方现代抒情的中国化，"我觉得归有光是和现代创作方法最能相通，最有现代味儿的一个中国古代作家。我认为他的观察生活和表现生活的方法很有点像契诃夫。我曾说归有光是中国的契诃夫，并非怪论。"③ 可以说，受西南联人文化语境的影响，汪曾祺找到并融合了归有光和契诃夫看待生活世界的态度和方式，沿着废名、沈从文的抒情小说创作轨迹，打通并提炼出现代抒情小说的写作技法，包括了散文化叙事和诗化语言的运用。其中，小说意境是抒情传统的极致彰显，汪曾祺巧妙地将中国文人画的艺术技法运用到小说意境的营构中，描绘出一幕幕情景交融、虚实相生的民间审美图景，"中国现代小说的语言和中国画，特别是唐宋

---

① 黄子平．汪曾祺的意义［M］//梁由之．百年曾祺．天津：天津人民出版社，2020：412-413.

② 姚丹．西南联大历史情境中的文学活动［M］．桂林：广西师范大学出版社，2000：16.

③ 黄子平．汪曾祺的意义［M］//梁由之．百年曾祺．天津：天津人民出版社，2020：419.

以后的文人画的关系是非常密切的。中国文人画是写意的。现代中国小说
也是写意的多。"① 抒情传统在中国传统绘画中体现的正是写意精神，汪曾
祺对文人画写意手法的借鉴，一定程度上也延展了现代抒情小说的审美空
间，强化了抒情传统在现代小说中的体现。

　　小说是以故事为核心的叙事艺术，如何在小说创作中体现抒情风貌？
汪曾祺将叙事语言、叙事方式及叙事理想以"抒情"一以贯之，形成以文
人的抒情气质为出发点，以小说的抒情叙事为中介，通向了合乎民族审美
心理的民族文学形式的范式书写。此外，汪曾祺还巧妙利用了现代汉语的
叙事节奏，使之与抒情格调相衬，使小说文体具有了浑然一体的抒情形
态。汪曾祺将抒情传统体现在小说创作的方方面面，既合乎民族审美心理
的需要，也实现了中国抒情传统的现代性转化。在"民间—民族"的范式
书写中，汪曾祺从高邮的民间体验出发，找到了民间精神与文艺精神的
"自由—审美"特性，以艺术家的诗心体悟生活世界，结合古今中外作家
表现日常生活的散文化手法，创作出具有古典韵味的现代抒情小说，"抒
情的现实主义"正是从民族审美心理外化而来，也必然与当代人的审美心
理共鸣共振，因之具有了永恒价值与现实意义。

第三节　民间文学与民族文学形式

　　汪曾祺与民间文化的渊源颇深，作为现代文人介入民间题材的小说创
作，自然具有"化俗为雅"的艺术实践。在民族文化的传承意义上，他更
是巧妙地从民间文学中获取有益于发展为民族文学的文化资源，才有了
"民间—民族"小说的范式书写。也就是说，汪曾祺的贡献不仅限于在文
学史视域中延续了抒情传统与乡土叙事，而是在更广阔的意义上，体现了

---

　　①　汪曾祺. 汪曾祺全集 9·谈艺卷［M］. 北京：人民文学出版社，2019：361.

传统文化的历史连续性与民族有机性。①

　　抗日战争之后，文学理论家及作家始终没能放弃寻找从民间文学通向民族文学的渠道，起初为了宣传和鼓动群众参与抗战，采用"旧瓶装新酒"的文艺策略创作了大量的通俗读物，确实发挥了文艺的认识功能和教育功能，但是阻碍了民族文学形式的创新，即并没有从文学本体上找到适合新时代题材的新的民族形式。艾青甚至认为这是文艺的倒退，将已经否定的旧文艺形式重新运用，是不可取的，但是艾青忽略了文化的历史连续性，形式的创新并不能采取一刀切的方式，新旧之间的转化是渐进的，向林冰、茅盾等人则采取了唯物主义的历史发展观，认为新形式孕育于旧形式之中，旧形式是新形式生成的出发点。也就是说，新的形式必须合乎新的时代内容，传统的民间形式需要有选择地继承，才能克服形式与内容之间的矛盾。1940 年，毛泽东在《新民主主义的政治和新民主主义的文化》演讲中，指出"民族形式"的政治文化要义，他认为"民族的形式，新民主主义的内容——这就是我们今天的新文化。"② 这一观念的提出，促进此后近四十年文艺界对"民族形式"问题的深入讨论与思考。毛泽东认为，民族形式必然能够体现新民主主义文化，那么与此一致的文学作品的语言必然具有新民主主义文化性，这就无疑包含了传统文化与外来文化。然而，一个时代有一个时代的文化构成，也必然有与之对应的文学形式，民族文学形式并非一成不变，历史是向前发展的，民族文学形式中必然凝聚着历时性与共时性两个维度的文化意蕴，即民族形式是人类精神的过往与当下的统一，具有超越性与稳定性的特质，所谓"礼失求诸野"，其精神内核中具有的稳定性大抵源自民间文学深厚的历史文化根基。所以，20 世

---

① "历史连续性"与"民族有机性"是维科提出的概念。"历史连续性"指的是不同的历史时期之间不是断裂、毫不相关的，每一个时期总是在继承前一个时期的成果上发展而来；"民族有机性"指的是民族文化并不是凭空产生的，先辈的文化积淀对于后世的文化繁荣具有至关重要的意义。王淑娇. 赫尔德"民族"的理论建构与民间文学的价值［J］. 重庆交通大学学报（社会科学版），2018（06）：19.

② 刘进才. 民间的何以成为民族的——文学民族形式论争中的文体及语言问题［J］. 华中师范大学学报（人文社会科学版），2015（05）：102.

纪 40 年代对民族文学形式的讨论中，民间文学形式、文体、语言的再审视就成了学术界探讨的焦点，向林冰甚至认为民间形式是民族形式的中心源泉，这一论断具有一定的合理性。事实上，从民间文学中寻找资源，并非始于抗日战争时期，早在晚清，就有人将乡野间口口相传的民谣音律重新填词，警醒世人，但由于人们对世代相传的民歌太过熟悉，形式意味已是深入人心，新的内容并不能引发共鸣，所以收效甚微。然而，汪曾祺赞同鲁迅《故事新编》中体现出的对民间文学的态度，体现了鲁迅的辩证观点，"旧形式的采取，必有所增删，既有删除，必有所增益，这结果是新形式的出现，也就是变革。"① 汪曾祺在《我和民间文学》中提道："一个作家要想使自己的作品具有鲜明的民族风格、民族特色，不学习民间文学是绝对不行的。"② 这表明了汪曾祺已充分意识到作家学习民间文学的重要性。

赫尔德阐释"民族"概念时特别强调，共同的语言和文化是民族最典型的特质，并认为"母语是每个民族的根和每个人的精神归宿"③。事实上，汉语言的魅力在汪曾祺的笔下最大限度地彰显，他的文学创作兼顾了还原与超越母语写作的双重意味。语言不仅是汉字的排列组合，它蕴藏着作家全部的文化积累。汪曾祺文化积累的独特之处，正在于他将魏晋以来的文人传统与民间传统进行了融通化合，文人诗词清丽脱俗的语言与乡野俗调清新通透的文风和谐共振，最后呈现为艺术表现上的峻洁、朴素、明快，又不失民间文学语言的内在节奏与韵律。可以说，除了在小说语言上见出民间文学语言的口头性特征，汪曾祺小说的叙事节奏同样具有民间文学的特点，然而这些特点并非作者的刻意模仿，而是作家将所见所闻民间体验、所学所感的民间文学涵泳于心，并以此为其文学创作的精神内核，在此基础上有选择地吸纳了欧化语言的叙事技巧与现代主义表现手法，继

---

① 汪曾祺. 汪曾祺全集 9·谈艺卷 [M]．北京：人民文学出版社，2019：46.
② 汪曾祺. 汪曾祺全集 9·谈艺卷 [M]．北京：人民文学出版社，2019：332.
③ 张兴成. 赫尔德与文化民族主义思想传统 [J]．西南大学学报（社会科学版），2002（1）：84.

承和发扬了传统文化精神、时代精神，致使小说文本非但不露外来文化的痕迹，反而丰富了小说本体的民族特色，升华为纳外来于传统、融文人传统于民间传统的民族文学形式书写。

汪曾祺推崇"语言本体论"的创作观，其小说语言渗透着文化性、暗示性、内容性、流动性特征，是一切文学元素最终的输出形态。由此说来，语言就成了汪曾祺小说"民间—民族"范式书写的关键，而民间文学语言的内在节奏感既契合了文人小说语言的诗性韵致，也保留了民族文化传统的特色。语言学家索绪尔说，"一个民族的风俗习惯常常会在他的语言中有所反映，另一方面在很大程度上，构成民族的也正是语言。"① 汪曾祺小说中最能体现民间文学特质的正是其生动快意的语言风格，"中国的说唱文学、民歌和民间故事、戏曲，对我的小说产生了不小的影响，主要是在语言上。"② 可以说，对民间文学语言的整体把握与融会贯通，使汪曾祺小说具有民族文学形式的核心。汪曾祺谈及民间文学，最欣赏的是民间文学的音乐感及想象力，前者为之强化了文学创作的语感，有益于小说语言的形成；后者则突出了审美主体的创造力，使他的小说语言具有了意象性特点。在《我和民间文学》中，汪曾祺列举两个例子，肯定了民歌的魅力，他惊叹于妇人求子的祷词是最美的祷词，感慨"花儿"巧妙的押韵有据可循，而土家族的民歌让他联想到王昌龄的《长信秋词》，民歌的空灵意绪与文人的冲淡抒情相通。事实上，民间文学在音乐性与想象力上的突出，也为文人诗歌所长——强于对韵律与情感的把握。汪曾祺小说语言正是日常性与诗意性的统一，所以其小说语言与民间文学语言的相通性即为"诗韵"与"诗情"。在汪曾祺的文学叙事中，民歌民谣的质朴亲切与诗意气韵汇入了小说语言。整体而言，汪曾祺小说语言的意象性远大于逻辑性，轻快而不轻飘（主要指的是 20 世纪 80 年代之后的小说），也是受到了民间文学语言的直接影响。

---

① 费尔迪南·德·索绪尔. 普通语言学教程［M］. 高明凯，译. 北京：商务印书馆，1985：43.

② 汪曾祺. 汪曾祺全集 4·散文卷［M］. 北京：人民文学出版社，2019：291-292.

　　高邮的民歌与民间故事是汪曾祺接触最早的民间文学，相比于 20 世纪
50 年代之后基于职业需要对民间文学的系统认识与学习，高邮的民间文学
更多地给予童年汪曾祺无意识的美之熏陶。高邮地处华东，是江南与江北
的交界，高邮方言属于江淮方言区，临水的地理位置使之民歌中自然流溢
着柔美气息，高邮民歌便兼顾了吴侬软语的妩媚轻柔与苏北民歌的旷达悠
远，前者的民歌代表是《紫竹调》，后者是《茉莉花》，高邮民歌结合了二
者的特点，体现出 "南柔北刚、南圆北方"① 的特点： "旋法曲折级进，
并配合适当的润腔装饰音，表现出旋律线条的朴实与丰满。"② 因此，高邮
素有 "中国民歌之乡" 的称号。高邮民歌历史悠久，从远古时期的劳动号
子到仪式歌，再到口口相传的民歌小调，古代文人墨客经过高邮，也会为
之所动，吟诗作赋颂扬高邮。经过高邮人世代地加工润色，将这些文人诗
赋融入民歌，愈加强化了原生态民歌的优美情态与文化底蕴，由此，可以
得知高邮民歌本身即是民间文学与文人创作的有机融合，需要注意的是，
文人诗歌是作为 "元素" 参与民歌的形成过程，而不是作为基底的素材，
这也就不难理解成长于高邮文化氛围中的汪曾祺，其文学作品缘何具有民
间与文人的双重属性。高邮文化直接影响了在这方水土上生活的人，例
如，汪曾祺小说中的高邮女性就兼顾了南北方女子性格的特点，俏灵活泼
的性情，对待爱情又不失勇敢泼辣。总之，汪曾祺小说是 "民间—民族"
的范式一种，并不具有普遍性，但却具有民间叙事的典型性，其根源也在
于高邮地域文化的独特性。

　　在汪曾祺的小说叙事中，高邮民歌或者是直接引用，或者是将其独特
的乐感渗入小说语言的节奏之中，此外，高邮方言亦是极具特色，在高邮
民歌中亦有所体现。汪曾祺所作《猎猎——寄珠湖》就引用了高邮民歌
"巴根草，绿茵茵，唱个歌儿姐姐听"③。"姐姐" 就是苏北民歌中对年轻
女子的称呼，苏南往往是 "妹妹" "妹儿" "小妹"，唱起来更 "娇嗲"，

---

① 钱夏星 . 高邮民歌的音乐特征与传承保护研究 [D]. 扬州：扬州大学，2015：7.

② 钱夏星 . 高邮民歌的音乐特征与传承保护研究 [D]. 扬州：扬州大学，2015：15.

③ 汪曾祺 . 汪曾祺全集 1 · 小说卷 [M]. 北京：人民文学出版社，2019：39.

而不会有苏北民歌的爽朗气调，但是"巴根草，绿茵茵"又给人江南美景的诗意。在以"环境"为中心的幻美叙事中，民歌的直接引用强化了小说整体的抒情格调，《受戒》中出现了若干民歌，既彰显了人物的性格特点，又间接传递出地域风情。看起来老实规矩的仁渡和尚可以不重复地唱一夜"花焰口"，打谷场上乘凉，也会被撺掇唱上两嗓子安徽民歌"姐和小郎打小麦，一转子讲得听不得。听不得就听不得，打完了大麦打小麦"①。仁渡唱出了农民在生产生活中的和谐氛围，描述劳动场景的同时还带有人们相互打趣儿的意味。事实上，劳动歌在民歌中占很大的比重，民间群众在劳动中步调一致，唱调的节奏与身体动作频率一致，这也是"杭育杭育派"的由来，"干活时，敲着锣鼓，唱着歌，热闹得很"②。仁渡和尚唱的另一首，更是承担了三种叙事功能，不仅丰富了人物立体化的性格，而且具有明显的反世俗的意味，暗藏着"破戒"之势，直接与小说的主题相契，此外，还将民歌自身的俚俗与野调完整地传递出来，"姐儿生得漂漂的，两个奶子翘翘的。有心上去摸一把，心里有点跳跳的"③。其中"漂漂的""翘翘的""跳跳的"韵调欢快协调，朗朗上口，妙趣横生。小英子脆亮的嗓音穿彻农田："栀子哎开花哎六瓣头哎……姐家哎门前哎一道桥哎……"栀子、花瓣、桥等几个具体的意象，用"哎"字拖腔，表达出小英子心情的愉悦，　个活泼灵巧的少女形象脱颖而出，清新油绿的田野水乡如在眼前。除了《受戒》，汪曾祺小说中经常会见到已有的民歌选段或者民歌元素，后者在《职业》中比较典型，小巷中各类商贩的叫卖声本身就是最纯粹的民歌，汪曾祺为了更为形象的说明其韵腔，甚至辅以简谱，直接强化了小说语言的音乐性。

　　除了直接从民歌中汲取民间文学的文化资源，汪曾祺在《说说唱唱》编辑部还参与了民间文学的整理工作，在20世纪60年代至70年代也参与了收集民歌民谣工作，这时期的工作经验日后便转化为其小说创作心理动

①　汪曾祺．汪曾祺全集2·小说卷［M］．北京：人民文学出版社，2019：95.
②　汪曾祺．汪曾祺全集2·小说卷［M］．北京：人民文学出版社，2019：100.
③　汪曾祺．汪曾祺全集2·小说卷［M］．北京：人民文学出版社，2019：96.

势的有机组成部分，民间文学特征在其小说形式中有迹可循。例如，《镉大家伙》与《仓老鼠和老鹰借粮》有异曲同工之妙，前者源于老北京的一则广为流传的民间传说"平则门里镉大家伙"，故事版本各异，但汪曾祺将故事内容精简到极致，同时又保留了民间文学口语性的特点，复沓的语言形式现于小说文本，民间文学的鲜活与生动也被最大限度地保留下来；后者则是根据北京地区流传的民间儿歌拟出的故事文本，其中耳熟能详的一句"天长啦，夜短啦，耗子大爷起晚啦!"在文中出现了三次，重复的形式同样在整体上呈现出了民间文学叙事节奏与民间趣味，也合乎汪曾祺小说语言轻快、率性、精简、灵动的特点。再比如，《螺蛳姑娘》是福建地区的民间传说，版本众多，体裁各样，而汪曾祺的改编极具特色，妙语生妙趣，形式上颇见游戏意味，连续使用四字词语，精巧别致，着实少见。民间文学语言特点和叙事节奏都为汪曾祺所运用，并在其独创小说的语言与叙事中彰显着民间文学的生命活力。

此外，赵树理的小说语言也直接启发了汪曾祺的文学创作，赵树理引导汪曾祺发现了民间生活语言的妙趣，汪曾祺认为"学习群众语言不在吸收一些词汇，首先在学会群众的'叙述方式'。群众的叙述方式是很有意思的，和知识分子绝对不一样。他们的叙述方式本身是精致的，有感情色彩，有幽默感的。赵树理的语言并不过多地用农民字眼，但是他很能掌握农民的叙述方式，所以他的基本上是用普通话的语言中有特殊的韵味。"[1]对比得知，赵树理与汪曾祺的文学语言都具有民间生活气息，但细究起来，二者仍存在本质上的差异：赵树理的叙事语言与农民口语更贴近，雅化程度深度远不及汪曾祺。同样是民间立场，赵树理的小说创作始终停留在民间生活内部，这源于他的期待读者就是农民。而汪曾祺的"民间"则是基于对文学本体的认识，具有了文化的厚重感，民间文学中独特的文学性与文化性的参与程度更大，并与文人小说内在肌理结合得更加紧密，这也是汪曾祺小说历久弥新，时至今日仍受读者喜爱的原因。随着读者群体

---

[1] 汪曾祺. 汪曾祺全集9·谈艺卷［M］. 北京：人民文学出版社，2019：467.

知识水平的不断提高，人们对阅读文本所蕴含的文化深度与广度的要求也在提高。汪曾祺的文学创作，以民间叙事为其表，民族文化为其里，整体上建构起一种深入浅出的小说范式，易于阅读接受，也合乎受众的文化需求。

民间文学与民族文学形式的关系是内在关联，外在相通，沟通其中的正是时代发展中雅与俗、传统与现代的转化与融合。需要注意的是，这种实践绝不是形式的套用，汪曾祺虽然在《聊斋志异》的改编中提出了"小改而大动"的概念，意在为旧日的文本注入新时代的思想观念，但是更深远的意义上，其小说创作的民间立场中潜隐着整体文化的观念，而这种整体文化就是民族文化。钟敬文将文化分为上层文化与下层文化，下层文化是上层文化形成的源泉，"在同一个民族里，这种分离着、差异着，乃至于对抗着的两种文化却又相互联系着、纠结着、渗透着，形成一个整体的民族文化。"① 汪曾祺的小说文本正是最大限度地发挥了民间文化精神，并抓住了民间文学的精髓，以"润物细无声"的方式建构小说文本，正是从民间文化通向了上层文化，在保留民间文化的同时，以民间文化的天然性、狂欢性、诗意性为纽带，激活并强化了上层文化的真实性、自由性、去蔽性，汪曾祺是"整体文化"观念的创作实践者，其小说文本也是"民间—民族"书写的典型，而这种范式书写的形成来源于其个性化的"审美化民间"建构。

总之，汪曾祺通过"民间—民族"的文化书写，实现了"母语写作—民间叙事—民族文学"的创作与表达，是还原与超越的统一，是传统与现代的融合创新。文学评论家季红真在人民文学出版社《汪曾祺全集》发布会上评价道"他（汪曾祺）是语言的大师，而且适应了现代文化转型，成功地自然过渡古汉语与现代书面语，民间口语和方言行话等源头深广，诗文传统与白话传统浑然一体，又根据题材而富于变化，最大限度地发挥和发展了汉语的表现力。"可以说，汪曾祺及其文学创作在中国现当代文学研究史上仍具有广阔的阐释空间，他以其独到的创作才华与驾驭文字的能力，在文学叙事中传递出中国文化的历史气象与民族传统。

---

① 钟敬文. 谈谈民族的下层文化 [J]. 群言，1986（11）：10.

结语：汪曾祺民间文化书写的现实意义

作为横跨中国现当代文学史的作家，汪曾祺具有承上启下的文学史意义，影响了大批当代作家的文学创作。其中，"里下河文学流派"正是以汪曾祺为精神领袖，在创作中充分体现地域文化特点的当代文学流派。然而，就其民间文化书写的现实价值，正在于汪曾祺建构了与大众生活理想一致的文化同理心，小说文本中呈现的审美世界，既是现世的乌托邦，也是理想的桃花源。汪曾祺告诉世人，只要用审美的态度面对生活，就会拥有和谐的人生。

在当代消费文化的语境中，文学已悄然走下神坛。或者更确切地说，文学性已悄然走下神坛。紧张的生活节奏及人们对物质利益的急切追求，使得个体无暇顾及精神生活，深度阅读及经典阅读让路于网络小说。与此同时，随着现代影像技术的日益发展，"视觉文化"主宰的"奇观社会"逐渐衍变为当代社会的文化景观，小说文本的影视改编成为叙事文学被读者（观众）接受的主要方式及路径。然而，正是在大众文化、消费文化与视觉文化肆意横行，充斥着日常生活的文化语境中，汪曾祺的文学作品非但没有褪色，反而起到了复魅的价值功能，给予当代人精神的治疗与抚慰。

纵观中国当代文学发展的七十年，文学文本的价值形态大致经过了"政治宣传品—作家作品—文化商品"三个文本输出阶段。汪曾祺的当代小说于 20 世纪 70 年代末之后陆续发表，这是思想最为解放、文化包容性最强的历史时期。其作品的主题思想性未必深刻，但却将民间之象、艺术之道、传统之美艺术化地汇聚在小说创作中，以一种不同于反思文学、伤痕文学、先锋文学的温和姿态，呈现出独特的"民间—民族"的书写方式。尤其在 20 世纪 90 年代之后，随着市场经济的兴起，文学的自律性受到了极大的威胁与挑战，就文学本体的价值功能而言，汪曾祺的小说因其"人间送小温"的审美功能满足了读者的审美需求，即"我想把生活中美好的东西、真实的东西，人的美、人的诗意告诉别人，使人们的心得到滋润，从而提高对生活的信念"①。

　　此外，汪曾祺的小说创作先验性地考虑到作家与读者之间的关系，即"现代小说的作者与读者之间的界限逐渐在泯除。作者和读者的地位是平等的"②。除此之外，他还特别强调，"现代小说是快餐，是芝麻烧饼或汉堡包。当然，要做得好吃一些"③。作家与读者之间的平等关系与闲谈方式，都是使读者轻松进入阅读体验之中的条件，汪曾祺期待在与读者的对话中，让读者欣然感受文学与生活之美，既没有说教意味，也不见获取利益的目的；既不赶时代潮流，也没有迎合读者的低级趣味，前者对应着其文学创作在文学文本作为"政治宣传品"时期的"不写"，后者则表现为其文学创作在文学文本作为"文化商品"时期对文学自律性的维护，使之不被商品经济所利用。汪曾祺对阅读接受的重视，与存在主义美学家萨特的观点相仿。萨特认为，阅读是知觉与创造的结合，只有作品引发了读者的兴趣，具有一定的可读性与审美性，才能被受众接受。然而，汪曾祺比萨特更进一步地关注到当代人生活节奏快的事实，他认为篇幅短也是现代小说的特征，首先，读者无暇占用较长时间阅读长篇小说；其次，日常生活零零散散的特点，也不适用于用长篇小说展现。所以，汪曾祺比萨特拥

---

① 汪曾祺.汪曾祺全集 9·谈艺卷［M］.北京：人民文学出版社，2019：189.
② 汪曾祺.汪曾祺全集 9·谈艺卷［M］.北京：人民文学出版社，2019：191.
③ 汪曾祺.汪曾祺全集 9·谈艺卷［M］.北京：人民文学出版社，2019：191.

有更多读者接受方面的现实性考虑。

汪曾祺小说的题材是通俗的，格调是高雅的，受众是民间的。在一定程度上，汪曾祺的"雅俗共赏"包含两个层面的含义，既是现代文人民间文化书写的"化俗为雅"，也是从小说文本到受众接受整体关系中的"化雅为俗"。汪曾祺小说中提到三类艺术家，写得较多的是民间艺术家，例如哑巴（《艺术家》）、管又萍（《喜神》）、王小玉（《百蝶图》）、侯银匠（《侯银匠》），还有文人艺术家，比如季匋民（《鉴赏家》），再就是介于二者之间的靳彝甫（《岁寒三友》），且都对他们显示出欣赏态度。其中，最能说明艺术家与民间人物之间和谐关系的是小说《鉴赏家》：季匋民与叶三虽处不同的文化阶层，但二人能畅通地进行艺术交流，卖水果的叶三十分脱俗，季匋民送他画都要放进他的棺材里，不卖。叶三虽然是民间小人物，却具备艺术精神。《鉴赏家》也不仅仅写的是季匋民与叶三之间的雅俗沟通，更重要的是道出了汪曾祺自己的创作理想：文人笔法为世人所识。如果说季匋民的知音是叶三，那么汪曾祺期望的知音就是读者，其文学作品能够在当代图书市场持续掀起一股股热潮，究其根底，还是因为汪曾祺小说创作回到了小说诞生之初的民间属性，是民间本位支撑了审美理想的实现。

德国美学家海德格尔认为艺术作品有"大地的显现"与"世界的建立"两个功能，恰能说明汪曾祺的民间书写所具有的生活真实与艺术真实两个属性，对应着还原民间生活的澄明之境与建构民间审美世界。这就是汪曾祺民间书写的现实意义，既有益于帮助当代中国人树立文化自信，让读者认识到中国传统文化的魅力所在，又使读者通过文学审美的方式回到本真的状态，聆听存在的召唤，感受诗意的栖居。

如今，在纷繁复杂的人际关系与物欲横流的商业文化中，当代人陷入了心灵危机。越来越多的人体会不到生活的乐趣与温暖，乏力、疲惫、压抑、迷茫、困惑，显然都是后现代主义滋生的弊病，也是社会经济发展对人们心理产生的负面影响。然而，汪曾祺建构的"审美化的民间"，却以不露声色而焕然一新的方式，悄悄抵御着西方现代文化与后现代文化涌入中国当代社会所造成的不堪，他告诉读者：我写的小说很短，不会占用你们太多时间，你们慢慢看——"生活，是很好玩儿的。"

参考文献

一、著作：

[1] 翟文铖.文化视阈中的汪曾祺研究［M］.北京：北京大学出版社，2020.

[2] 黄子平.汪曾祺的意义［M］//梁由之.百年曾祺.天津：天津人民出版社，2020.

[3] 汪曾祺.汪曾祺全集［M］.北京：人民文学出版社，2019.

[4] 雷达.雷达观潮［M］.北京：人民文学出版社，2018.

[5] 徐国源.美在民间：中国民间审美文化论纲［M］.上海：上海人民出版社，2018.

[6] 格诺特·波默.气氛美学［M］.贾红雨，译.北京：中国社会科学出版社，2018.

[7] 杨学民.汪曾祺及里下河派小说研究［M］.北京：人民出版社，2018.

[8] 毕飞宇.小说课［M］.北京：人民文学出版社，2017.

[9] 徐强.人间送小温——汪曾祺年谱［M］.扬州：广陵书社，2016.

[10] 赵德利.民间文化批评的理论与方法［M］.北京：商务印书馆，2016.

[11] 万建中.中国民间文化概论［M］.北京：北京师范大学出版

社，2016.

[12] 王杰文．表演研究：口头艺术的诗学与社会学 ［M］．北京：学苑出版社，2016.

[13] 陈彩林．安静的艺术——汪曾祺论 ［M］．桂林：广西师范大学出版社，2015.

[14] 贝托尔特·布莱希特．戏剧小工具篇 ［M］．张黎，丁扬忠，译．北京：北京师范大学出版社，2015.

[15] 孙郁．革命时代的士大夫：汪曾祺闲录 ［M］．北京：生活·读书·新知三联书店，2014.

[16] 童庆炳．中国古代心理诗学与美学 ［M］．北京：中华书局，2013.

[17] 许江．静穆观念与京派文学 ［M］．北京：知识产权出版社，2013.

[18] 朱光潜．与美对话 ［M］．北京：世界图书出版公司，2013.

[19] 王光东．民间的意义 ［M］．长春：吉林出版集团有限责任公司，2009.

[20] 周志强．汉语形象中的现代文人自我：汪曾祺后期小说语言研究 ［M］．北京：北京大学出版社，2009.

[21] 谭霈生．论戏剧性 ［M］．北京：北京大学出版社，2009.

[22] 杨红莉．民间生活的审美言说：汪曾祺小说文体论 ［M］．北京：北京大学出版社，2008.

[23] 王光东．20世纪中国文学与民间文化 ［M］．上海：复旦大学出版社，2007.

[24] 丹纳．艺术哲学 ［M］．曹园英，译．西安：陕西人民出版社，2007.

[25] 沈新林．同源而异派——中国古代小说戏曲比较研究 ［M］．南京：凤凰出版社，2007.

[26] 邵滢．中国文学批评现代建构之反思——以京派为例 ［M］．湖

北：湖北教育出版社，2006.

　　[27] 叶维廉．中国诗学 [M]．北京：人民文学出版社，2006.

　　[28] 陆建华．汪曾祺的春夏秋冬 [M]．郑州：河南人民出版社，
2005.

　　[29] 李醒尘．西方美学史教程 [M]．北京：北京大学出版社，
2005.

　　[30] 朱东润．八代传叙文学述论 [M]．上海：复旦大学出版社，
2005.

　　[31] 约翰·杜威．艺术即经验 [M]．高建平，译．北京：商务印书
馆，2005.

　　[32] 王光东．民间理念与当代情感 [M]．桂林：广西师范大学出版
社，2003.

　　[33] 李辰民．走进契诃夫的文学世界 [M]．香港：香港天马图书有
限公司，2003.

　　[34] 梁一儒，户晓辉，宫承波．中国人审美心理研究 [M]．济南：
山东人民出版社，2002.

　　[35] 归有光．归有光文选 [M]．苏州：苏州大学出版社，2001.

　　[36] 李泽厚．华夏美学 [M]．天津：天津社会科学院出版
社，2001.

　　[37] 王建刚．狂欢诗学——巴赫金思想研究 [M]．上海：学林出版
社，2001.

　　[38] 姚丹．西南联大历史情境中的文学活动 [M]．桂林：广西师范
大学出版社，2000.

　　[39] 吉川幸次郎．纪实与虚构——文学革命与中国文学的未来 [M]．
长春：吉林教育出版社，1990.

　　[40] 陈思和．陈思和自选集 [M]．桂林：广西师范大学出版社，
1997.

　　[41] 严家炎．二十世纪中国小说理论资料 [M]．北京：北京大学出

版社，1997.

[42] 徐岱．小说形态学 [M]．杭州：杭州大学出版社，1997.

[43] 陆建华．汪曾祺传 [M]．南京：江苏文艺出版社，1997.

[44] 谈凤梁．中国古代小说简史 [M]．南京：江苏教育出版社，1996.

[45] 爱德华·泰勒．原始文化 [M]．连树声，译．上海：上海文艺出版社，1992.

[46] 唐湜．新意度集 [M]．北京：生活·读书·新知三联书店，1990.

[47] 露丝·本尼迪克特．文化模式 [M]．王炜，等译．北京：生活·读书·新知三联书店，1988.

[48] 让-保罗·萨特．存在主义是一种人道主义 [M]．上海：上海译文出版社，1988.

[49] 刘卓．市井风情录——小巷文学 [M]．沈阳：辽宁大学出版社，1987.

[50] 叶朗．中国美学史大纲 [M]．上海：上海人民出版社，1985.

[51] 高丙中．民俗文化与民俗生活 [M]．北京：中国社会科学出版社，1984.

[52] 沈从文．沈从文文集 [M]．成都：四川人民出版社，1983.

[53] 黄霖，韩同文．中国历代小说论著选 [M]．南昌：江西人民出版社，1982.

[54] 北京大学哲学系美学教研室．西方美学家论美和美感 [M]．北京：商务印书馆，1980.

[55] 浩然．北京街头 [M]．北京：北京出版社，1963.

二、学术论文：

[1] 王德威，陈国球，陈晓明．再论"启蒙"，"革命"——与"抒情"——北京大学座谈会 [J]．文艺争鸣，2018（10）：92.

［2］翟文铖．论五四新文化对汪曾祺的影响［J］．山东青年政治学院学报，2017（06）：107．

［3］翟业军．更有一般堪笑处，六平方米作郇厨——"美食家"汪曾祺论［J］．文艺争鸣，2017（12）：39．

［4］陆建华．别梦依稀——汪曾祺致高邮亲属三封信解读［J］．文艺争鸣，2017（12）：32．

［5］汪朗，汪明．父亲汪曾祺："西南联大"的坏学生［J］．文史博览，2013（08）：13．

［6］徐阿兵．论汪曾祺戏曲创作的发生与推进［J］．天津社会科学，2018（06）：128．

［7］王淑娇．赫尔德"民族"的理论建构与民间文学的价值［J］．重庆交通大学学报（社会科学版），2018（06）19．

［8］李徽昭．绘画留白的现代小说转化及其意义［J］．文艺理论研究，2018（04）：142．

［9］徐阿兵．汪曾祺接受史的另一面——以"宜读不宜演"为中心［J］．当代作家评论，2018（04）：58．

［10］杨经建，王蕾．"礼失求诸野"：从民间文学中吸纳母语文学的资源——汪曾祺和母语写作之三［J］．当代作家评论，2018（03）：141．

［11］王尧．重读汪曾祺兼论当代文学相关问题［J］．文艺争鸣，2017（12）：19．

［12］卢军．有逸气，无常法——论汪曾祺的文人画［J］．文艺争鸣，2016（02）：198．

［13］刘进才．民间的何以成为民族的——文学民族形式论争中的文体及语言问题［J］．华中师范大学学报（人文社会科学版），2015（05）：102．

［14］钱夏星．高邮民歌的音乐特征与传承保护研究［D］．扬州：扬州大学，2015：7．

［15］刘爽．论沈从文的人性论文学观［D］．济南：山东师范大学，

2015：7.

[16] 孙郁. 当代文坛的汪迷们 ［J］. 小说评论，2014（05）：26.

[17] 刘明. 民间审美的衍生及其现代主义选择——汪曾祺1949年代的小说创作 ［J］. 中国比较文学，2013（02）：42.

[18] 霍九仓. 汪曾祺小说文艺民俗审美研究 ［D］. 上海：华东师范大学，2013：64.

[19] 杨庆祥，刘涛，徐刚. 二十一世纪的先锋派——蒋一谈短篇小说三人谈 ［J］. 当代作家评论，2012（01）：199.

[20] 孙郁. 从聊斋笔意到狂放之舞——汪曾祺的戏谑文本 ［J］. 文艺研究，2011（08）：22.

[21] 罗岗. 1940是如何通向1980的——再论汪曾祺的意义 ［J］. 文学评论，2011（03）：199.

[22] 朱良志. 生命的态度：关于中国美学中的第四种态度的问题 ［J］. 天津社会科学，2011（02）：95.

[23] 李春青. 论"雅俗"——对中国古代审美趣味历史演变的一种考察 ［J］. 思想战线，2011（01）：116.

[24] 文学武. 悬崖边上的树：对汪曾祺小说民间文化形态的一种考察 ［J］. 河南大学学报（社会科学版），2011（01）：126.

[25] 邹欣星. 民间：从想象到消费——大众文化视阈中的冯小刚电影研究 ［D］. 苏州：苏州大学，2011.

[26] 王彬彬. "十七年文学"中的汪曾祺 ［J］. 文学评论，2010（01）：135.

[27] 季红真. 汪曾祺与"五四"新文化精神——汪曾祺小论 ［J］. 文艺争鸣，2009（08）：128.

[28] 李红梅. 论"诙谐"的审美价值与当下意义——巴赫金民间诙谐文化理论研究 ［J］. 绥化学院学报，2009（02）：143.

[29] 夏涛. 漫谈汪曾祺和他的故居 ［J］. 翠苑，2009（01）：61.

[30] 吴迎君. 汪曾祺的现代主义面孔 ［J］. 当代文坛，2006

（06）：62.

[31] 赵勇．口头文化与书面文化：从对立到融合——由赵树理、汪曾祺的语言观看现代文学语言建构 [J]．山西大学学报（哲学社会科学版），2006（02）：20.

[32] 杨联芬．归隐派与名士风度——废名、沈从文、汪曾祺论 [J]．北京师范大学学报（社会科学版），2005（02）：59.

[33] 卢军．影响与重构——汪曾祺小说创作论 [D]．济南：山东大学，2005.

[34] 施旭升．戏曲：作为古典民族民间的审美文化 [J]．戏剧文学，2004（06）：25.

[35] 董建雄．论契诃夫对汪曾祺小说创作的影响 [J]．青海师专学报（教育科学），2004（06）：43.

[36] 王光东．民间文化形态与八十年代小说 [J]．文学评论，2002（04）：164.

[37] 文学武．论京派小说的人道情怀 [J]．同济大学学报（社会科学版），2001（01）：16.

[38] 刘明．民间：汪曾祺的文化方位 [J]．山东社会科学，2000（05）：90.

[39] 季红真．中国现当代文学中的宗教意识 [J]．当代作家评论，1996（05）：49.

[40] 摩罗．末世的温馨——汪曾祺创作论 [J]．当代作家评论，1996（05）：38.

[41] 张宏梁．论谐趣 [J]．扬州师院学报（社会科学版），1993（04）：103.

[42] 罗强烈．汪曾祺的民间意义 [J]．当代作家评论，1993（01）：5.

[43] 李国涛．汪曾祺小说文体描述 [J]．文学评论，1987（04）：64.

［44］钟敬文. 谈谈民族的下层文化［J］. 群言，1986（11）：10.

［45］黄子平. 中国当代短篇小说的艺术发展［J］. 文学评论，1984（05）：23.

［46］凌宇. 是诗？是画？读汪曾祺的《大淖记事》［J］. 读书，1981（11）：42.

［47］林仲. 文学成就的高低决定京剧的兴衰吗？——与汪曾祺同志商榷［J］. 戏曲艺术，1980（04）：34.

后 记

从博士学位论文选题开题到毕业答辩,直至出版,整个周期长达五年时间,这期间我经历了毕业、就业、婚恋、生子,涵盖了人生多个重要节点。这部专著是在我的博士学位论文基础上修改完善而成的,既是对学业生涯的交代,也是这些年生活轨迹的留存。

我并非从本科阶段开始学习中文学科,直至攻读博士学位之时才开始系统接受文学教育,选择汪曾祺作为博士学位论文写作的研究对象,更是博二之后才决定的事情,在这之前我对汪曾祺知之甚微。然而,当我读完了他的作品,尤其是所有的短篇小说之后,我感受到汪曾祺文学予以我的豁达、乐观与情趣已经悄悄地渗透到我的肌肤与血液之中,于我自身而言,想必这是最大的收获。

2013 年,我考入中国传媒大学艺术研究院,师从施旭升教授学习艺术史论专业课程,我的硕士学位论文是《丰子恺的童心美学研究》,出于对孩童天真烂漫的喜爱,我乐此不疲地走进了丰子恺的童心世界,那些精巧漫画与趣味散文,生发于丰子恺对儿童心灵的崇拜,我也因此开始关注儿童哲学、儿童文学与文化。幸运的是,2016 年,我考取北京师范大学中国现当代文学专业儿童文学方向的博士研究生,师从陈晖教授,三年的学习使我更贴近真实的儿童人格发展状态,深化了对童心内涵的认知。汪曾祺并不是儿童文学作家,但从民间文化的角度切入汪曾祺研究,却与儿童文学有着千丝万缕的关联:首先,汪曾祺本人虽没有创作"儿童本位"的文学作品,但其语言文字、自性风格却具有童心之质;其次,民间文化与儿童文化本身具有天然的共性,生命之初的诗意使之具有了文化交集。因此，选择民间文化视域中的汪曾祺研究作为博士学位论文的研究对象，实则是对童心之美的挖掘与提升，作为现代文人的汪曾祺介入民间文化，也是作家童心的诗化过程。从北师大毕业之后，我回到家乡工作，从事艺术理论研究。虽然我的博士学位论文以汪曾祺小说为研究对象，但汪曾祺不仅是作家，更是"生活家"，审美化的生活是其从心理上抵御逆境的"法宝"，也是其打通与跨界的根基，更是超越现实又回到现实的途径。因此，审美的态度，是解读汪曾祺的密匙，亦是解读艺术最直接的方式。

总的来说，我的研究还是以文本细读为基础的传统研究方式，"阅读"是快乐的，阅读汪曾祺文学尤其快乐，"研究"总是多少有一些理性的介入，输出的过程多是伴随着现实的"苦闷"。虽也怀念那每日往返于宿舍、图书馆、食堂之间的规律生活，但每当夜幕降临，图书馆闭馆乐响起，我又会为第二天的写作苦恼，无穷无尽的书籍材料，看不完的文献笔记，着实让人觉得眼前的这座大山难以逾越，只得秉着愚公移山的精神，步履维艰。博士学位论文写作，正是最难能可贵的精神成长历程，不停克服惰性的果断、日复一日的自律、永不回头的勇气等等，都沉淀在了我对汪曾祺的探索之中。

在此，我要感谢一路陪我走来的师友与家人。感谢我的导师陈晖教授、施旭升教授予以的帮助与支持，感谢我的父母对我的关心与鼓励，感谢我的爱人，虽因军人的职业特殊性不能常伴左右，但我深知精神共同体才是维系我们感情最重要的基石，因为对中国传统文化有着同样的热忱，使得我们的爱情进入了更广阔的精神空间。感谢在我求学过程中结识的小伙伴赵静、黄凯、韩璐、高云、王滋，是你们积极向上的力量，伴我前行。

夏日炎炎，腹中的胎儿已是呱呱落地，新生命的诞生将赋予我新的身份与使命。我的学术生涯也刚刚开始，道阻且长，行则将至，希望未来的我依然可以坚持热爱，有所成长。

2022 年 9 月 10 日于青岛金沙滩